L'âme

À Myriam,

n'oublie pas la
réalité . . . .
des univers
fantaisistes . . . . !

Bonne lecture,

Jessica ?.

L'âme clé

JESSICA TANG

Les Éditions
de la Francophonie

Couverture : DPG communication
Jessica Tang

Mise en pages : Info 1000 mots inc.

Correction
d'épreuves : Monique Grenier

Production : Les Éditions de la Francophonie Correspondance
720, rue Main, 3ᵉ étage   55, rue des Cascades
Moncton (N.-B.) E1C 1E4   Lévis,(Qc) G6V 6T9
Tél. 1-866-260-9840   1-418-833-9840
Courriel : ediphonie@bellnet.ca
www.editionsfrancophonie.com

Distribution : Distribution UNIVERS
845, rue Marie-Victorin,
Saint-Nicolas, (Québec) G7A 3S8
Tél. : (418) 831-7474 1-800-859-7474
Courriel : univers@distribution-univers.qc.ca

ISBN 2-923016-47-5

Dépôt légal – 4ᵉ trimestre 2003
Bibliothèque nationale du Canada
Bibliothèque nationale du Québec
Imprimé au Canada

Remerciements

Je veux remercier un enseignant formidable et dévoué, M. Daniel Brideau, qui m'a si bien conseillée. Ce livre n'aurait pas vu le jour sans votre travail ! Merci aussi à M. André Dumont pour l'amour de son métier d'enseignant, sa passion pour la langue et les longues heures passées à corriger mes écrits. Merci enfin à tout le monde de Samuel-de-Champlain et à tous mes amis pour votre précieux support.

Ce roman est parti des idées folles de deux petites filles, Nathasha Pilotte et moi-même, qui s'intéressaient à l'écriture et avaient décidé d'écrire un roman. Malheureusement, nous avons dû interrompre ce projet par manque de temps. Puis, une de ces deux petites filles a décidé de recommencer, en solo cette fois. En voici le résultat, mais je tiens à signaler la contribution de Nathasha et à la remercier.

*Dans le temps où la magie régnait toute-puissante,
les souverains étaient avides de pouvoir, de richesse.
Les Anges, êtres divins incarnant les éléments
de la nature, étaient vénérés et craints de tous.
Les lois d'Artémis, de Tarno, de Vannar,
Mirla, Énalan et Flérion, les six Anges,
gouvernaient le continent avec la crainte religieuse
des habitants. Les êtres mythiques n'apparaissaient
que lorsqu'un esprit pur émergeait,
tel que le racontent les légendes...*

La requête

On entendit le bruit des sabots d'un cheval au loin. Une silhouette fila à toute allure sur la route, allant en direction du soleil qui commençait à tout envelopper de son voile de chaleur. Une deuxième forme galopa derrière la première, cape flottant au vent. On était proche des frontières de la Terre des Temps, royaume au centre d'un grand continent abritant les créatures les plus étranges. La plupart d'entre elles étaient des hybrides magiques, datant des temps les plus anciens. On disait qu'ils étaient gardés par l'animal auquel ils ressemblaient... Deux formes émergèrent des ténèbres, obstruant le passage au poursuivi. L'étalon se cabra, jetant son cavalier au sol. L'être, désespéré, tenta de s'enfuir par les sous-bois qui bordaient le chemin. Hélas pour lui, deux autres formes encapuchonnées apparurent, l'agrippèrent par les bras et le rejetèrent sur la route. L'autre cavalier arriva peu après, laissant une traînée de poussière derrière lui. Deux pieds bottés frappèrent le sol dans un tourbillon de tissu mauve foncé. La personne rejeta les pans de sa cape en arrière ; le cavalier était en fait une cavalière. La jeune fille pointa sa lance sous le nez du prisonnier, l'arrêtant de se débattre. Le captif tourna la tête d'un sens et de l'autre, cherchant une issue.

– Cesse de gigoter, c'est inutile. Vaut mieux en finir en douce que de la manière forte. Ta carrière de brigand mercenaire touche à sa fin, annonça-t-elle.

La forme à la droite de celle-ci sortit un bras de sa cape bleu minuit et arrêta le mouvement descendant de la lance.

– Calme-toi, Clairia. On a reçu l'ordre de ramener celui-ci au palais *en vie* et on le fera.

La cavalière remonta sa lance mais n'ordonna point de relâcher la prise sur le bandit. Elle procéda à une fouille des bagages endossés sur le cheval mais ne sembla pas trouver quelque chose d'intéressant. Repoussant les plis de sa cape, elle tira une dague qu'elle pointa à la gorge du captif. Celui-ci poussa un gémissement de frayeur mais n'osa pas détourner le regard.

– Le roi nous a dit de le ramener en vie, pas en un morceau… Où as-tu placé le parchemin ? Et les victuailles ? Réponds avec précaution, car si tu nous files un seul bobard, tu peux dire adieu à tes couilles, menaça-t-elle en descendant la dague au niveau du bassin.

L'homme recula le plus qu'il put malgré la prise des deux silhouettes. Il cracha aux pieds de la jeune fille en poussant un juron. Lâchant soudainement un rouleau minuscule qu'il tenait au creux de la main, il essaya de s'élancer vers Clairia, ne prenant plus compte de la dague. Ce n'était pas la première fois qu'il se sortirait du pétrin par un coup de surprise. Un coup de fouet retentit dans l'air frais du matin, suivi d'un cri de douleur. Le mercenaire tomba à plat ventre, hoquetant. Une plaie rouge était visible sur sa nuque. Il cracha encore et du sang sortit aussi.

– Merde ! Qui êtes-vous pour oser poser les mains sur le plus célèbre des bandits ? De simples gardes du roi n'auraient pu mener une si longue chasse nocturne et m'attraper ensuite !

Tout le monde autour de lui ôta son capuchon, dévoilant des visages d'une beauté hors du commun. Ces visages appartenaient tous à des filles ayant un mélange d'animaux en elles, des hybrides que nous avons mentionnés un peu plus tôt. Dans la Terre des Temps, c'était chose commune. Elles avaient tout de l'humain sauf pour les oreilles et la couleur des cheveux... quatre d'entre elles avaient aussi une queue. Hormis cela, elles étaient parfaitement normales. Clairia, qui semblait être le chef, sourit malicieusement.

– Tu sais qui nous sommes. Tu sais que nous ne sommes pas que de simples gardes du roi.

L'homme grogna. Il aurait dû le savoir en voyant les couleurs différentes...

– De toutes les misères, pourquoi fallait-il que je tombe sur vous, connardes de Gardiennes des Frontières ? Me faire battre par des filles !

Il cracha une fois de plus en direction de la jeune fille aux cheveux d'or, aux oreilles et à la queue de tigre. Clairia ne tint pas compte de l'action et ramassa le parchemin. La forme à la cape bleue qui avait parlé auparavant releva le menton du brigand de la pointe de son épée azurée. Son arme était comme une rapière, suivant le même style, exception faite de la poignée. La lame était légère et mince, aussi longue que les mouvements le permettaient. À la place de fer, elle était faite à partir d'une pierre bleu azur, translucide. Un jumeau de l'épée pendait à sa hanche.

– Où est le reste du butin ? demanda-t-elle d'une voix feutrée, dangereuse.

Le mercenaire regarda une fraction de seconde dans les yeux d'un saphir intense, le plus intense qu'il ait vu, puis fut parcouru d'un frisson. Les mèches bleu poudré pâle qui encadraient son visage donnaient un air plus froid que l'hiver à la guerrière. C'était comme si d'éternels flocons de neige recouvraient sa chevelure.

– Il n'y a pas de reste de butin. Je n'ai été engagé que pour voler ce parchemin aux Érora et pour tuer le Baron de Verdario. Rien de plus.

Les yeux perçants se retirèrent de son visage et se tournèrent vers la dénommée Clairia. Serrant l'épée au fourreau, elle fit un signe de tête interrogatif. Clairia se tourna à son tour vers la forme qui était restée à l'écart, l'ambre venant à la rencontre du gris. Celle-ci était habillée entièrement du blanc de la tunique des prêtresses, la couleur de la pureté. Un bandeau gris sur son front retenait ses cheveux courts, aussi blancs que sa tenue. Véritablement une prêtresse des Anges. Dans un mouvement rapide égal à l'éclair, elle abattit un bâton de cristal sur le prisonnier. Le bandit s'écroula, inconscient.

— Et voilà le travail !

Les deux dernières formes, aux capes vertes et bourgogne, jetèrent l'infortuné sur le cheval de Clairia. Puis elles se regardèrent mutuellement, hochant la tête.

— C'était le dernier, n'est-ce pas ? On peut retourner au palais, maintenant ? demanda la plus courte des deux, une fille aux cheveux roux et aux ressemblances d'un loup.

— Certainement, Flamia. Le roi nous attend de toute façon, répondit Clairia. Nous avons couru après ce mécréant toute la nuit et j'ai l'intention d'aller me reposer.

Sur ce, elles sifflèrent une note stridente et, fidèles à l'appel, cinq chevaux blancs sortirent des sous-bois pour emmener leurs maîtresses au palais. Les Gardiennes des Frontières venaient d'accomplir la mission qui les tracassait depuis un bout de temps. Un point pour elles, zéro pour les bandits de la région.

Pendant ce temps, au palais de la Terre des Temps, un roi faisait les cent pas devant son trône, l'âme dérangée. Le bruit que faisaient ses bottes se répercutait dans la vaste pièce. La salle était richement décorée, comme toute salle royale. Des tapisseries de velours rouge pendaient aux murs, accrochées sans laisser d'interstice. Plusieurs tapisseries égayaient aussi les huit colonnes massives qui retenaient le plafond, masquant la maçonnerie. Les armoiries du royaume étaient brodées dans le tissu épais, ornant la salle de renards blancs ailés, à la queue très longue. Une seule épée fine traversait l'arrière-plan, entourée de vignes dorées. La

Terre des Temps avait toujours vénéré Artémis plus que les autres Anges… Que voulez-vous, chaque royaume avait son protecteur, son Ange gardien.

On aurait dit que l'on marchait sur la voûte de la nuit tellement la moquette recouvrant le sol était épaisse. De minuscules points jaunes y avaient été tissés, donnant l'impression d'étoiles. Un sentiment constant de chaleur émergeait de la pièce, des murs. Plusieurs pensaient que c'était un sort, mais d'autres croyaient que c'était tout simplement une atmosphère accueillante.

Les gardes interdisant l'entrée principale étaient des créatures des plus bizarres, des plus majestueuses. Plus grands qu'un homme, ils avaient tout d'un lynx, si ce n'est qu'ils se tenaient sur deux pattes et portaient une lourde armure. Les Gardiennes des Frontières auraient peut-être été comparées à eux, mais elles ne possédaient pas autant de l'animal. Un messager passa en trombe entre les portes pour se cogner à ces gardes.

— Laissez-moi passer, j'ai des nouvelles importantes du sud, s'écria-t-il.

À ces mots, le roi se précipita vers l'homme et écarta les soldats. Il en manqua presque de déloger sa couronne.

— Alors, qu'as-tu appris du roi du royaume du sud ? Connaît-il la cause de toutes ces attaques ?

— Majesté, le roi d'Orlianda a nié tout lien avec ces meurtres. Ce qui est normal, d'ailleurs. Orlianda est le royaume le plus riche de tout le continent et ses souverains portent une attention toute particulière à leur réputation. Cependant, sur mon passage, les nouvelles juteuses se sont fait entendre. Plus d'une famille de paysans ou dignitaires accuse le roi d'avoir ordonné à ses hommes de ramener la tête de certaines personnes que tous croient innocentes. En plus, elles étaient toutes dans l'armée, des officiers de haut rang même. Quand je suis arrivé au palais, les fonctionnaires m'ont reçu avec courtoisie, mais cela n'a pas été pareil avec le roi, si Sa Majesté veut bien me permettre de le dire ainsi, débita rapidement le messager, l'air alarmé.

Le roi alla s'asseoir sur son trône de chêne. Jouant avec les fourrures de ses manches évasées, il réfléchissait. Il ne pouvait rester là à ne rien faire pendant que son peuple se faisait massacrer... surtout quand les meurtres étaient commis sur des gens de la haute société, comme le baron de Verdario. Les Gardiennes des Frontières ne pouvaient être partout à la fois. Néanmoins, on ne pouvait accuser un royaume comme celui d'Orlianda d'un si grand délit sans risque de guerre... C'était une offense grave à l'honneur de la famille royale. Le rapport presque incohérent du messager n'avait fait que confirmer ses doutes. Tout ce qu'on avait était la parole de paysans et de quelques dignitaires. La famille royale avait toujours été un sérieux problème. Depuis déjà plusieurs années, elle encourageait son royaume à se dresser contre la Terre des Temps, pour des raisons aussi absurdes que le commerce avec les autres pays.

Si tout ceci était une mascarade, Orlianda reconnaîtrait la raison pour laquelle elle avait tant attendu pour déclarer les hostilités avec le royaume du Nord, s'appropriant les terres principales du continent. Devant suivre la Loi des Anges, un royaume ne pouvait déclarer la guerre à un autre sans prétexte, aussi minime soit-il. Sinon, une perte aurait été assurée. Les Anges régnaient de façon suprême sur ce continent, où tout se basait sur la croyance. Les Anges étaient vénérés au-delà des dieux, imposant un régime prospère. Toutefois, les habitants ne les avaient jamais vus, à part quelques vieux qui étaient prêts à tout pour se rendre intéressants. La croyance de certains diminuait donc chaque jour... Hélas, une seule idée vint au roi : appeler le *Général de Légions* et mettre le royaume sur le pied de guerre. Plusieurs de ses commandants militaires, dont notamment le Baron, avaient déjà été éliminés. L'invasion était la seule cause possible. Orlianda avait décidé de tester le jugement des Anges. Il valait mieux se préparer au pire que d'être sans défense quand Orlianda frapperait.

– Tu as bien fait de revenir en hâte. Dès que tu verras que les Gardiennes arrivent, envoie-les-moi. Ensuite, passe voir le *Général de Légions* et dis-lui d'apprêter tous ses soldats. Qu'il les disperse le long des frontières sud et ouest ! Va vite ! ordonna le roi au messager.

Les gardes-lynx, après l'avoir laissé passer, barricadèrent les portes. Sur un signe de leur souverain, ils se dirigèrent vers le trône. À la mine du roi, ils savaient qu'ils auraient à accomplir une mission de la plus haute importance.

– Rainor et Fanar, vous avez toujours été loyaux envers la Terre des Temps. Même lorsque vous avez été libres de partir, vous êtes restés à mes côtés. Je vous demande une dernière fois de venir à mon aide. Je vous en supplie, même.

– Majesté, vous savez que nous vous suivrons jusque dans les griffes du diable… Ordonnez et nous obéirons ! déclara solennellement Fanar, le demi-lynx à la fourrure fauve.

Rainor et Fanar étaient jumeaux et combattants d'élite ; même sans armes, ils avaient les atouts mortels d'un félin. En plus, leur ressemblance leur permettait de se fondre en un seul être aux yeux de l'ennemi. Leur seule différence était une mince nuance de la couleur de leur fourrure et leur main d'arme : Rainor avait un signe sur la patte qui indiquait qu'il était droitier et son frère en avait un sur la patte gauche. Rares étaient ceux qui remarquaient cela, car les mouvements des deux gardes étaient rapides comme l'éclair. Ils étaient rarement battus quand ils en venaient à la vitesse. Les fameuses Gardiennes des Frontières étaient peut-être les seules qui pouvaient leur tenir tête. Ayant voyagé un peu partout, puisqu'ils avaient voulu échapper à une guerre dans leur pays, Rainor et Fanar connaissaient mieux que quiconque la géographie du continent. C'étaient eux qui étaient habituellement chargés des missions de reconnaissance avant que le soient les Gardiennes.

Le roi commença à leur parler d'un ton sérieux, jetant des coups d'œil inquiets à travers la salle…

Clairia et ses sœurs revenaient de leur longue course nocturne et étaient sur les bordures de la capitale. Deux étalons noirs filèrent à toute vitesse vers l'est, poussés à fond. Aucune d'entre elles ne put distinguer les cavaliers, à l'exception de la jeune fille aux cheveux bleus, Arcia.

– Qu'est-ce que c'était que ça ? On aurait dit deux démons ! s'exclama Flamia, la plus jeune des sœurs.

– Je crois avoir aperçu les traits de Rainor et Fanar… Après tout, qui d'autre qu'eux peut se déplacer à une telle allure comme si de rien n'était? Il y a certainement une urgence si c'est eux que l'on a envoyés à la place d'un simple messager.

Elles continuèrent en direction du palais, pressant le pas. Les paysans saluèrent avec chaleur, en signe de bienvenue, les jeunes orphelines qui préservaient une atmosphère prospère au royaume. Le bandit assommé reprit conscience, et Clairia ne fit aucun effort pour amortir sa chute au sol lorsqu'elle arriva devant les portes du donjon.

– Ouf! On s'est enfin débarrassés de toutes les vermines des meurtres que l'on connaissait. Leur puanteur devenait insupportable, soupira Clairia, qui était l'aînée.

Elle n'eut pas le temps de dire quoi que ce soit d'autre, car Arcia fut interpellée par le messager au passage et annonça que le roi les réclamait. Les sœurs confièrent leurs chevaux aux palefreniers et soupirèrent de fatigue en se dirigeant vers la salle du trône. « Dire que j'allais prendre un bon bain chaud », pensa Clairia.

– Clairia, Vénia, Tania, Arcia et Flamia sont arrivées, Votre Majesté! annonça un héraut en énumérant les noms selon leur ordre d'âge, de l'aînée à la cadette.

Le roi tendit ses bras en signe d'accueil, avec un sourire paternel qu'il réservait aux Gardiennes. Elles se prosternèrent devant lui et entonnèrent d'une seule voix les salutations traditionnelles. Comme toujours, le roi s'empressa de les relever.

– Mes chères enfants, mon cœur est inondé de joie à votre retour. Votre travail a été impeccablement fait!

Flamia rougit sous le compliment tandis que Clairia se dressa avec fierté. Arcia ne fit qu'un signe de tête. Des sourires chaleureux ornaient les visages de Tania et de Vénia.

– Hélas, je me désole de ne pouvoir vous laisser au repos. Je crains fort que le royaume d'Orlianda ne représente aujourd'hui une menace…

– Qu'il y a-t-il ? D'autres bandits ? questionna Clairia.

– Si seulement cela était aussi simple. On parle de la possibilité d'une guerre. C'est pour cette raison que j'ai envoyé Rainor et Fanar au pays d'Amaria pour y chercher des secours. Nous serions incapables de tenir seuls contre Orlianda. Du moins, pas s'ils ont préparé cette offensive pendant si longtemps...

– Amaria ?

Les Gardiennes restèrent perplexes devant ce flot de nouvelles... Elles connaissaient toute la force des régiments militaires orliandais, ayant dû repousser quelques-uns d'entre eux dans le passé. Elles connaissaient aussi la volonté d'Amaria de rester du côté des royaumes les plus puissants, s'assurant la victoire avec le minimum de pertes. Donc, qui nous dit qu'ils n'allaient pas simplement tuer les deux frères ? La raison pour laquelle Orlianda attaquerait était simple : la soif de pouvoir. Si la Terre des Temps s'écroulait, les autres royaumes seraient soumis. De toutes les armées qui existaient sur le continent, la leur était la seule qui était une menace pour Orlianda. Ils allaient donc s'attaquer directement à la source...

Toutefois, leurs réflexions furent interrompues par la bruyante entrée des frères demi-lynx, en compagnie de deux autres jeunes hommes.

– Par tous les Anges ! Que s'est-il passé ? Pourquoi êtes-vous de retour si vite ? s'exclama le roi, sa voix trahissant sa peur.

Le quatuor se mit à genoux et salua le souverain. Les demi-lynx prirent conscience de la présence des Gardiennes et les saluèrent aussi. Celles-ci répondirent par un hochement de tête, certaines par des sourires. Les deux autres se relevèrent mais ne prirent pas compte des damoiselles.

– Majesté, nous sommes de retour car nous avons croisé des messagers de la plus haute importance. Notre voyage aurait été inutile, commença Fanar.

Un des deux jeunes hommes s'avança et fit la révérence.

– Votre Altesse, nous sommes les fils de la famille royale Amari, d'Amaria, commença-t-il, et nous sommes venus au nom de notre mère quêter des renforts. Dernièrement, le royaume du Sud nous a attaqués et pillés ouvertement, s'alliant avec les Amazones de la reine Néferlia...

Il fit une pause, pour choisir ses mots. Clairia nota cela, déduisant que ce bonhomme-là n'était pas fait pour demander de l'aide. Il avait une attitude trop fière, trop digne...

– Nous savons aussi que le royaume du Sud n'est pas exactement votre allié, Majesté. C'est pour cela qu'Amaria est venue à vous.

– Sommes-nous les seuls à avoir des différends avec Orlianda ? Qu'en est-il des autres royaumes, princes ?

– Je crains de ne pouvoir vous répondre, Votre Excellence.

Le prince leva la tête et fixa le roi, attendant une réaction. Aucune trace d'émotion ne paraissait sur son visage, aussi importante que soit sa demande. Son frère gardait la tête baissée, comme il se devait pour le cadet d'une famille royale. Le roi prit rapidement sa décision.

– Votre demande sera accordée de bon cœur puisque Amaria nous a toujours traités avec respect... J'ai moi-même mes différends avec Orlianda et, à partir d'aujourd'hui, vos ennemis seront nos ennemis ! annonça-t-il d'une voix claire, quoiqu'un peu sombre.

Cela ne lui plaisait pas beaucoup d'assurer de l'aide à un pays tel qu'Amaria, mais il n'avait plus le choix. Orlianda était puissante et il lui faudrait des alliés puissants. Il fallait prendre les risques, comme les Anges l'avaient dit dans les manuscrits sacrés. Il ne lui restait plus qu'à faire confiance à son sixième sens, qui lui disait que les princes ne lui mentaient pas. Oui, il ne restait que son instinct...

Les deux princes furent invités à un banquet en l'honneur de cet événement. Rainor et Fanar insistèrent pour repartir sur-le-champ annoncer la nouvelle à la reine d'Amaria, dispensant les deux frères du voyage.

Les Gardiennes, qui jusqu'à maintenant n'avaient rien dit, s'avancèrent vers le roi sur un signe de celui-ci. Les deux princes les fixèrent avec intérêt, puisque ce n'était pas tous les jours que l'on rencontrait de pareilles jeunes filles. La splendeur de leurs traits les démarquait facilement des autres dames de la cour. De plus, elles faisaient partie des anciennes familles, les hybrides, possédant ainsi de nombreux atouts animaliers... Les iris dorés des princes se posèrent en particulier sur la dame en bleu. La pâleur et l'atmosphère d'hiver perpétuel avaient attiré leur attention. Lorsque Arcia leur jeta un regard de travers, l'un d'entre eux détourna les yeux tandis que l'autre fronça les sourcils et soutint son air hautain.

— Clairia et Tania, allez avertir les cuisiniers de préparer le festin. Vous les aiderez dans leur corvée. Annoncez aussi qu'il y aura un bal après, dit le roi.

Réjouies par la perspective du bal mais écœurées à l'idée de cuisiner, elles s'éloignèrent le long d'un couloir, se plaignant et riant en même temps.

— Vénia, Flamia... vous savez ce que vous avez à faire, continua-t-il en souriant affectueusement.

Toutes les deux partirent pour décorer la salle à manger et préparer les attributs nécessaires, chantonnant gaiement. Fanar dut retenir un soupir désespéré lorsque Flamia faillit tomber tête première en trébuchant sur ses propres pieds...

Se retournant vers les deux jeunes hommes, le souverain leur dit :

— Vous avez chevauché longtemps et vous devez être fatigués. Arcia vous mènera à vos chambres et veillera à votre confort. Si vous avez besoin de quelque chose, dites-le-lui.

Sur ce, Arcia leur fit signe de la suivre. Le geste était gracieux, mais sec. Ce qu'elle aurait donné pour laisser tomber sa corvée habituelle et échanger avec Clairia ! Quel ennui que d'escorter des membres d'une famille royale... Le long du trajet, elle jeta des regards imperceptibles à celui des deux frères qui avait parlé tantôt. Il avait aussi été celui qui avait soutenu son regard, le lui retournant avec son propre foudroiement. Le bonhomme avait des cheveux blanc argenté, comme Vénia, et la dominait d'une bonne tête. Comme les Gardiennes, cette couleur était naturelle, et non à cause du vieil âge, puisque lui et son frère n'avaient pas l'air d'être devenus adultes depuis longtemps. Arcia remarqua qu'ils étaient habillés entièrement de noir et d'argent. Leurs mouvements dénotaient une agilité et une assurance qui n'auraient été acquises qu'au combat, comme pour tout guerrier de haut calibre. Leur peau était aussi pâle que la sienne, chose rare, même dans ce monde. Ils devaient être les chouchous des jeunes filles, ces deux-là… Le plus court des princes était tout de même plus grand qu'elle, qui n'était pourtant pas si petite que ça. Une unique broche en diamant retenait leurs lourdes capes de velours noir.

– Voici les chambres. J'espère qu'elles conviendront à Ses Altesses. La mienne est au fond du couloir et Ses Altesses pourront m'y retrouver s'il y a un problème quelconque. Je reviendrai au crépuscule pour mener Ses Altesses au banquet, dit Arcia avec un hochement de tête, froide malgré ses mots polis.

Le jeune homme qui avait dévié le regard sourit. Ils s'apprêtaient à entrer dans leurs chambres et Arcia à rejoindre la sienne quand il dit :

– Merci, gente damoiselle, de nous avoir montré le chemin. On m'appelle Tay et lui, c'est Ray. D'après Sa Majesté, vous vous prénommez Arcia, n'est-ce pas ?

– C'est bien cela.

La cape flottant légèrement derrière elle, Arcia entra dans sa chambre sans même jeter un coup d'œil en arrière. Tant pis si elle n'avait pas joué les parfaites domestiques ! Elle ne se doutait pas que Ray, le prince aux cheveux argentés, l'avait suivie d'un regard perçant.

– Et alors, grand frère ? Tu as l'air de penser à quelque chose de très intéressant, le nargua Tay.

– Qu'est-ce que cela pourrait bien être ? Tu te fais des idées, je suis juste las, répondit Ray d'une voix sèche.

Tay ne fut point surpris par le ton de la réplique à son frère. En plus d'ajouter à son caractère sérieux, Ray détestait qu'on le taquine… Surtout si c'était de la part de son petit frère. Or, cette fois-ci, Tay décela une légère couleur rosée sur les joues de son aîné quand il entra dans sa chambre.

– Que veux-tu encore ? Ta chambre est de l'autre côté.

Pour toute réponse, Tay ferma la porte qui menait au couloir et ouvrit celle qui menait à sa chambre. Il disparut quelques instants pour ensuite venir s'appuyer contre le cadre de porte.

– Voilà, j'ai déposé mes bagages et je suis dans ma chambre. Maintenant, dis-moi ce qui te tracasse avant que je ne t'y force. Tu as beau être fatigué, c'est normal, mais je sens qu'il y a autre chose.

Ray soupira puis rit doucement.

– Je ne sais pas vraiment ce que j'ai. Je crois que la perspective d'ouvrir à nouveau une guerre me met mal à l'aise. Il y a surtout les Amazones. Elles sortent de nulle part et on ne peut jamais prévoir leur prochaine attaque.

Son expression s'adoucit. S'allongeant sur le lit, il jeta un coup d'œil à son frère, qui l'avait écouté sans broncher.

– Tu n'es pas en train de tout me raconter, dit Tay avec un sourire malicieux. Je sais que ce que tu viens de me dire est une des raisons de tes manières anormales, mais…

– D'accord, d'accord ! Comment fais-tu pour tout savoir ? Cette fille, Arcia… Elle n'est pas comme les autres.

– Tout à fait vrai ! As-tu vu le regard meurtrier qu'elle nous a lancé ? Il n'y a pas grand monde qui ferait cela, surtout à nous, affirma Tay en passant une main dans ses cheveux de jais. Dire qu'elle n'est qu'une simple domestique, avec une telle allure à part ça !

– Je ne pense pas qu'elle soit une simple domestique. Pas d'après les vêtements qu'elle porte. On dirait plutôt une guerrière.

Tay parut réfléchir à ces paroles pendant un bout de temps puis il sourit, avec l'air mesquin qui le distinguait facilement des autres personnes. Une vilaine pensée venait de lui traverser l'esprit et il avait l'intention d'en faire une réalité. Donnant un coup de coude à son frère, il s'assit à côté de lui.

– Bah ! N'y pensons plus et prenons un peu de repos. Nous devons nous préparer pour les festivités de ce soir. Peut-être aurai-je la chance de danser avec la dénommée Vénia…

– La prêtresse t'attire ?

– Comme les autres filles qui étaient dans la salle, elle est plus belle que n'importe quelle femme de chez nous.

Ils échangèrent des regards moqueurs et se quittèrent. Ray eut la nette impression que cette visite ne serait pas aussi courte qu'ils le prévoyaient. Ce n'était qu'un pressentiment, mais après tout, son instinct n'était-il pas l'un des plus fins d'Amaria ?

Un garde vint aux portes pour demander audience au roi. Il disait qu'il avait fait une découverte importante, en fouillant le matériel volé du dernier bandit. Il amenait derrière lui la famille des Érora. Le roi, voyant le petit groupe et l'expression urgente du garde, lui accorda son audience.

– Qu'avez-vous à m'annoncer ?

Il fixa tour à tour chacun des Érora, puis le parchemin que tenait son garde.

– Votre Majesté, le manuscrit que je tiens entre mes mains vient du royaume d'Orlianda. On dit qu'il a été dérobé aux Érora et qu'il contient une invitation importante.

– Comment se fait-il que cela se retrouve entre vos mains, Igor ?

Igor Érora, le chef de famille, s'avança à l'inquisition furieuse du roi. C'était un homme dans la soixantaine, vieux mais loin d'être faible. Le prestige de faire partie de la haute société lui avait donné un air farouche, supérieur à celui des autres.

– Un messager orliandais, venant de la part de la famille royale elle-même, est venu, il y a quelque temps. Nous avons été menacés de torture si jamais je livrais le parchemin avant le moment, siffla-t-il entre ses dents. Puis, un voleur me l'a dérobé. Grâce aux Gardiennes, j'ai pu le récupérer. La raison pour laquelle le message n'a jamais été adressé directement à Sa Majesté reste un mystère. Il indique simplement qu'il y aura un tournoi traditionnel à Orandis, la capitale d'Orlianda. Il commencera quand la lune entrera dans la phase finale de son cycle. Que Sa Majesté me pardonne si j'ai dû protéger ma famille avant l'intérêt du royaume…

Le roi réfléchit à tout cela. Un tournoi traditionnel ? À Orandis ? Pourquoi l'annoncerait-on à Igor ? Si c'était un piège, il était très bien tendu. Le souverain d'Orlianda savait que l'on ne pouvait refuser l'invitation, selon les Lois. Le gagnant pouvait choisir l'objet de son désir, peu importe ce qu'il était. Cela forçait la Terre des Temps à envoyer ses meilleurs combattants, laissant la voie libre pour une attaque.

– Et…, balbutia Igor.

Tous se tournèrent vers lui. Le vieil homme s'agitait ; l'ombre de la peur s'était installée sur son visage, une chose rare qui mit sa femme et ses enfants sur les nerfs.

– À ce qu'il paraît, les princes d'Amaria ont franchi les frontières et sont ici au palais…

– Alors ? Parle, Igor !

– Le message disait aussi que le pays d'Amaria serait convié au tournoi lorsque deux royaux arriveraient au palais… l'être qui avait rédigé le parchemin savait à l'avance que les princes viendraient.

Toutes les personnes présentes purent lire l'inquiétude sur le visage du roi. Nous n'aurions aucune difficulté à deviner les pensées qui traversaient son esprit à ce moment-là. Soit Orlianda possédait un mage très puissant… soit Amaria aura joint leurs rangs, comme c'était dans ses habitudes : s'allier avec le plus puissant des royaumes qui ferait la guerre à un autre et s'assurer la victoire. Le roi sentait les griffes de la peur le saisir. Avec grand effort, il garda son calme et put ordonner au garde ainsi qu'aux Érora de partir. La situation était critique. Il devait participer au tournoi, mais il devait aussi penser au bien-être de son royaume. Est-ce qu'Igor était en train de le trahir ? Ou étaient-ce les deux princes qui mèneraient la Terre des Temps à sa perte ? Le roi serait assez surpris qu'ils fassent un tel acte, mais tout pouvait arriver.

« Espérons pouvoir compter sur la bonne foi d'Amaria. Elle a déjà eu ses propres désaccords avec Orlianda, il y a longtemps. Pour ce qui est du tournoi, j'en parlerai aux Gardiennes après le bal. Si quelqu'un doit y participer, ce seront elles. Il faudra aussi prévenir les princes... »

Arcia sortit de sa chambre, tout habillée pour le bal malgré son dédain des robes. Elle se dirigea vers la chambre de Ray et cogna trois fois à la porte d'ébène. Silencieusement, elle fut ouverte. Au début, cela n'avait été qu'une petite fissure, mais bientôt, la jeune fille se tenait dans le cadre. Le prince resta de marbre, mais en réalité, il fut émerveillé par la créature qui se tenait sur le pas de la porte. La robe faite de mousseline et de soie bleue lui allait à la perfection. Elle avait laissé ses cheveux pendre en vagues sur ses épaules et le long de son dos. L'aura glaciale qu'elle dégageait en était amplifiée. Deux mèches indomptables encadraient son visage ovale, comme toujours. La simplicité de la tenue la rendait... simplement resplendissante.

– Le banquet va bientôt commencer. Nous sommes attendus dans la salle, dit-elle en ignorant le silence du prince.

– Je vais prévenir mon frère et nous vous suivons. Entrez donc et acceptez que je m'excuse de vous faire attendre, répondit-il, en essayant de retourner le ton neutre.

Arcia entra sans rien dire et le jeune homme alla chercher Tay dans la chambre d'à côté. Mine de rien, la jeune fille avait examiné jusque dans les moindres détails la tenue de Ray. Il portait ses couleurs habituelles, mais en plus élégant. Le noir de son attirail faisait ressortir l'argent de ses cheveux, ainsi que sa peau pâle. L'épée au pommeau gravé (sans doute un héritage de famille, pensa Arcia) qui pendait à sa hanche ne gênait en aucun cas ses mouvements. Une cape de velours, aux bords brodés, recouvrait le tout. Il ne portait aucun bijou, à l'exception de la broche en diamant qui retenait le manteau.

« Laissez-moi deviner, il y a des têtes qui vont tourner à sa vue. Un régal pour les courtisanes ! » pensa Arcia avec dédain.

– Désolé de vous avoir fait attendre ! J'ai juste eu un petit problème, dit Tay de sa voix joyeuse en entrant dans la chambre. Son frère le suivit.

– Rien de sérieux j'espère ? demanda Arcia, dépourvue de la moindre émotion d'inquiétude.

Elle n'attendit pas une réponse de leur part pour les mener vers la salle de banquet. Marchant sans faire de bruit, elle les fit parcourir des escaliers et des escaliers. Tay souriait à la froideur de la jeune fille, à l'indifférence de son ton de voix. Elle lui rappelait vivement son frère. Il ajusta le col de sa cape et continua à la suivre. Cette petite visite allait peut-être promettre d'être fort amusante...

– Nous y sommes.

Arcia pénétra dans la salle avec les deux princes, au milieu d'un tonnerre d'applaudissements en signe de salut. Elle indiqua leurs places aux deux jeunes hommes et prit la sienne. Le roi se leva de son siège et tendit ses bras pour obtenir le silence.

– Bienvenue, chers amis ! Nous sommes réunis pour célébrer l'union d'armes du pays d'Amaria et de la Terre des Temps. J'espère sincèrement que les choses n'en viendront pas à la violence, mais on ne sait jamais... À ma droite, j'ai ici présents les princes Ray et Tay d'Amaria, fils de la Dame Aurivia ! Buvons à leur santé !

Tous les invités levèrent leurs coupes et burent. La fête était commencée. Des domestiques apportèrent des plats aux fumets alléchants. Du mouton, du bœuf, du porc, de la volaille, du cerf, on ne pouvait compter les assiettes qui défilaient. Ensuite, on apporta les plats de légumes et de fruits, qui furent dévorés avec autant de ferveur que les autres.

— Mmm! Clairia, tu t'es surpassée! Cette perdrix rôtie est tout simplement délicieuse, complimenta Vénia.

— J'y ai pris part, moi aussi, dit Tania d'une voix timide.

Vénia lui donna une claque dans le dos en riant aux éclats. Les gens qui entendirent esquissèrent un sourire amusé.

— Bien sûr, excuse-moi de t'avoir oubliée! Je complimentais la mauvaise personne!

— Attends de voir le plat principal, dit Clairia avec fierté.

Celui-ci arriva, supporté par quatre domestiques. Huit faisans farcis trônaient au milieu des pousses de persil et d'ail, leur arôme emplissant toute la salle. On déposa le plat devant le roi et les princes. Prenant un couteau effilé, le souverain entreprit de délicatement couper les oiseaux en tranches juteuses. Lorsque cela fut fait, les domestiques reprirent le plat et le firent circuler aux tables. Chacun prit une tranche et quelques-unes des herbes trônant sur le dessus; par la suite, les servants versèrent la sauce qui accompagnait le tout. Des exclamations de délice suivirent, remplissant la salle de soupirs contents.

— Ouah! Je n'ai jamais rien mangé d'aussi bon, dit Flamia après une seule bouchée.

— C'est la spécialité d'Amaria. Je l'ai concoctée pour Ses Altesses, informa Clairia, en faisant un clin d'œil.

Quand tout le monde fut rassasié, on sortit les desserts. Des sorbets divers, des crèmes veloutées, des gelées rafraîchissantes, c'était aussi majestueux que le souper lui-même. Ceux-ci disparurent rapidement, malgré la panse pleine des invités. Le roi se leva une fois de plus lorsque les domestiques eurent emporté les restes.

— Mes remerciements à ceux qui ont participé à la confection d'un repas si somptueux en si peu de temps! Les merveilles de ce palais ne sont pas en sa beauté, mais en les talents des gens qui font partie de sa cour ! Si tout le monde est reposé à souhait, je vous inviterais à vous diriger vers la salle de bal !

Les portes furent grandes ouvertes et les invités sortirent. Dans la pièce adjacente, un orchestre jouait une mélodie douce, apaisante. Sombre et richement décorée grâce à Vénia et à Flamia, la salle inspirait une atmosphère d'intimité. Les gens commencèrent à danser et les Gardiennes se retirèrent vers le côté, vers les fenêtres et les sièges. De nombreux regards admirateurs furent lancés dans leur direction, comme d'habitude. Après peu de temps, on invita Clairia et Tania à danser, ce qu'elles acceptèrent avec joie. Vénia et Flamia déclinèrent gracieusement les invitations, disant qu'elles voulaient se reposer. Toute personne fut arrêtée net par le regard que leur lançait Arcia quand elles étaient assez audacieuses pour s'approcher d'elle.

— Alors, sœurettes ? Qu'est-ce que vous pensez des princes d'Amaria ? demanda Vénia avec une lueur de malice dans ses yeux.

Arcia ne répondit rien, mais Flamia rit.

— On sait que tu as un faible pour la tête noire, Tay. On sait aussi…

Elle allait dire quelque chose d'autre mais se retint à temps. Vénia souriait de son air doux.

— Je vous ai demandé ce que VOUS en pensiez. Pas moi.

Flamia fit mine de réfléchir. Vénia jeta un coup d'œil de côté à Arcia, qui le lui retourna. Elle ne dit toujours rien.

— Je trouve que Tay est attirant mais j'aime mieux Ray. Il a un air sérieux, honorable, noble… en plus, il est tellement mignon ! s'extasia Flamia.

— Puisque tu as l'air de tant l'aimer, pourquoi ne danserais-tu pas avec lui ? Il est juste là-bas.

— Voyons, Vénia ! Je n'oserais jamais… il est beaucoup trop âgé… et c'est un prince…

– Ne dis pas de sottises et arrête d'être une poule mouillée ! Il est seulement plus vieux que toi de quelques années et tu n'es pas d'un statut si bas, répondit Vénia en poussant sa cadette en direction du prince.

Elle regarda d'un air amusé sa petite sœur demander au jeune homme de lui accorder une danse. C'était un miracle, tout comme pour Arcia, qu'il soit encore sans cavalière. Il parut accepter la demande, puisqu'ils se dirigèrent vers la foule. Ray était plus grand que Flamia de beaucoup, alors il avait dû se baisser pour lui répondre. La Gardienne paraissait vraiment… Vénia s'esclaffa gentiment. Elle se tourna vers Arcia, qui était restée totalement impassible.

– Et toi, que penses-tu des princes ? demanda-t-elle en s'asseyant à côté d'elle.

– Ils sont comme des princes devraient être.

Vénia, qui était habituée à la froideur de sa sœur, sourit.

– Tay vient te voir, dit nonchalamment Arcia.

La jeune fille aux cheveux argentés se retourna pour se retrouver nez à nez avec le prince. Son visage s'illumina. Arcia se leva et sortit de la salle. Tay et Vénia la suivirent des yeux.

– Il y a quelque chose qui ne va pas ? s'enquit le jeune homme. Pourquoi est-elle partie ?

– Je ne sais pas. Ce n'est pas à cause de vous, je vous l'assure. Elle n'est juste pas le genre de fille qui aime faire la fête.

– Je m'en suis douté. Est-il normal qu'elle soit aussi froide ? Elle n'a pas manqué de courtoisie à notre arrivée, mais des filles comme elle, nous n'en voyons pas souvent. On dirait qu'elle a peur de s'ouvrir au monde.

– Très perspicace. Depuis qu'elle est toute petite, Arcia a toujours été glaciale et indifférente. Ce n'est toutefois pas le genre de froideur engendrée par l'orgueil. Elle aide de bon cœur… Si elle peut le trouver. C'est tout simplement le genre de personne qui attaquera et tuera sans hésiter un adversaire. Moi, sa propre sœur, ne l'ai jamais vue pleurer ou montrer un seul signe de faiblesse. Pas même quand la reine est morte...

Tay remarqua l'amertume avec laquelle Vénia avait dit la dernière phrase. Arcia lui rappelait beaucoup son frère. Un modèle parfait d'efficacité et de force. Le genre de personne que l'on respecte, même lorsque l'on ne veut pas l'admettre.

— Je ne veux pas paraître insensible, mais je ne pense pas que l'on puisse faire quelque chose...

À ce moment, Ray s'approcha d'eux, Flamia le suivant dans son sillage.

— Tay, aurais-tu vu la dame Clairia ?

Le jeune prince parut dérouté par cette question. Pourquoi son frère voulait-il voir Clairia ?

— Elle est sortie un peu plus tôt par la porte nord. Elle est sans doute dans les jardins, dit Vénia.

— Merci bien, répondit Ray, s'inclinant gracieusement, puis s'élançant vers la porte indiquée.

Le trio le regarda, incrédule. L'orchestre commença une autre pièce et ils restèrent sans parler pendant plusieurs minutes. Finalement, Tay brisa le silence.

— Qu'est-ce qu'il a ? Pourquoi cherche-t-il dame Clairia ?

Flamia répondit d'une voix tremblante, toujours sous l'effet du choc.

— Je n'en ai aucune idée. Nous dansions et, tout à coup, le roi est venu nous voir et il nous a présentés officiellement. Il a regardé frénétiquement autour de lui et est accouru vers vous.

Vénia et Tay échangèrent des regards perplexes.

— Ah bah ! Il est assez grand pour s'occuper de lui-même. Je n'ai pas l'impression qu'il aimerait que l'on aille fouiller pour trouver la cause de ses actions, dit Tay avec un sourire en coin.

Profitons du temps qui reste pour nous amuser. Mesdemoiselles, qu'est-ce que vous en dites ?

– Excellente idée ! s'exclamèrent-elles ensemble.

Ils oublièrent bientôt Ray dans leur occupation...

Arcia, de son côté, en avait marre. Elle n'aimait pas du tout la tenue des bals et ne pouvait effacer de sa mémoire l'arrogance du prince. Pour qui se prenait-il, celui-là ? On n'adresse la parole à personne, on reste enfermé dans son cocon de royauté... Ils étaient tous comme cela. La jeune fille sentait qu'il n'avait décidé de danser avec Flamia que par pitié. Elle sentait sa colère monter, aussi stupide qu'en soit la raison. La jeune fille ne serait jamais allée à ce foutu bal si elle n'y avait été contrainte par le protocole. Finalement, elle décida de se changer les idées avec une séance d'escrime. L'entraînement finissait toujours par la détendre. Arcia sortit donc dans le couloir de sa chambre. Elle se changea et descendit dans la salle d'entraînement. Les torches brûlaient d'une lueur vive, illuminant toute la pièce. Des centaines d'armes reflétaient cette lumière, rendant la salle encore plus éclatante. La jeune fille aux cheveux bleus fit apparaître ses épées azurées d'un tour de main et commença à attaquer un ennemi imaginaire avec ses doubles lames.

Ray pénétra essoufflé dans le jardin que lui avait indiqué Vénia. Il fut déçu de ne pas y trouver Clairia. Il allait être dans de sales draps ! Il décida donc d'aller voir dans sa chambre. Peut-être y serait-elle... ? Demandant le trajet aux différents domestiques du palais, il n'eut aucun problème à obtenir l'information qu'il désirait.

Courant silencieusement dans les corridors, le prince passa devant une porte entrouverte d'où il entendait l'air siffler. Sa curiosité piquée, il décida d'aller voir. Arcia lui tournait le dos. Il voulait mieux voir ce qu'elle faisait et s'arrêta net dès son premier pas dans la salle. La fraction de seconde suivante, il avait dégainé son épée et deux autres morceaux de lame bleue se trouvaient à ses pieds. Sur un simple réflexe de défense, la guerrière lui avait envoyé une de ses armes. Il avait dû parer le coup par une offense à lui, brisant la lame de la jeune fille en deux, le long de l'épée.

La surprise se lisait dans le visage d'Arcia. Elle venait juste de réaliser que sa rapière avait été brisée, d'un seul coup. Le prince n'était pas un débutant au combat. Ce n'est pas n'importe qui qui aurait pu tenir tête aux Gardiennes des Frontières… et pas n'importe quelle épée pouvait briser leurs armes.

Le prince baissa sa garde et fixa les débris de l'arme à ses pieds.

— Je suis désolé. S'il y a quelque chose que je puisse faire pour…

Une fois de plus, il fut arrêté soudainement dans ses actions, car Arcia tenait la pointe restante de son épée à sa gorge. Elle lui lançait le même regard de défi que celui qui lui était destiné auparavant.

— Ce n'est rien qu'une arme brisée. Je vous demande cependant une faveur : battez-vous contre moi. Je veux voir de quoi vous êtes capable.

Pendant un instant, Ray semblait indécis et confus. Se battre… ? Contre elle ? Puis, d'un geste, il disposa de sa cape et se mit en position de combat. Ses instincts de guerrier avaient repris le dessus. Il fallait de toute manière qu'il vérifie ce qu'il avait entendu…

— Je vous préviens, Arcia, je n'ai pas l'intention de perdre. Je ne veux pas vous faire de mal, mais ma dignité réclame la victoire, dit-il d'une voix de glace.

Arcia se mit elle-même en position d'attaque.

— Je n'attends rien de moins que vos meilleures prouesses, « Altesse ». Quant à me faire mal, vous n'avez pas à vous en faire ! répliqua-t-elle, égalant sa froideur.

La lame d'Arcia décrivit un arc vers le visage de Ray. Celui-ci bloqua le coup et le dévia ensuite d'un coup de poignet. Pendant le court moment où Arcia laissa son flanc gauche à découvert, il essaya un coupé horizontal. Le prince avait néanmoins sous-estimé la vitesse de la jeune fille. Son épée trancha dans le vide et il sentit une douleur aiguë dans sa jambe droite. Arcia avait profité de son esquive pour donner un coup du bout de son épée. La blessure était légère, mais on pouvait toutefois distinguer une tache plus foncée sur le pantalon noir du prince. Lorsqu'il leva la tête, Arcia se réjouit du brasier qui brûlait dans ses yeux dorés. Un vrai combat comme elle n'en avait eu depuis un bout de temps. Elle put, à grand-peine, parer son attaque suivante, mais il la fit trébucher et la Gardienne se retrouva nez contre terre. Ray se préparait pour le coup final lorsque lui-même sentit le sol se dérober sous ses pieds. Arcia avait une jambe sur ses chevilles. Par simple réflexe, il porta un coup en diagonale qui atteignit sa cible avec un bruit feutré. Enfin, une partie de sa cible. Des mèches bleues tombèrent à terre en compagnie d'un bout de tissu. Arcia s'était ôtée du chemin, mais elle y avait laissé quelques cheveux et une partie de sa manche. Sans hésiter, elle donna un coup de pied à la main de Ray, le désarmant. Les deux étaient au sol, les deux étaient désarmés, essoufflés, leurs jambes cherchant à tenir l'autre au sol.

Ce fut dans cette position que Clairia les trouva. Elle poussa un cri de surprise et le reste des Gardiennes accoururent dans le cadre de porte.

— Par tous les Anges ! Que faites-vous ? lança Vénia.

Flamia remarqua les armes écartées, les mèches de cheveux ainsi que les taches rouges sur le sol. Ce qui s'était passé n'avait pas dû être beau à voir, si sa sœur avait été atteinte.

— Altesse ! Est-ce que vous allez bien ? questionna la rouquine avec inquiétude, en réalisant que le sang venait de sa jambe.

Dès qu'Arcia se fut dégagée, Flamia se précipita vers le prince. Tay arriva en courant et aida son frère à se relever.

— Arcia, tu peux nous expliquer ce que tu as fait ? demanda Clairia d'un ton colérique. On me dit que tu disparais du bal, ensuite que Son Altesse Ray part aussi et on vous retrouve tous les deux en piteux état. N'as-tu pas honte de tes actions ? Les princes d'Amaria sont nos invités !

La fille aux cheveux d'or s'arrêta pour prendre une bouffée d'air. Clairia considérait le comportement de sa sœur comme une offense à sa propre dignité. Elle avait l'air de vouloir tuer sa cadette à tout moment. Arcia n'avait bronché à aucune de ses remontrances. Un léger signe de gêne se manifesta toutefois sur sa figure, en une couleur rosée sur sa peau blanche. Mais ses yeux restèrent durs. Tout le monde fixait les deux sœurs, se préparant pour un orage d'insultes. Un orage qui fut épargné par l'intervention de Vénia.

— Clairia, tu ne vaux pas mieux qu'elle si tu te laisses emporter par ta colère. Tu ne sais même pas ce qui est arrivé et tu te mets à faire la morale. Ce dont nous avons tous besoin, c'est de repos. Ç'a été une longue journée mouvementée et nous sommes fatigués. Le bal tire à sa fin, de toute manière. Les explications peuvent attendre demain.

Ils acquiescèrent d'un hochement de tête et se dirigèrent vers leurs chambres. Tandis que Vénia posait une main rassurante sur l'épaule d'Arcia, Clairia jeta un dernier regard dédaigneux à sa petite sœur avant d'entrer dans ses quartiers.

Une fois la porte fermée, Tay partit d'un rire moqueur. Son frère le fixa avec surprise.

— Qu'est-ce qu'il y a de si drôle?

— Tu as failli te faire battre par une fille, une domestique! Toi, l'invulnérable prince Ray!

— Ce n'est pas qui tu crois.

Tay cessa de rire sur-le-champ.

— Tu veux dire que tu t'étais battu sérieusement et qu'elle arrivait à te tenir tête? demanda-t-il, étonné. Elle n'est même pas censée savoir se battre. Je croyais que tu n'étais pas à fond, de peur de la blesser. Ma blague de tantôt était juste dans le but de le confirmer. Wow! Je savais qu'Arcia n'était pas une fille comme les autres, mais à ce point…

Ray le fixa longuement puis dit enfin ce qui le tracassait depuis le bal.

34   L'ÂME CLÉ   *Jessica Tang*

– Est-ce que tu sais qui sont Arcia et ses sœurs ? Et pourquoi essayais-je de trouver Clairia ?

– Non, aucune idée. Elles sont sœurs, les cinq que nous avons vues ? Tout ce que je sais, c'est qu'elles sont les filles les plus mignonnes que j'aie jamais rencontrées.

Le prince aux cheveux argentés éclata de rire.

– Tes beautés sont les Gardiennes des Frontières, imbécile !

– QUOI ?

D'un bond, Tay se leva du siège qu'il avait pris en entrant. L'expression sur son visage était un mélange de consternation et de crainte. Prenant son aîné par les épaules, il le secoua vivement.

– Dis-moi que tu blagues ! Elles, les Gardiennes des Frontières ? Ce n'est pas possible ! On est mal pris, dans ce cas-là ! Nous ne les avons pas saluées correctement et nous les avons traitées comme des courtisanes ! Elles doivent penser qu'Amaria se moque d'elles !

– C'est pour cela que je cherchais Clairia pour lui faire mes excuses, idiot. Le roi est venu me voir lorsque je dansais avec Flamia et m'a annoncé qui elles étaient. Étant l'aînée, Clairia est leur chef.

– Cela explique la capacité d'Arcia à manier les armes. Nous devons absolument nous excuser auprès d'elles. Sinon...

– On s'en occupera demain. J'ai trop sommeil.

– Tout à l'heure, Arcia t'avait lancé un défi, n'est-ce pas ? C'est pour ça que tu t'es battu ?

Ray hocha lentement la tête. Tay partit pour sa chambre, l'expression de consternation n'ayant point quitté son visage. La porte se referma ; Ray se changea et mit ses vêtements de nuit. Mettant un bandage sur la plaie de sa jambe, il repassa dans sa tête toutes les personnes qu'il avait rencontrées ce jour-là. Le roi, homme sage et prudent, Clairia, fille vive et fière. Ensuite, il y avait Tania, qu'il ne connaissait pas beaucoup, Vénia qui était moqueuse et intelligente. Puis Flamia, qui était charmante et apparemment très attachée à lui. Ne restait plus qu'Arcia. Il ne trouva autre mot pour la décrire que mystérieuse. Mystérieuse et extrêmement dangereuse.

Il se coucha avec cette pensée en tête.

On était au beau milieu de la nuit lorsque Ray se réveilla en sursaut. Regardant frénétiquement autour de la chambre, il chercha la cause de son réveil. Voyant que rien n'était anormal, il essaya de se rendormir, après avoir balayé la salle de son aura magique. Or, le sommeil semblait l'avoir quitté pour de bon. Ray pouvait entendre les ronflements paisibles de son frère dans la chambre d'à côté. Sortant de son lit, il décida d'aller faire un tour dans les jardins pour respirer un peu d'air frais.

Marchant le long du corridor, il entendit de terribles cris de douleur. Quand il découvrit d'où cela venait, l'étreinte glacée de la peur le saisit. Les sons venaient d'une des chambres des Gardiennes, retentissant à travers le corridor. Il cogna à la porte d'Arcia, la plus proche, même s'il savait que c'était sans utilité. C'était plus pour apaiser sa conscience qu'autre chose (la jeune fille risquerait de le démembrer s'il pénétrait dans sa chambre juste comme ça !). Tournant la poignée, le jeune homme constata que la porte n'était pas verrouillée. Il vit une forme s'agiter sur le lit. Prenant son courage à deux mains, il s'assit sur le matelas et écarta légèrement les draps. Arcia dormait paisiblement. Ce n'était pas elle qui pleurait…

Qui pleurait comme ça pendant la nuit ? Quels cauchemars pouvaient être assez terrifiants pour briser en morceaux un être au point de le faire crier comme une harpie ? Telles étaient les questions qu'il se posait. Soudain, les pleurs cessèrent et quelque chose se raidit derrière lui. D'un bond, Arcia se dégagea. Ses yeux portaient encore quelques traces de sommeil, mais ils étaient aussi durs que de la pierre. La pupille s'était réduite à un mince fil, comme celles d'un chat enragé. Pendant une fraction de seconde, Ray crut voir son visage s'adoucir. Elle le fixa pendant longtemps puis baissa finalement la tête. Tout air farouche quitta ses traits.

– Pourquoi êtes-vous dans ma chambre ?

– Des cris sont parvenus jusqu'à la mienne.

Un silence lourd s'installa dans la pièce, pendant lequel le prince tendit l'oreille pour voir si les cris recommençaient. Arcia ne relevait toujours pas la tête. Une honte écrasante envahissait son être. Elle sentit une main lui relever le visage. Arcia détourna la tête. La même main la retourna et une autre vint pour se poser sur sa joue. Elle réprima l'envie de sauter par en arrière et de tomber en position agressive. Finalement, n'ayant plus le choix, elle leva les yeux. L'inquiétude se lisait dans la figure pâle du prince. Arcia ne broncha point, mais dit ceci :

– Je prie Son Altesse de me pardonner mon effronterie envers sa personne royale. Je n'aurais pas dû défier Sa volonté…

On ne pouvait lire aucune expression sur le visage de la jeune fille, mais Ray savait qu'elle était sincère.

– Nous sommes quittes, noble damoiselle. Mon ignorance de votre statut m'a mené à une mauvaise conduite de ma part. Vous n'avez point besoin de vous excuser puisque vous ne m'avez pas porté offense. Quiconque enchaîné par la dignité aurait agi de la même façon.

Il sourit, chose qu'il ne faisait pas souvent. Un geste qu'Arcia ne retourna pas. Elle ne fit que baisser les yeux de nouveau, retrouvant son air froid. La guerrière n'osait toutefois pas se dégager des paumes qui lui tenaient gentiment le visage.

Tania entra dans la chambre au moment même où le prince retirait ses mains. Elle avait les cheveux en désordre et soufflait légèrement.

– Arcia, ce n'était que Vénia qui a eu un de ses rêves démoniaques. Retourne te coucher, elle s'est calmée… Ah, vous êtes là, Votre Altesse.

– J'ai été tiré de mon sommeil par la même raison que votre sœur, ici. Ne vous en faites pas, ma dame, ce n'est pas par manque de confort. J'ai juste le sommeil léger, très léger.

– Bien, Altesse. Si vous voulez m'excuser, je retourne au lit. Bonne nuit, Arcia, désolée que tu sois réveillée.

Tania sortit, bâillant copieusement (elle avait essayé de le cacher, mais en vain). Ray remarqua que les paupières de la jeune fille derrière lui étaient lourdes. Presque instantanément, elle s'écroula, endormie. Ajustant les draps, il pensa à quel point elle devait être fatiguée. Le sort de sommeil qu'il venait de lui jeter devrait arranger les choses. Dommage qu'il n'ait pas eu le temps de lui poser des questions concernant les cauchemars de sa sœur... En sortant, le prince n'entendit plus rien. Il semblait bien que le reste des Gardiennes étaient allées dormir. Lui aussi avait besoin de sommeil...

2

Orandis

— Hé ! Réveille-toi, paresseux ! Le roi veut nous voir au déjeuner. Si on ne se dépêche pas, on va manquer le repas !

Ray ouvrit un œil et le referma aussitôt. La clarté du jour l'avait ébloui. Les rideaux étaient ouverts, la lumière de la matinée s'infiltrait dans la pièce. Le jeune prince tira les couvertures par-dessus sa tête et tenta de se rendormir. Il avait encore tellement sommeil ! Malheureusement pour lui, Tay arracha les draps, faisant rouler son frère sur le parquet glacé. Toutefois, Ray ne se remit pas sur ses pieds.

— Eh bien ! Il est rare que tu ne te lèves pas après avoir heurté le sol. Il est encore plus rare que tu préfères ton lit à un bon repas. Allez frangin, debout !

Tay jeta un oreiller et un coussin à son frère. Celui-ci s'assit enfin... puis se mit en boule sur le plancher.

— Quelle honte ! Ne m'oblige pas à aller chercher les débarbouillettes mouillées !

Ray se mit enfin debout. Se frottant les yeux, il bâilla longuement. Son jeune frère le regarda d'un œil amusé passer la main
dans sa chevelure argentée et blanche. Un sourire malin se forma
sur ses lèvres.

— Dis donc, as-tu mal dormi ou as-tu eu des cauchemars?
On dirait que tu n'as eu que la moitié de ton sommeil. C'est déjà
difficile de te tirer du lit le matin habituellement, mais là! Tu
n'as même pas bronché quand je t'ai jeté par terre. Qu'est-ce qu'il
y a? Encore frustré d'avoir failli te faire battre par une fille?

— Ta gueule, Tay... Parle pour toi-même, j'ai mes raisons
pour avoir fait la grasse matinée!

Sur ce, Ray se dirigea vers une petite salle pour se laver et se
préparer. Son cadet le suivit des yeux. Sur son visage passa un
éclair de lucidité, auquel succéda un sourire machiavélique. Prenant
sa pose préférée contre le mur, les bras croisés, Tay réfléchit.

— Agressif et grincheux... Je me demande ce qui occupe tes
pensées... serait-ce...

Une possibilité vint à l'esprit du prince. Si c'était cela, on
allait bien rire. La possibilité avait peu de chance de devenir vraie...
Quel dommage! Le jeune homme n'avait pas eu l'occasion de
s'amuser autant depuis longtemps. Prions le tout-puissant Ange
de la Terre que cette occasion ne soit pas qu'un mirage!

« C'est fou ce que ton esprit peut être simple et si compliqué
à la fois, grand frère! Un vrai labyrinthe de secrets... » se dit-il, le
sourire toujours plaqué sur la figure.

— Tu viens, oui? C'est toi qui m'as sorti si violemment du
lit pour qu'on aille déjeuner, alors amène-toi!

Ray était habillé et attendait déjà dans le corridor. Le cours
des pensées de Tay fut brisé et il se précipita à la suite de son
aîné. Ils argumentèrent plutôt indiscrètement tout au long de la
descente jusqu'à la salle à manger. Les servantes et les domestiques filèrent des coups d'œil admiratifs en direction des deux
fils du monarque d'Amaria, en oubliant pratiquement leurs corvées.
Bien des jeunes filles firent les yeux doux. Les deux princes,

habitués, n'en furent pas du tout conscients. Franchissant les portes, ils virent Vénia, seule dans la salle. Elle ramassait la vaisselle, nettoyant aussi les restes. Deux assiettes comportant des rôties et quelques tranches de viande trônaient au bout de la table. Une jatte de lait et du beurre traînaient à proximité, de même que des coupes. La jeune fille aux cheveux argentés sourit et s'inclina en les voyant.

– Bien le bonjour, Altesses. Installez-vous et mangez. Mes sœurs ont déjà fini et vous attendent dans la salle du trône avec le roi. Je suis de corvée de ménage mais ne vous inquiétez pas, je me ferai discrète. Ne faites pas de telles figures, Altesses, nous venons juste de finir, donc vous n'avez pas besoin de vous presser.

– Vous devez nettoyer et débarrasser la table ? N'est-ce pas le travail des domestiques ? s'enquit Tay, étonné.

Vénia sourit et rit doucement. Enfin, ils avaient découvert qui elles étaient. Cela avait dû être tout un choc. Chaque fois, c'était la même chose. Pour les autres royaumes, les Gardiennes des Frontières n'avaient jamais été vues en chair et en os, seulement à travers les rumeurs des marchands et en tant que silhouettes encapuchonnées qui parcouraient les routes. Ce qui n'enlevait pas la possibilité de s'amuser de la situation. La guerrière procéda à une explication patiente, comme à un jeune enfant.

– Votre Altesse, je ne suis pas une princesse ou un membre de la royauté. Je ne fais même pas partie des dignitaires. Mes sœurs et moi ne sommes que de simples militaires… avec une quelconque réputation. Il serait injuste que je ne fasse pas le travail qu'on m'impose. Il en va de même pour mes sœurs, elles ont toutes leurs propres corvées. Les Gardiennes ont un rang élevé dans la haute société, mais pas au point d'avoir le luxe d'être dispensées de travaux. Même le Général de Légions fait du ménage de temps à autre.

Tay ne s'attendait pas à une réponse de la sorte. Il en resta bouche bée. Lui, un prince, traité comme un enfant. Dans son pays, la noble Amaria, les Gardiennes auraient été considérées comme les égales d'une princesse ou, sinon, presque. Avec tout leur savoir-faire et leur expertise aux armes… surtout leur expertise aux armes…

– Assez jasé, vous devez avoir faim. Mangez !

Les princes ne se le firent pas dire une troisième fois. Les plats se vidèrent à une vitesse inimaginable. Vénia ramassa leurs assiettes et leur fit signe d'aller dans la salle du trône. Tay lui jeta un dernier regard et quitta la pièce. Il remarqua que Ray avait remis son masque d'impassibilité et qu'il semblait maintenant tout à fait réveillé. Toutefois, son regard était perdu, comme s'il voyageait dans un autre monde. Ce regard rêveur ne lui était pas habituel. Lorsqu'ils entrèrent dans la salle du trône, le jeune homme à la chevelure blanche sortit de sa rêverie et ses yeux dorés reprirent leur éclat hautain. Tay aussi prit un air plus sérieux en présence du souverain de la Terre des Temps. Il se rendit compte qu'en plus de celui-ci et des Gardiennes, les deux demi-lynx qui les avait accompagnés à leur arrivée étaient présents. Fanar et Rainor étaient sans doute revenus pendant la nuit, à en juger par leurs airs fatigués. Les deux princes se mirent à genoux devant le roi et firent les salutations protocolaires.

– Prière de vous relever, Amari. J'espère que vous avez passé une bonne nuit.

À ces mots, Ray sentit que le regard perçant d'Arcia était posé sur lui. Le reste des Gardiennes eurent une moue quasi imperceptible.

– En ce qui concerne le malheureux incident d'hier soir, vous n'avez guère à vous en faire car tout a été expliqué. Monseigneur Ray, vous avez été digne de vos ancêtres en acceptant le défi d'Arcia. Peu d'hommes auraient osé se mesurer à une fille aussi farouche qu'elle, continua le roi avec un sourire narquois. En ce qui concerne votre recherche pour Clairia, la raison a aussi été énoncée. Les Gardiennes n'ont été que réjouies de pouvoir pardonner à un jeune homme de votre rang.

– Sa Majesté est trop généreuse dans ses éloges, répliqua le prince avec révérence.

Le roi posa une main sur son épaule.

– Votre modestie et votre gracieuseté vous font définitivement honneur. Amaria est un pays béni des Anges en vous ayant comme prince. Je suis ravi que la nouvelle alliance présente des bénéfices en faveur de la paix.

Tay écoutait seulement d'une oreille et d'un air ennuyé à peine perceptible. Seuls les sens alertes d'Arcia le détectèrent. Le jeune homme à la tignasse noire était habitué aux compliments que l'on n'arrêtait jamais de faire déferler sur son frère. Sûr, ce dernier avait beaucoup de qualités et une très bonne réputation… en plus d'appartenir à la royauté. À la longue, cela devenait ennuyant. Les filles n'avaient d'yeux que pour lui, avant de tenir compte de quiconque alentour. Le pire était qu'il les rejetait les unes après les autres, sans une parole de gentillesse. Même les plus belles des courtisanes !

« Pendant qu'on y est, Votre Majesté, jetez donc votre couronne à ses pieds et proclamez-le roi ! Je suis certain qu'il possède assez de "modestie" » et de "gracieuseté" pour cela ! » se dit sarcastiquement Tay.

La mine du roi devint plus sérieuse et son ton se fit plus grave. Toutes les Gardiennes étaient maintenant présentes, et toutes les portes de la salle étaient verrouillées.

– J'ai demandé cette réunion pour cause d'affaire d'État, annonça le roi d'une voix qui imposait le silence. Hier, pendant la fête, le parchemin que les Gardiennes ont récupéré pour les Érora est tombé entre les mains d'un de mes gardes. Il contenait une invitation. Une invitation à un tournoi traditionnel dans la capitale d'Orlianda.

Clairia et Vénia serrèrent les dents. Flamia et Tania firent les gros yeux. Seule Arcia resta complètement impassible… comme d'habitude (soupir !). Enfin presque complètement. Le froncement de sourcils indiquait qu'elle n'aimait pas la nouvelle plus que le reste de l'assemblée.

Le roi examina les visages tour à tour, surtout ceux des princes. Le dénommé Tay avait l'air surpris. Son aîné avait la mine sombre et la haine se lisait dans ses yeux. Le souverain poussa un soupir de soulagement temporaire. Pas de traîtrise en vue… pas encore. Amaria serait l'alliée de la Terre des Temps pour encore un bout de temps au moins.

— Votre Majesté, commença Fanar en s'inclinant, je crois avoir entendu dire que le pays d'Amaria a aussi été convié. La reine veut que Ses Altesses ici présentes y participent en compagnie des champions de la Terre des Temps.

Le roi parut entrer au monde des songes, puis il releva soudainement la tête.

— Elle suggère donc que les sept champions de la Terre des Temps incluront les princes d'Amaria ? Pourquoi est-ce ?

Ce fut au tour de Rainor de s'avancer et de s'incliner.

— La Dame d'Amaria voudrait prouver la bonne foi du pays et de la nouvelle alliance. Elle est consciente que son pays ne fait pas une si bonne figure aux yeux de tous. En plus, elle dit que cela donnerait l'occasion de poster plus de soldats aux frontières en vue d'une éventuelle attaque. Si Orlianda profitait du tournoi pour détourner notre attention et nous forcer à envoyer nos meilleurs combattants, nous aurions une quelconque défense de plus. Puisqu'un tournoi ne se refuse pas, Sa Majesté d'Amaria envoie ses fils sous l'étendard de la Terre des Temps.

Toute l'assistance resta silencieuse devant la déclaration. La reine Aurivia était une femme sage et intelligente. Elle gouvernait le pays seule depuis longtemps, son mari ayant disparu lors d'une des nombreuses guerres antiques. Ses conseils ne devaient pas être pris à la légère, aussi méfiants que soient les conseillés. En faisant participer les princes sous le nom d'un autre pays, Amaria n'entraverait point les Lois des Anges, tout en faisant honneur à la Terre des Temps. C'était une bonne occasion de prouver la bonne foi de l'alliance. Une très bonne occasion.

— Soit ! Ses Altesses Ray et Tay participeront sous le nom de la Terre des Temps en compagnie des Gardiennes des Frontières !

— QUOI ? s'exclamèrent celles-ci à l'unisson.

Le roi leur sourit d'un air paternel.

– Vous m'avez bien entendu. Vous participerez au tournoi d'Orlianda. Vous partirez dans trois jours. En attendant, tâchez de vous entraîner le plus possible, dit-il d'un ton doux mais ferme.

– Mais qui va s'occuper de la garde des frontières ? s'écria Clairia.

– Amaria s'en chargera, répondit Vénia. Et puis, nous avons Rainor et Fanar. Si nous ne remportons pas ce tournoi, tu sais ce que cela veut dire ? Cela voudra dire qu'Orlianda aura le droit de nous réclamer ce qu'elle voudra. Si nous gagnons, ce droit nous revient et nous remportons la bataille sans faire couler trop de sang. Comprends-tu, Clairia ? Orlianda aura l'intention de faire une pierre deux coups et de remporter le tournoi !

La guerrière hocha lentement la tête.

Rainor et Fanar ouvrirent les portes principales et firent signe aux Gardiennes et aux princes de sortir. Tous obéirent sans dire mot, encore sous l'intensité de leur responsabilité. Les deux demi-lynx refermèrent les portes.

– Majesté, êtes-vous sûre de vouloir envoyer les Gardiennes en territoire ennemi ? Elles font partie de nos meilleurs combattants et si Orlianda…

Rainor fut coupé court par un geste de la main du roi.

– Orlianda ne voudra pas perdre le tournoi. Il est beaucoup trop important à leurs yeux. C'est leur chance de nous écraser sans que nous ne puissions rien faire. Il lui faudra le meilleur de ses légions pour tenir tête aux Gardiennes. C'est ce que nous voulons. Si nous sommes attaqués, les meilleures troupes seront à Orandis et nous pourrons encore avoir un espoir tant que les filles pourront vaincre. Notre victoire dépend d'elles car je doute fort que nous puissions repousser, même avec l'aide d'Amaria, les Orliandais et les Amazones…

Le roi n'alla pas plus loin dans son dévoilement, sachant que sa garde personnelle pouvait deviner le reste. Rainor et Fanar eurent la conscience considérablement plus légère. Leur travail les attendait.

Pendant ce temps, dans le couloir de la salle d'entraînement...

– C'est pas vrai ! Je n'arrive toujours pas à croire que le roi veuille nous envoyer au tournoi ! Qui donc va rester pour défendre la Terre des Temps ? s'exclama Flamia.

Vénia, en franchissant le seuil de la porte, lui répondit :

– Tu connais déjà la réponse à ta question. Clairia a demandé la même chose. Le roi veut certainement que l'on garde un œil rapproché sur Orlianda. Pour l'instant, notre seul et unique but est de remporter le tournoi.

Tay suivit Vénia. Il avait retrouvé son ton désinvolte et joyeux.

– Ne vous en faites pas. Mère veillera à la sécurité des deux royaumes. Elle n'a pas été Générale de Légions dans son temps pour rien. Non, tant que le pays d'Amaria tiendra, la Terre des Temps ne risquera rien.

Clairia s'esclaffa. Elle regarda le prince d'un œil moqueur.

– La Terre des Temps ne risquera rien ? Il me semble que c'est vous qui avez sollicité notre aide au tout début !

Tay rougit furieusement à ce commentaire. Il n'avait toutefois aucune réplique. Tout le monde sauf Arcia éclata d'un rire franc et le prince ne tarda pas à se joindre à eux.

– Bon, cela vous dirait de faire des duels ? Il n'y aura aucune arme. On peut bien suivre le conseil du roi, dit Flamia.

Les Gardiennes regardèrent intensément les deux princes, qui s'empressèrent d'accepter.

– C'est décidé ! On va savoir qui va combattre en premier par le hasard. Roche, papier, ciseaux ! s'exclama Clairia.

Les combats furent assignés. Tania refusa gentiment son tour, car ils étaient un nombre impair, et assuma la responsabilité de juge. Ce n'était pas vraiment son truc, de toute façon, de savoir qui se battait le mieux. Vénia et Clairia s'avancèrent au milieu de la salle, puisque c'étaient elles qui commençaient.

— Prépare-toi à perdre, petite sœur !

Le combat commença sur une ligne égale pendant un bout de temps, mais l'arrogance de Clairia causa sa perte. Sa sœur la mit à terre en un rien de temps. La fille aux cheveux d'or se releva et lança une chaîne d'obscénités.

— Finis pour moi. Ta magie est vraiment agaçante, Vénia.

Cette dernière la félicita pour avoir essayé de démontrer une bonne défense, même si elle fut vaincue facilement. Elle essaya aussi de calmer la rage de son aînée en disant que ce n'était qu'un coup de chance puisque, les autres fois, elle avait gagné. Clairia n'était pas la personne la plus raisonnable lorsqu'elle était de mauvaise humeur… Vénia voulait à tout prix éviter cela. Arcia et Tay se mirent à leur tour en position de combat. Tous étaient silencieux et attendaient que les artifices commencent.

— Montrez-moi ce que vous savez faire, Arcia. Mon frère me dit que vous êtes une excellente combattante !

— Ce sera à vous d'en juger.

Sur ce, la jeune fille fit virevolter gracieusement ses cheveux bleus et lança un coup de pied en direction de l'abdomen du prince. Celui-ci, comme prévu, para le coup et essaya de lui prendre la jambe pour la déséquilibrer. Résultat : il ne récolta qu'un coup de poing à la tempe et un levé de genou sous le menton. Tay se redressa, haletant. Il prit une position défensive.

— Fais attention aux mouvements qu'elle dirigera au niveau de tes pieds. Si tu tombes, tu es cuit ! lança Ray, voyant que, à peine l'affront commencé, son frère était en mauvaise posture.

— D'accord !

Arcia, voulant prouver que de simples conseils ne l'arrête-raient pas, eut une idée en tête. Elle feignit un crochet droit au visage du prince pour ne lui faire qu'un croc-en-jambe quand il abaissa sa garde pour se protéger. La guerrière cloua Tay au sol en mettant un pied sur son dos. Malgré les efforts de Tay, elle remporta le duel.

– Ouch ! C'est fou ce qu'elle bouge vite ! On peut à peine prédire ses attaques, voire les parer, dit le jeune homme en grimaçant.

Ray eut un sourire satisfait. Son frère connaissait maintenant les capacités de cette fille qu'il prétendait faible. Lorsqu'il confronta son adversaire Flamia, il termina le combat avec une rapidité étonnante. La rouquine n'eut même pas le temps de voir qui l'avait frappée qu'elle se trouva nez contre terre. Son admiration pour le prince ne fut que plus accrue. Clairia, qui avait pris le rôle d'arbitre, annonça la prochaine bataille, entre Arcia et Vénia. Les coups furent intenses et l'acharnement ardu, mais la cadette l'emporta sur l'aînée. La magie de Vénia était sans effet puisqu'elle aidait l'élément d'Arcia. Du vent et de la glace… cela forme une tempête en faveur de la dernière.

– Aïe ! De la force et de la rapidité…. On a habituellement l'un mais pas l'autre. Je commence à regretter de t'avoir appris certains sorts, dit une Vénia exténuée.

– Hmmm… le prochain combat risque d'être mémorable. Il oppose Son Altesse Ray à ma petite sœur… On va enfin pouvoir voir de quoi le défi d'hier avait l'air ! déclara Clairia d'une voix excitée.

Le visage d'Arcia était pâle et froid lorsqu'elle se mit en position d'attaque. Ray ne put s'empêcher de frissonner en regardant dans ces yeux glacés. La pupille n'était plus qu'une fente, comme celle d'un félin dans le noir. Il se remémora le style de combat de la jeune fille ainsi que ses points forts.

« Ma chère Arcia, il est temps de prouver lequel d'entre nous est le plus fort. La réputation des Gardiennes doit certainement avoir été exagérée quelque part », pensa-t-il avec un sourire narquois.

L'hybride de renard arctique vit le prince sourire. Elle-même ne put empêcher les muscles de ses lèvres d'afficher un rictus meurtrier.

— Arcia doit vraiment avoir hâte de se mesurer à votre frère, chuchota Vénia dans l'oreille de Tay.

— Je n'en douterais pas une seconde, répondit-il.

— Bonne chance, Votre Altesse ! encouragea Flamia, les yeux brillants.

— Vas-y, p'tite sœur, t'es la meilleure ! renchérit Clairia.

Le combat commença. Un échange de coups de poing retentit dans la salle. Les mouvements des deux combattants étaient si rapides que l'air sifflait. Arcia n'était pas aussi forte que le prince, mais sa vitesse compensait. De plus, avec leur élan, ses coups ne pouvaient être pris à la légère. Ray réussit à porter un coup à l'épaule de la jeune fille et essaya de la faire trébucher. Celle-ci sauta, utilisa un des murs pour se propulser et lança un double coup de pied fouetté à la figure du prince. Le jeune homme parvint à esquiver l'attaque en s'accroupissant. Il répondit par un botté aérien qu'Arcia para, avec une certaine difficulté. Les deux retombèrent dans une position défensive.

— Par Artémis ! Je n'ai jamais vu une lutte pareille !

L'avis de Clairia était partagé par tout le monde. Aucun d'entre eux n'en croyait ses yeux. Ni son esprit.

— Dis, Vénia, Son Altesse Ray va gagner contre Arcia ? demanda timidement Flamia.

— Franchement, je n'en ai aucune idée. C'est difficile à dire. Avec tous les coups qu'ils ont envoyés, seulement quelques-uns ont atteint leur cible. Ils ont une capacité défensive à la hauteur de leur offensive…

Tay fixait les deux combattants avec des yeux ahuris. Maintenant, il comprenait pourquoi il avait perdu. Son frère était à un niveau beaucoup plus élevé que le sien, et Arcia lui tenait tête sans problème. Cette fille était vraiment extraordinaire ! Après un tel affrontement, la plupart des hommes auraient été exténués ou du moins essoufflés. Le jeune prince soupira. Il voyait à quel point il était loin derrière, comparé à eux. Enfin, c'était ce qu'il pensait, mais la réalité était différente. Le prince cadet était presque au même niveau que le reste des Gardiennes, avec quelques tournants de plus. Une fois de plus, son frère l'avait surpassé. Non pas qu'il soit surpris... Il avait été averti de la puissance de la guerrière mais n'en avait pas cru un seul mot. Les légendes qui courent doivent être vraies. Il aurait dû être fier, mais la réjouissance ne lui venait simplement pas.

— Je vois que vous êtes meilleur que je ne le pensais. Meilleur que l'autre jour.

Le jeune homme aux cheveux argentés fronça les sourcils. L'indignation l'envahit. Le ton sur lequel Arcia avait fait sa remarque laissait croire qu'elle se moquait de lui. Il serra les dents, essayant de garder son sang-froid.

— Donc, vous me considérez comme un être inférieur.

— Nullement, Altesse. C'est plutôt vous qui m'avez sousestimée la dernière fois. Vous n'y êtes pas allé à fond dès le début, comme si je n'étais qu'une vulgaire poupée de chiffon qui pouvait être déchiquetée n'importe quand, répliqua Arcia d'une voix tranchante et enjouée de cynisme.

Incrédule, Ray ne put arrêter le coup de coude qu'il reçut dans le ventre aussi bien qu'il avait pu esquiver le botté destiné à sa figure. Se relevant avec peine, des étoiles dansant devant ses yeux, il vit une lueur démente qui brillait dans les yeux de la jeune fille. Après tout ce temps, ce n'était que maintenant qu'il tenait compte du fait que la Gardienne n'avait pas seulement l'intention de le battre, *elle devait l'humilier.* Comme il l'aurait fait s'il y avait eu une assistance à leur dernier combat !

« Elle n'aura plus aucune pitié dans ses attaques, que je sois de la royauté ou non. Voici donc son vrai visage dans une bataille... Je vais devoir me mettre à me battre sérieusement. La magie entrera en jeu sous peu », se dit-il amèrement.

Personne ne vit le prince lancer un coup de pied à son adversaire. Tout ce qu'on sentit fut un courant d'air vif. Lorsque Arcia bloqua l'attaque et s'apprêta à riposter, les spectateurs firent une fois de plus les gros yeux.

– Qu'est-ce que c'était que ça ? Une seconde, le prince était à une bonne distance d'Arcia, la suivante il est repoussé au fond de la salle. Un échange de coups est en train de se développer sous nos yeux et je n'ai aucune idée de qui fait quoi, dit Flamia.

Tania, qui jusque-là n'avait rien dit, avala le nœud dans sa gorge et laissa libre cours à son savoir. Analysant le champ de bataille d'un coup d'œil expert, elle fit une dissection rapide des détails et chercha une explication dans les recoins de sa mémoire. Ce n'était pas pour rien qu'elle était le cerveau de toutes les missions des Gardiennes des Frontières. Le champ d'action en tant que tel ne lui plaisait pas beaucoup et elle préférait laisser les travaux physiques à ses sœurs. Cela ne voulait toutefois pas dire qu'elle était faible aux armes. Simplement, son cœur n'y était pas.

– Ils ont bougé tellement vite qu'on n'a pas pu les suivre à l'optique, puisqu'on n'a pas fait attention. Ces manœuvres demandent beaucoup de précision et si l'assistance ne regarde pas là où il faut, elle ne verra pas l'échange. Les coups qu'ils se donnent maintenant ne sont qu'une manière pour eux de sonder les défenses de l'adversaire. Je ne savais pas qu'Arcia voulait gagner à ce point… Ça me fout carrément la frousse !

Même s'ils n'en croyaient pas leurs oreilles, tous hochèrent la tête à sa déclaration. Des personnes capables de bouger à une vitesse extrême sans même perdre une goutte de la force de leurs coups ? Pas possible. Simplement pas possible.

« Mère t'a toujours dit que tu trouverais un adversaire qui voudrait t'écraser comme un insecte si tu ne faisais pas attention, frérot », pensa Tay en secouant la tête.

Clairia fut la première à retrouver la parole. Elle cria maints encouragements à sa petite sœur, tandis que Flamia et Tay soutenaient Ray. Vénia se mit de la partie en faveur d'Arcia afin d'équilibrer les deux groupes.

– Je vois que vous avez finalement décidé de me prendre au sérieux ! lança la jeune fille aux cheveux bleus par-dessus le tumulte.

– Ça, vous pouvez en être certaine, ma chère !

Les coups continuèrent à fuser et les blocages à les disperser. Pendant une longue période de temps, les deux combattants furent à égalité. C'est à ce moment que le prince sortit son arme secrète. Ses yeux dorés s'illuminèrent en deux faisceaux et il leva sa main dans un mouvement sec. Le sol sous les pieds d'Arcia se souleva dans un grondement céleste et une fissure apparut le long de la salle. Elle parvint à s'échapper et à atterrir sur le côté. Des morceaux de roche effilés tournoyaient autour de Ray, dans un ballet mortel. Décrivant un arc avec son bras, le prince les envoya tous, pointe première, en direction de la Gardienne.

– Non, Arcia ! ! !

Vénia voulut sauter de l'avant pour contrecarrer l'attaque, mais un souffle froid l'en empêcha. Se protégeant le visage d'une main et tenant son bâton cristallin de l'autre, elle vit deux points bleus dans la poussière soulevée. C'étaient les yeux de sa sœur. Sachant qu'elle ne pouvait éviter l'attaque assez vite, elle avait tout simplement créé un bouclier de glace devant elle. Comme elle tendait ses doigts, celui-ci vola en éclats et ce fut au tour du prince d'être mitraillé par les pointes. Il ne fit secouer la terre qu'une seule et unique fois avant de retomber sur le sol. Des glaçons le clouaient par terre, empêchant tout mouvement. Arcia aussi était sur le ventre : elle était tombée lors de la secousse. Elle n'eut pas la force de se relever.

– Tout ça pour voir ce duel finir en match nul ! geignit une Clairia déçue.

– Ta gueule, Son Altesse est peut-être blessée ! Ces dards sont dangereux ! s'exclama Flamia.

Vénia aida Arcia à se remettre sur pied alors que Flamia faisait de même avec le prince. Ils étaient tous les deux à bout de souffle. Se regardant mutuellement dans les yeux, ils éprouvèrent une satisfaction commune. Les deux avaient donné le meilleur d'eux-mêmes, comme le voulait l'honneur. Aucun d'entre eux n'avait pu émerger victorieux, mais peut-être est-ce comme cela qu'ils continuèrent de persévérer. Tay s'avança vers son frère et lui donna une bonne accolade dans le dos. Un sourire illuminait son visage.

— Quel ennui qu'on n'ait pu savoir qui était le plus fort d'entre vous deux ! On ne peut pas dire que tu n'as pas eu un adversaire de taille, grand frère !

— Non, Arcia n'était pas à la taille de Ray. Elle ne le sera jamais. Il lui manque une bonne tête pour avoir la même hauteur que lui !

Tout le monde rit de bon cœur à la remarque de Vénia. La prêtresse jeta un sort pour éliminer toute trace du combat, particulièrement la grande faille au milieu de la salle et les trous causés par les glaçons. Une chose dont on pouvait être certain, c'est que les autres concurrents du tournoi auraient du fil à retordre face à de tels rivaux ! Les Gardiennes et les deux princes continuèrent de plaisanter jusqu'au souper. Leur sujet préféré, naturellement, était le duel entre Arcia et Ray. La première ne prit pas part à la conversation. Elle remarqua une chose, cependant : Flamia semblait très attachée à Ray. Elle se remémora le soir du bal et le visage paisible de sa petite sœur. Il fallait qu'elle lui parle dès ce soir…

Ray entendit cogner à la porte qui menait à la chambre de son frère. Sans même attendre une réponse, Tay entra. Son frère leva le nez de son grimoire. Le lendemain, Orlianda les attendait. La dernière journée avait passé tellement vite avec l'entraînement et les plaisanteries des Gardiennes. À la lueur de l'aube, ils devaient monter en selle et se diriger vers le sud. Les princes se fixèrent mutuellement. Comme tous les frères de sang, ils purent lire les sentiments de chacun sans problème.

— Tu es nerveux, n'est-ce pas ? demanda Ray d'une voix calme.

Tay soupira et referma la porte. Regardant la réaction de son aîné, il hocha la tête. Étonnamment, celui-ci se mit à rire.

— Quelle tête tu fais ! Tu n'as pas à t'en faire ! Ce n'est qu'un tournoi comme ceux de chez nous.

– Facile à dire ! Réalises-tu que nous serons en territoire ennemi ? Orlianda pourrait nous écraser sur un simple mot de son roi !

Tay ne put se retenir plus longtemps. Les peurs qu'il cachait sous son masque de jovialité se révélaient enfin. Depuis le début des attaques d'Orlianda et des Amazones, il avait des craintes. Crainte qu'Amaria doive aller en guerre une fois de plus. Crainte pour l'avenir du pays et le sien. Crainte pour la sécurité de la famille royale. Les Amari étaient une lignée qui remontait loin, qui n'avait jamais été brisée. À présent, c'était fait. Son frère et lui devaient aller se battre. Se battre contre un royaume qui n'avait perdu qu'une seule guerre dans toutes ses conquêtes. Et cette guerre allait être renouvelée avec le même royaume : la Terre des Temps. C'était l'unique raison pour laquelle ils s'étaient alliés avec le roi, puisqu'il avait déjà vaincu contre Orlianda. On dit que les Anges de légende étaient apparus pour lui venir en aide... Ces Anges qui étaient les maîtres des éléments de la nature, des êtres divins invincibles. Des êtres qui manipulaient la vie des mortels comme bon leur semblait, quand il leur semblait. Ils pouvaient tenir en leur pouvoir le destin, mais ils se refusaient à y interférer, mis à part lorsqu'une âme pure les appelait. Dans le monde d'aujourd'hui, ces âmes étaient presque inexistantes. Le roi n'était plus ce qu'il était. L'espoir de survivre de Tay diminuait chaque jour.

Ray ne fut point surpris par l'affluence d'émotions de son frère. Tous deux savaient ce qui était arrivé à leur père. Lui-même avait peu d'espoir de s'en sortir vivant, mais il devait rester confiant pour son petit frère, pour l'honneur de ses ancêtres. Il ne pouvait se permettre d'être faible en des temps aussi cruciaux.

– Ne t'en fais pas. Tant que nous serons des participants au tournoi, rien ni personne ne pourront nous faire de mal. Les règlements traditionnels ne peuvent être changés. De plus, je refuse de tomber dans l'oubli sans avoir eu une bonne bataille !

Tay fixa son frère. Ses mots étaient vrais et sincères. Un calme soulageant l'envahit à la vue du visage familier et serein. Il savait que son aîné ne lui mentirait pour rien au monde. Pas même pour sa dignité. Un sourire illumina enfin son visage.

– Merci, frangin. Je savais que je pouvais compter sur toi.

Un silence apaisant s'installa dans la pièce durant quelques minutes. Ray avait replongé le nez dans son grimoire. Tay prit la pose des bras croisés, accoté contre le mur. Ses airs innocents lui étaient revenus. Ray finit son livre et s'allongea sur le lit.

– Alors, qu'as-tu à me révéler, grand frère ?

Le jeune homme aux cheveux argentés regarda en direction de son interlocuteur avec un air interrogatif.

– Allez, tu sais de quoi je parle. Que penses-tu des Gardiennes ? Flamia donne l'impression qu'elle t'apprécie beaucoup.

Ray éclata de rire. Il aurait dû savoir que son cadet lui demanderait quelque chose du genre. C'était si typiquement lui. Il était extrêmement curieux au sujet de ses affaires sentimentales !

– Qu'est-ce qui te fait penser que je te dirai mes secrets ? demanda le prince d'un ton moqueur.

– Parce que tu l'as toujours fait et que tu sais très bien que je le saurai d'une manière ou d'une autre !

Ray rit une fois de plus. Il n'y avait que son frère qui pouvait déclencher ce son de bonheur en lui.

– Bon, d'accord. Que veux-tu savoir ? s'enquit-il, le moment d'hystérie passé.

– Un mot : Flamia. Il est clair qu'elle te sauterait carrément dessus.

– … Je crois que j'ai de la sympathie pour elle mais cela ne va pas plus loin. C'est un cas comme les autres… Par contre, j'aime bien Vénia…

– Bas les pattes, grand frère ! Celle-là, elle est réservée !

Leur rire emplit une fois de plus la salle.

– Au moins, vas-y doucement s'il faut que tu la rejettes. Tu pourrais avoir n'importe quelle fille voulue de toute façon. Si tu n'aimes pas Flamia, qui d'autre y a-t-il ?

– Qu'est-ce qui te fait dire que je dois aimer une des Gardiennes ?

– Eh bien, chez nous, je sais que tu n'as pas d'élue et que tu n'en auras jamais. Alors, la raison pour laquelle tu rougis doit être une des Gardiennes... à moins que tu ne te sois épris d'une des domestiques...

– Jamais de la vie ! Comme toujours, tu les cherches loin, tes explications ! Tu...

– Dans ce cas, qui est la chanceuse ? Clairia ? Elle n'est pas ton type. Je ne te permettrais pas Vénia et je doute fort que tu éprouves quelque chose pour Tania. Il ne reste donc que la belle Arcia.

– Trop froide. Elle tuerait sans doute le premier homme qui poserait la main sur elle. Assez spéciale, mais non.

– Attends ! Il y a une élue possible chez nous... Milliana. Milliana Parnentri.

Le visage de Ray s'assombrit à ce nom. La jeune femme dont il était question était la fille du Général de Légions, une beauté rare qui pouvait rivaliser avec les Gardiennes. Le prince était devenu bon ami avec elle et le resta jusqu'au jour où il dut partir pour le Temple. Elle ne semblait pas comprendre qu'il vivait pour manier les armes, pour les maîtriser. À la fin, il était parti sans lui dire adieu, pour ne pas voir couler ses larmes. À sa première journée au Temple, il avait vu sur son lit une seule rose blanche. Une rose mouillée.

– Hé, ça va ? Je ne voulais pas évoquer de mauvais souvenirs.

– Ce n'est rien. Je pensais justement à elle pendant notre voyage ici. Milla était une bonne personne. Je suis celui qui l'a brisée en morceaux. Quel égoïste j'ai été ! Dire que je n'ai même pas pensé aux conséquences qui pouvaient arriver si je la laissais juste comme ça.

– J'ai pigé juste, alors ? s'enquit timidement Tay.

– Je ne sais pas. Dans le temps, je l'aimais comme une très chère amie. Mais j'ai eu tellement mal quand j'ai trouvé la rose…

– Tu sauras en temps et lieu. On la reverra bien un jour. Elle ne savait pas manier les armes mais était une apprentie mage, n'est-ce pas ?

– Oui. Aucun talent dans le domaine de la guerre vu sa maladresse, mais assez intelligente pour lancer des sorts angéliques. J'espère bien la revoir un jour. Je ne lui ai pas adressé la parole depuis mon départ au Temple. Pas même quand je suis parti pour la Terre des Temps.

Un silence lourd de chagrin s'installa dans la chambre. Tous les deux revoyaient le visage rayonnant de Milliana Parnentri, leur amie d'enfance. La chevelure blanche comme neige au vent, le visage à jamais souriant et le bras tendu en signe de salut, telle était la manière avec laquelle elle leur apparaissait à chacune de leurs rencontres.

– Tu ne veux toujours pas admettre que tu préfères Arcia au reste des Gardiennes. Sinon, qu'aurais-tu fait dans sa chambre l'autre nuit ?

Ray resta plongé dans ses pensées. Pendant quelques instants, il ne dit rien. Néanmoins, lorsque son cerveau passa à l'examen complet des détails qu'il venait d'assimiler, le prince bondit sur ses pieds.

– Comment sais-tu cela ?

La lueur malicieuse que Tay avait dans les yeux s'intensifia. La forte réaction de son frère expliquait le sang qui lui montait aux joues.

– Je t'ai vu sortir. Tu ne m'as pas remarqué tellement tu étais fatigué. Ne t'inquiète pas, je n'en ai parlé à personne et je ne pense pas que tu aies fait des choses indécentes. Mais je persiste à croire que tu as un gros faible pour Arcia.

Ayant retrouvé son calme glacial, le pauvre prince soupira de lassitude. Quelle peste son frère pouvait être parfois ! Et sans cervelle en plus !

– Qu'importe ce que tu dis, j'avais mes raisons. Si tu as été assez observateur pour le remarquer, le reste des Gardiennes se sont aussi réveillées. Les cris, les pleurs, tu ne les as pas entendus ?

– Non. Mais vous iriez bien ensemble. Vous avez beaucoup de points en commun.

– Ce n'est pas pour ça que je lui ferais la cour. Enfin, il est temps de nous mettre au lit. Nous avons une journée chargée demain, rétorqua Ray.

Tay ne fit pas d'objection et retourna dans sa chambre. Le sourire rempli de malice ne quitta point ses lèvres. Oh, il savait que son frère n'avait pas de faible quelconque pour la jeune fille. Simplement, cela lui donnait une bonne occasion de le taquiner. Les deux frères n'avaient aucune idée qu'une conversation du même genre s'était déroulée dans la chambre d'Arcia, en compagnie de Vénia et de Flamia. Chacun cherchait à percer les secrets de l'autre, parfois avec succès, parfois sans. Tel était construit l'esprit du monde.

Les palefreniers emmenèrent les étalons des Gardiennes et des princes aux portes du palais. Les quelques villageois matinaux regardèrent les chevaux des étables royales piaffer et s'ébrouer. Qui donc partait de si bon matin ? Le nombre des animaux les surprenait encore plus. Il n'était pas rare que Fanar et Rainor partent en mission de messagerie, mais sept étalons…

Le roi sourit en voyant les participants du tournoi défiler devant lui. Ceux-ci s'efforcèrent de répondre à son sourire, mais la gravité de la situation ne le leur permit pas. Pour éviter d'être reconnus, ils avaient tous une cape à capuchon. La seule façon pour eux de se reconnaître était par la couleur de ces capes. Les teintes étaient toutes foncées. Il n'y eut même pas de salutations quand le roi se leva. Les mots étaient inutiles. D'un geste las de la main, le souverain leur donna la permission de partir.

Les sept guerriers franchirent l'entrée et montèrent en selle. Posant une dernière fois les yeux sur le palais, ils partirent au galop à travers la capitale. Les deux demi-lynx, qui gardaient la sortie de la ville, leur adressèrent un signe de bienveillance auquel ils répondirent par un salut militaire. Bientôt, les sept formes ne furent plus visibles du haut des remparts. Et voilà, la chevauchée vers Orlianda venait de commencer !

Flamia, qui avait une cape rouge vin, retira son capuchon une heure après leur sortie de la capitale.

– On peut prendre l'air ! Devant nous, il n'y a que des plaines et aucun habitant. On ne risque pas d'être reconnus !

Toutes les Gardiennes rejetèrent leur capuche en soupirant de contentement. La journée commençait à être chaude, et voyager avec du velours sur la tête n'était pas ce qui était de plus confortable. Les princes firent de même et leurs capuchons noirs volèrent au vent derrière eux.

– Bon, je crois que nous sommes partis pour la plus grande aventure qui soit. Au fait, quels pays y aura-t-il au tournoi ? demanda Vénia, qui voulait briser le silence.

Tay avança jusqu'à côté de la jeune fille et lui répondit :

– Assurément, Amaria et la Terre des Temps ont été invités !

Tout le monde poussa des cris de désespoir à cette déclaration de stupidité. Se ramenant derrière son frère, Ray lui flanqua une claque derrière la tête. Seulement, cette claque n'avait pas l'intention de propulser le jeune prince sur l'encolure de son destrier. Sentant le signal de son maître, la bête accéléra. Le cavalier s'agrippa aux rênes, essayant désespérément de rester en selle. La cavalcade s'arrêta au bout de quelques minutes et Tay lança des dards des yeux à son aîné. Cela ne fit qu'ajouter à l'amusement du groupe, qui riait.

– Bien joué, Votre Altesse ! Un moment vraiment mémorable ! Est-ce qu'il y a néanmoins quelqu'un qui peut répondre à ma question ? redemanda Vénia.

Ray régla la cadence de son étalon sur celui de la Gardienne.

– Je répondrai à votre question si vous cessez de m'appeler Votre Altesse et que vous optez pour mon vrai nom.

– Comme il vous plaira, « Ray » ! répondit Vénia d'une voix moqueuse.

Le monde sourit, mais attendait impatiemment la liste des participants du tournoi.

– Je peux dire avec certitude que Miranor, le royaume de la magie, et Vantrak, le pays natal de Rainor et Fanar, seront là en plus des petits pays aux alentours. Ils ont toujours participé aux tournois et je ne pense pas que Orlianda leur ait refusé l'invitation, commença le prince aux cheveux d'argent. Ce sera une occasion de plus de conquérir un royaume.

– N'oubliez pas Amazonia, elle sera là aussi. Orlianda ayant créé un pacte avec les Amazones, le royaume de l'illusion sera certainement présent, coupa Arcia de sa voix neutre.

Un frisson parcourut le dos des deux princes. La perspective d'avoir comme adversaires les Amazones ne leur plaisait pas du tout. Toutefois, les Gardiennes avaient l'air enchantées.

– Qu'avez-vous à sourire ?

– Arcia, tu dis que les Amazones seront là ?

– Oui. Orlianda ne laisserait pas passer la chance de les avoir à ses côtés.

– Yahou ! Enfin des adversaires valables !

Tay et Ray fixèrent Clairia, éberlués. Que venait-elle de dire ?

Voyant l'expression sur le visage des princes, la jeune fille s'esclaffa. Le rire fut contagieux et toute la compagnie finit par avoir des larmes d'hilarité (excluant encore Arcia). Quiconque les aurait vus à ce moment aurait pensé qu'ils étaient possédés par des démons. Leur expertise avec les chevaux leur permettait de causer comme si de rien n'était, tout en galopant à une allure folle. Quand le sérieux revint au sein du groupe, Tay ne put retenir sa curiosité.

– Clairia, vous avez franchement hâte d'affronter les Amazones ?

– Nous avons toutes hâte. La réputation d'Amazonia est impressionnante et nous voulons vérifier si tout ce qui est dit est vrai, répondit Arcia.

Ray remarqua que dans ses yeux brillait la même lueur démente que celle qu'il y avait vue quand ils s'étaient battus. Elle n'avait donc peur de rien, celle-là ! Il avait toutefois l'étrange impression que les Gardiennes étaient plus réservées à elles-mêmes que les jours précédents. Tania leur lançait constamment, à lui et à son frère, des regards de côté, à l'affût de leurs moindres mouvements. Les quatre autres agissaient normalement, mais son instinct ne voyait pas les mêmes choses que son regard. Une ombre de méfiance régnait, comme le calme avant la tempête, et il était le seul en s'en apercevoir. Peut-être était-ce seulement l'anxiété qui les gagnait. Peut-être.

Naturellement, le reste du voyage fut rempli de plaisanteries et de bonne humeur. Ray voyait que toute cette jovialité était fausse, mais il ne fit aucun commentaire. Arcia était partie en avant, faisant office d'éclaireuse. La courte pause qu'ils firent pour se restaurer se passa sans elle. Ils se dépêchèrent donc de la rattraper par la suite. Bientôt, la frontière de la Terre des Temps fut franchie et Orandis se rapprochait. Les Gardiennes et les deux princes remirent leur capuche. Ils virent des milliers de soldats, tous appareillés pour la guerre. Ils purent passer inaperçus. Cela portait à croire que les hostilités allaient avoir lieu...

Lorsque Orandis fut en vue, les cavaliers ralentirent leur allure. Arcia reprit les devants. Les chevaux étaient éreintés et enchantés d'être arrivés à destination. La demi-douzaine de gardes qui barraient la route avaient leurs lances pointées sur les voyageurs, dès qu'ils furent en vue. Des traits menaçants ornaient leurs visages.

– Qui va là ? Comment se fait-il que nos éclaireurs ne soient pas venus nous avertir de votre arrivée ?

– Nous sommes ici pour le tournoi et nous sommes attendus au palais. Vos éclaireurs ont tout simplement négligé notre présence, alors dégagez le chemin, trancha Arcia froidement.

– Oh, le tournoi ! Et une fille ! Qu'est-ce que tu me paierais pour passer ? Un petit séjour dans mon lit te dirait ?

Les six gardes éclatèrent d'un rire craquelé. L'un d'eux se dirigea vers la forme à la cape bleue juchée sur l'étalon blanc. Une erreur fatale. Lorsqu'il tendit la main pour caresser la jambe de la jeune fille, il se retrouva avec le nez en sang et une certaine partie de son anatomie extrêmement douloureuse. Le reste des gardes voulurent venir l'aider, mais ils passèrent à un cheveu de se faire embrocher. Les doubles lames azurées étaient pointées vers eux. Ils ne virent rien sous le capuchon mais sentirent à quel point ils étaient proches de la mort.

– Pardonnez notre insolence, Reine Néferlia ! Épargnez nos misérables vies ! se plaignirent-ils en chœur.

– Je ne suis pas la reine Néferlia. Si vous souhaitez vivre, faites comme il vous a été dit et dégagez le chemin.

Rampant à quatre pattes, les six malheureux regardèrent les sept cavaliers pénétrer dans la capitale. Un torrent de pensées et de craintes emplirent leur esprit. Si ce n'était pas la reine Néferlia, qui était donc cette fille au tempérament dangereux qui avait pu passer sans qu'on la remarque ? Ce n'était tout de même pas une de ces Gardiennes des Frontières dont leur avait parlé leur roi, elles ne pouvaient être aussi compétentes… Si oui, ils étaient dans de beaux draps.

Tania regarda en arrière pour distinguer un signe de poursuite quelconque. Il n'y en avait pas.

– Quels talents d'ambassadrice tu as, Arcia, dit Clairia sur un ton sarcastique. Première anicroche, mes épées feront l'affaire ! Honnêtement !

– Qu'aurais-tu fait, Clairia ?

– Sans doute la même chose, marmonna-t-elle à contrecœur.

Les rues étaient silencieuses et il n'y avait aucune lumière dans les habitations de granite. Le son des sabots des étalons fut assourdi par la terre battue qui faisait office de route. La capitale avait l'air d'un endroit bien pauvre et mal entretenu. Quand les Gardiennes et les princes arrivèrent aux enceintes du palais, les doux replis de la nuit s'étaient installés dans les cieux. L'endroit où le palais se situait était complètement différent des faubourgs de la ville. La fille aux cheveux vert émeraude s'exclama devant la richesse des métaux qui renforçaient la porte.

– Par tous les Anges ! Là, je peux voir pourquoi on dit qu'Orlianda est le royaume le plus riche du continent !

Clairia rit de la surprise de Tania. Celle-ci, avec Flamia, était la seule qui ait jamais posé les yeux sur le château et ses merveilles.

« Dommage que les citoyens ne bénéficient pas de l'abondance du royaume. Orlianda est réputée pour être avare envers ses habitants. Qu'elles attendent de voir l'intérieur ! » pensa la guerrière aux cheveux d'or.

On fit entrer le petit groupe et il fut accueilli par les regards perçants des Amazones. Les disciples de la reine Néferlia étaient sans doute arrivées les premières. Dans la cour, il y avait aussi des personnes qui étaient habillées de violet et de doré. Elles représentaient le pays de Miranor, royaume suprême de la magie. C'était aussi là que l'influence des Anges était à son plus fort.

– Montrez vos visages, étrangers ! cria un héraut.

Faisant comme il le leur avait été dit, les Gardiennes et les princes ôtèrent leurs capuches. Les couleurs vives des chevelures attirèrent l'attention des invités. L'escorte qui était devant eux fit les gros yeux. Bien des regards appartenant aux Amazones restèrent fixés sur les princes. Les jeunes femmes qui les accompagnaient attirèrent autant l'admiration de la part des hommes qui étaient présents.

– Déclinez votre appartenance, votre titre et votre rang en présence du délégué du grand roi Marcus ! tonna d'une voix forte le héraut.

La jeune fille aux cheveux bleus s'avança et fixa le délégué d'un regard hautain. Arcia était habituellement celle qui s'occupait des affaires diplomatiques, puisque c'était celle qui pouvait en finir au plus vite, avec le meilleur résultat. Qu'elle le veuille ou non. Ses sœurs l'observèrent avec un sourire au coin des lèvres.

— Nous sommes ici pour le tournoi, représentant la Terre des Temps et Amaria. Annoncez à votre maître que les Gardiennes des Frontières et les princes d'Amaria sont à sa porte. Vous connaissez nos rangs respectifs, d'après ce que je viens de dire.

— Qu'est-ce qui me dit que c'est la vérité ? À ce que je sache, tu pourrais n'être qu'une autre de ces prétendantes de Sa Majesté !

— Si ma parole ne vous suffit pas, rien n'y fera. Toutefois, sachez que si nous ne nous présentions pas devant le souverain, nous tiendrions pour acquis que notre invitation au tournoi n'était qu'une futilité. La victoire nous reviendrait. Je suis certaine qu'une telle honte irait bien au tableau d'Orlianda, répliqua Arcia d'un ton détaché.

Le délégué avala le nœud qui s'était formé dans sa gorge. Il suait à grosses gouttes. Une tension emplissait la cour entière. La haine se lisait dans les yeux des Amazones, et elles se préparaient toutes à passer à l'attaque. Les Miranoriens, habitants du royaume de la magie, regardaient la scène d'un air désapprobateur. Pour qui se prenait cette fille et quelle était la cause de l'impolitesse du délégué ?

— Bien (gloup !), suivez-moi. Le roi va vous recevoir.

Le délégué les mena vers une porte mineure, sur la façade est du palais. Arcia et les autres se mirent en file indienne et entrèrent dans l'édifice. Ils quittèrent la lumière des torches de la cour, ce qui ajouta à l'obscurité des couloirs blancs, qui n'étaient éclairés par des lanternes qu'à tous les vingt mètres. La lumière se reflétait sur les tapisseries de satin doré. La moquette de laine blanche recouvrait le parquet comme une couche de neige fraîchement tombée. En de meilleures circonstances, les invités auraient été émerveillés par la pureté d'une telle décoration, or seule l'inquiétude demeurait dans leur esprit. Le corridor était très étroit et si tout ceci n'était qu'une embuscade, il n'y aurait pas beaucoup de place pour manier leurs armes. Comptez sur le royaume d'Orlianda pour vous faire un tel coup bas !

La procession atteignit une deuxième porte, au bout d'angoissantes minutes. L'éclat de lumière qui les frappa de plein fouet les aveugla momentanément. Le contraste de la salle du trône avec le couloir sinistre qu'ils venaient de traverser était si intense qu'on aurait dit une irréalité. La chambre était toute d'or, y compris les murs et les rideaux portant les armes d'Orlianda. La voûte de la salle était arrondie et polie pour refléter la lumière. Aucun pilier ou colonne ne la soutenait, ajoutant à sa majesté. Deux trônes étaient posés sur une estrade de huit marches en or massif, sièges des souverains d'Orlianda. Au pied de cette estrade, il y avait plusieurs personnes qui se retournèrent à l'arrivée des filles et des princes. Elles étaient douze en tout. Neuf d'entre elles portaient des tuniques violettes aux bordures dorées, dévoilant ainsi leur appartenance à Miranor. Les trois autres étaient toutes des femmes, habillées de vert. Celles-ci regardèrent les arrivants avec mépris. J'espère que vous aurez deviné que c'étaient des Amazones.

Le délégué et son escorte se placèrent devant l'estrade et s'agenouillèrent.

— Majesté, les participants de la Terre des Temps et d'Amaria sont arrivés. Il ne reste plus que les représentants de Vantrak.

— Ils sont très effrontés de nous avoir fait attendre toute la journée. Avez-vous eu des ennuis en cours de route ? demanda la reine en se levant.

L'épouse du roi était une femme petite et mince. Elle avait le teint plutôt foncé et il n'y avait aucune grâce dans ses mouvements. Son visage n'était pas d'une beauté exceptionnelle, surtout quand on le comparait à celui d'Arcia, mais il possédait tout de même un certain charme. Levant haut son nez de vautour, elle descendit les marches jusqu'à être devant Ray. Tout le monde retint son souffle.

— Alors ? Quelle est la raison de ce retard ? demanda-t-elle d'une voix pincée.

Si la situation avait été moins sérieuse, le portrait aurait été hilarant. La reine, devant le prince, avait l'air d'une enfant qui n'avait pas obtenu son jouet. Devant baisser la tête pour regarder la petite femme insignifiante, le jeune homme arborait une expression totalement neutre.

Le roi ne fit rien pour arrêter son épouse, visiblement heureux de l'humiliation prochaine de la Terre des Temps. Il fallait s'amuser dans la vie, non?

— Nous ne sommes point en retard, Votre Altesse. Le tournoi n'a lieu que dans deux jours. Nous sommes désolés de vous avoir fait attendre si vous jugez que nous aurions dû être plus en avance. Nous essaierons à l'avenir de satisfaire à votre demande de ponctualité, dit Ray, un sourcil levé.

— Vous êtes encore un de ces paysans qui prétendent être de la royauté dans l'espoir de vous ramasser fortune et prestige! Vous souhaitez accomplir par la tricherie ce que vos pères n'ont pas eu la décence de faire! clama la reine d'une voix forte et accusatrice.

Les Amazones et le roi esquissèrent une expression de pur plaisir, en plus de la cruauté peinte sur leurs visages. Les représentants de Miranor fixaient la scène, hébétés. Seuls le délégué et les gardes qui l'accompagnaient eurent une ombre de peur sur le visage. La reine avait poussé jusqu'aux limites...

Tay s'avança à la hauteur de son frère et soutint le regard de la chipie.

— Altesse, vous nous jugez sans preuve et sans courtoisie. Est-ce votre exemple de ce que la royauté devrait être? Quant à la fortune et le prestige, nous n'en avons que faire.

— C'est ce que disent tous les imposteurs! coupa-t-elle avec une pointe de triomphe.

— Je crois qu'il serait plus sage que vous voyiez ceci.

Sur ce, Ray tendit la broche de sa cape. Son cadet fit de même. La reine s'étouffa de rage. Incrusté dans le diamant, un dessin complexe en argent d'une armure royale démarquait le rang des princes. Portant les mains à sa bouche, la petite femme recula pendant que les deux frères remettaient leurs broches. D'après les espions, les princes ne devaient avoir aucune pièce d'identité sur eux ! La surprise de la reine se transforma en haine profonde. Haine d'avoir été remise à sa place et haine qui devait être rejetée sur quelqu'un. La reine se tourna donc vers la personne la plus proche : Arcia.

— Qu'as-tu à me fixer comme ça ? Tu n'as jamais vu de reine ?

La jeune fille garda les bras croisés, le visage vide d'expression. Ses pupilles se contractèrent légèrement, mais ce fut tout.

— J'ai déjà rencontré des reines, Altesse. Mon étonnement n'est pas dû à une vue familière mais à une qui se dit être ce que j'ai déjà vu.

Le sourire des Amazones et du roi s'effaça d'un coup. Que venait-elle juste de dire ? La reine bouillit en elle-même, enragée de voir ses insultes retournées contre elle. Normalement, ses proies seraient en train de gémir de révolte ! Elle leva la main, se préparant pour une gifle. Adressant un sourire complice à son mari, elle pensa qu'ils n'accepteraient jamais de rester calmes après une telle offense. Visant la figure de la jeune fille aux cheveux bleus, elle eut un sentiment total de triomphe. L'impact ne vint pas. Sa main alla à la rencontre de celle de Ray. D'un mouvement rapide, il avait saisi le poignet de la petite femme juste avant que la paume n'entre en contact avec la joue d'Arcia. Celle-ci s'était préparée à esquiver le coup minable, mais le prince l'avait devancée. Elle lui lança un bref regard inquisiteur.

La reine trembla sous les yeux de faucon du jeune homme. C'était la première fois qu'elle reculait deux fois de suite devant une victime. La première fois aussi où elle aurait voulu être ailleurs au moment présent. Le prince dégagea les mèches argentées de son visage d'un mouvement de tête.

— Frapper une jeune fille en dehors d'un duel est un geste de lâcheté que même vous ne pouvez vous permettre, « reine d'Orlianda ».

La femme pathétique essaya en vain de retirer sa main. Sa colère n'était pas encore dissipée, mais la pointe de peur qui était apparue devenait de plus en plus grande.

– Vous défendez une putain… n'avez-vous donc pas de dignité ? Ou sont-ce vos fantaisies et vos désirs qui précèdent votre jugement ? cracha-t-elle dans un ultime essai de révolte.

Avant que Ray n'ait pu répliquer, Arcia s'était mise à côté de la reine, les bras toujours croisés. Ses pupilles étaient devenues des fentes et le saphir de ses iris menaçait de submerger quiconque se mettrait dans son chemin. C'est ce qui arrêta les Amazones et les gardes. Son visage était toutefois resté impassible.

– Altesse, est-ce la manière qu'Orlianda a de recevoir ses invités ? Si c'est le cas, je vous prierais d'ouvrir les portes pour que nous retournions sur la route. Une invitation faite ne peut être déclinée par la suite. Je suis lasse de vos jeux ridicules. Le tournoi sera donc une victoire pour l'équipe à laquelle la participation a été refusée après invitation. Est-ce le cas ?

Avant que la reine ait pu retrouver la parole pour répondre à la question de la jeune damoiselle, le roi sentit que la Terre des Temps avait gagné la partie. Il se leva donc.

– Trêve d'impertinences ! La Terre des Temps et Amaria sont venus pour participer au tournoi, ma mie. Approchez que je vous présente vos concurrents.

Ray lâcha le poignet minuscule et, en compagnie des autres, se dirigea vers l'estrade. Il remarqua que la reine cracha en leur direction avant de se retirer par l'une des portes latérales.

« Elle n'osera pas se pointer de nouveau pendant un bout de temps après la remarque d'Arcia. Quel comportement typique d'une hypocrite », se dit le prince.

Le roi fit les présentations rituelles en nommant tous ses titres et ceux de ses ancêtres les plus importants. La liste était particulièrement longue, d'après Vénia. Ensuite, vinrent les présentations des gens de la salle.

— Sire Adelraune, maître-mage du pays de Miranor. Il sera le chef de la compagnie des dix autres mages qui seront vos adversaires. De ce côté-ci, je suis certain que vous avez entendu parler de la reine Néferlia, souveraine des Amazones. Son équipe se composera de sept guerrières, représentant tous les pouvoirs du royaume de l'illusion. Quant à l'équipe locale, elle s'unira avec l'équipe d'Amazonia.

Néferlia jeta un regard arrogant en direction des filles. Tania détourna les yeux, mais les autres Gardiennes soutinrent le combat silencieux.

— Cela dit, vous êtes libres d'explorer le palais comme il vous plaira. Ses occupants sont à votre service. Les domestiques vous avertiront lorsque le souper viendra.

Le monarque quitta la salle du trône, laissant les invités à eux-mêmes. Bien sûr, il cherchait à consoler la reine en laissant les Gardiennes et les princes à la merci des Amazones et de leur ignorance. Les autres participants approchèrent.

— Je vous souhaite bonne chance, Altesses et damoiselles. L'équipe miranorienne vous salue !

Sire Adelraune et ses mages firent une révérence, leurs mains tenant des sceptres devant eux. Les filles répondirent au salut par une présentation de leurs armes et les appellations d'étiquette. Les princes hochèrent simplement la tête.

— Êtes-vous de la secte sacrée ? demanda Vénia.

— Oui, nous le sommes. Vous aussi à ce que je vois, mon enfant. Vous êtes sous la protection de qui ? s'enquit à son tour Sire Adelraune avec un sourire bienveillant.

Tout le monde vit Vénia tendre les mains parallèlement, dans le signe des Anges, et se mettre à genoux devant le moine de rang plus élevé.

— Je sers Vannar, Ange du Vent, ainsi que tous ceux qui sont ses servants. Mon devoir est de protéger et de défendre. Je ne connais ni la traîtrise ni la déloyauté. Mon nom est Vénia, annonça-t-elle, les yeux fermés.

Sire Adelraune prit ses mains, la releva et entonna à son tour son serment.

— Je vénère Mirla, Ange de la Magie, ainsi que tous ceux qui la vénèrent. Mon devoir est d'unifier et de garder. Je ne connais ni la peur ni la haine. Mon nom est Adelraune.

La prêtresse et le moine firent se toucher leurs armes et sourirent.

— Je suis ravie de faire votre connaissance, Sire Adelraune. Les amis ne sont pas nombreux en ces jours.

— Il en est de même pour moi, mon enfant. Je te sens troublée par quelque chose... prends garde. Tout peut être ce que nous croyons, même si notre logique nous dit le contraire. Comme tu l'as dit toi-même, mon enfant, les amis ne sont pas nombreux en ces jours. Je vous reverrai tous au souper! Veuillez bien nous excuser pour le moment, Altesses, dit-il avec une révérence, en sortant de la salle avec les autres mages.

Vénia resta sur place sans bouger. C'était comme si quelque chose venait de traverser son esprit, fracassant ses défenses. Adelraune était puissant, très puissant... Aussitôt que les mages furent sortis, Néferlia et ses deux Amazones se placèrent face aux Gardiennes. Arcia fut instantanément leur cible.

— Tu as beaucoup de culot d'avoir répliqué à la reine de la sorte. Un comportement digne d'une... salope!

Une cacophonie d'insultes éclata soudain, venant des autres sœurs.

— Ta gueule, tocarde!

— Va te faire voir ailleurs!

— T'avise pas de toucher à ma petite sœur, pétasse!

Les deux princes durent s'interposer entre les Gardiennes et les Amazones avec leurs armes pour les empêcher de se battre.

Tay dut carrément lever Vénia et Flamia du sol pour les retenir. Tania se calma relativement facilement quand Arcia lui posa la main sur l'épaule, mais Clairia ne voulut rien entendre. Pas avec l'ego qu'elle avait.

— Elle se croit toute-puissante, cette connarde ! Eh bien, m'en vais y prouver l'contraire !

— Allez, amène-toi si tu l'oses, petite fille ! cracha Néferlia en tombant en position de combat.

La jeune fille aux cheveux d'or allait faire de même lorsque Ray lui prit solidement le bras et la retint en arrière.

— Vous aurez toutes les occasions que vous voudrez de vous prouver durant le tournoi. Ne laissez pas vos émotions prendre le dessus et réfléchissez. Des pénalités sont accordées aux transgresseurs des règlements. Et l'un d'eux dit justement qu'il est *interdit de se battre* avec les autres concurrents *en dehors* des épreuves.

Clairia sembla capituler au mot « pénalités ». Dès qu'elle se calma, les autres suivirent son exemple et Tay put relâcher les deux sœurs. Arcia se glissa devant la reine et la fixa d'un regard défiant.

— Ici n'est pas l'endroit pour régler nos différends. Dans deux jours, par contre, je ne serai qu'enchantée de vous affronter. Ce sera votre chance de défendre l'honneur de la dame d'Orlianda !

— Très bien, salope. Prépare-toi à regretter d'être née.

Les trois Amazones disparurent en sautant dans les airs et en s'évaporant dans un tourbillon de plumes vertes. De vraies maîtresses de l'illusion.

Clairia se détendit et le prince la lâcha. Celui-ci se tourna vers Arcia avec un air inquiet.

— Je crois que vous vous êtes fait des ennemis sérieux aujourd'hui. Des ennemis qu'il valait mieux ne pas avoir.

Flamia soupira lourdement et baissa les yeux. Son expression était morose.

– Nous nous sommes tous fait des ennemis… J'avais anti-
cipé que l'accueil que nous ferait Orlianda ne serait pas des plus
agréables, mais je ne me doutais pas que cela allait être aussi pire.
En particulier pour toi, Arcia.

Tous se tournèrent vers la guerrière à l'accoutrement bleu.
Elle ne montrait pas le moindre signe de peur et son regard était
plus froid que jamais.

– Sœurette, ça va ?

Elle ne répondit pas. Le seul signe de vie qu'elle donnait
était le tremblement que causaient ses poings tellement elle les
serrait fort. De fines gouttelettes de sangs souillèrent sa peau
blanche, mais elle ne cilla même pas.

– Viens, je pense que l'air frais te fera du bien, dit doucement Clairia en l'entraînant vers la sortie.

Arcia se laissa faire. Les trois autres sœurs les regardèrent
quitter la salle en silence. Jamais, jamais…

– Je sens que les temps à venir seront difficiles. Arcia n'a
jamais été aussi… aussi…

– Glaciale. Et lointaine. Prions pour qu'elle garde sa tête et
qu'elle ne fasse pas de folies ! Ce ne serait pas en notre faveur…

Ray fixa Vénia d'un air encore plus inquiet. Son frère arborait la même expression ; puis, il jeta un coup d'œil à Tania. Celle-
ci lui répondit par un secouement de tête, signifiant que ce n'était
pas à elle de le lui dire.

– Que voulez-vous dire par « folies » ?

– Je veux dire qu'Arcia tenterait peut-être d'assassiner tout
le monde qui lui tombe sur les nerfs, répondit Vénia. Y compris
toute la famille royale d'Orlianda et la plupart des Amazones. Elle
se ferait assurément massacrer, mais cela lui importe peu. Comme
vous avez pu le constater, elle n'a peur de rien et n'est pas très
attachée à la vie. Quoique ce ne soit pas surprenant… elle a passé
sa vie dans le danger et en compagnie de la mort.

Un silence lourd régna sur les princes. Tania avait disparu avec Clairia et sa petite sœur. Flamia était au bord des larmes et cette déclaration n'avait pas aidé à lui remonter le moral.

– Frangin, je vais aller avec Vénia pour jeter un coup d'œil sur notre compétition. J'ai besoin de me changer les idées. On se retrouve aux portes du palais, d'accord ? Le souper ne va pas tarder à être servi.

– Fais à ta guise, frérot.

Sur ce, la paire sortit aussi par les portes de la salle. Comme il ne restait plus que Ray avec elle, Flamia se sentit beaucoup mieux. Ce n'était pas tous les jours qu'elle avait cette chance. Le problème d'Arcia n'était qu'une chose mineure à ses yeux en ce moment.

– Essayons de rejoindre dame Clairia et les autres, voulez-vous ?

La jeune fille eut un sentiment de déception. Elle avait cru que le prince lui accorderait un peu plus d'attention. D'un autre côté, elle se sentait très égoïste de vouloir se ficher de sa propre sœur en faveur du prince. Néanmoins, une question que son esprit essayait de mettre de côté revenait toujours : que ressentait-il à son égard ? Est-ce que ses sentiments étaient réciproques ? Ou avait-il quelqu'un d'autre en vue ? Arcia, peut-être ?

– Bien sûr, répondit-elle d'une toute petite voix.

À leur tour, la cape flottant derrière eux, le prince et la Gardienne quittèrent le palais pour sortir dans les jardins.

Perchée sur la branche d'un arbre, Arcia remuait ses pensées. Contrairement à ce que vous pourriez croire, ce ne sont pas les mots de Néferlia qui l'avaient fait sombrer au fond d'elle-même. C'était ce qu'Adelraune avait dit à Vénia. L'image du roi, avant qu'ils ne partent, revint dans sa tête. Les derniers mots qu'il lui avait dits aussi. Il n'y avait que sa sœur prêtresse et Tania avec elle. Le roi avait jugé sage de laisser Clairia et Flamia hors de cela, sauf si la situation devenait critique.

– Vous devez faire attention, guerrières, avait dit le roi. Vous savez qu'Amaria a été invitée au tournoi aussi, par la même lettre que notre invitation, n'est-ce pas? Vous savez ce que cela veut dire. Orlianda peut avoir recours à toutes sortes de pièges pour remporter la guerre. C'est certain qu'elle nous attaquera pendant le tournoi. Si Amaria est prête à nous trahir, nous serons assaillis des trois côtés : Amazonia, Orlianda et Amaria. Les royaumes du Nord ne nous viendront pas en aide. Ils ne sont jamais venus en aide à personne depuis les guerres d'autrefois. Orlianda n'a perdu qu'une seule campagne dans tous ces attentats. Et on avait eu le support des Anges dans cette guerre.

– Les Anges? Un esprit pur est apparu durant cette période de temps? s'était enquise Vénia.

– Oui, mais on ne sait pas qui c'était. La personne qui possédait l'esprit pur à ce moment est sans doute morte à présent. Quiconque appelle les êtres divins est épuisé de toute énergie vitale et laisse derrière lui sa vie. C'est le prix à payer pour posséder la pureté. Nous ne pouvons compter que sur nous-mêmes.

– Artémis ne m'a jamais abandonnée et ce n'est pas maintenant que mes pouvoirs me quitteront, avait dit Arcia.

– L'Ange de l'Eau est ton gardien, Arcia. Bien sûr qu'il ne t'abandonnera pas. Mais sa protection seule ne te gardera pas en vie, et tu le sais. Nous avons besoin du plus de combattants possible. Réalises-tu les conséquences que ta mort aura sur tes sœurs et la Terre des Temps?

– Majesté, si les princes d'Amaria sont des traîtres, nous les abattrons. Une fois en territoire ennemi, nous tenterons aussi de nous emparer de la victoire au tournoi.

– Les princes ne seront pas faciles à éliminer. Arcia n'a fait qu'un match nul contre l'un d'eux. L'autre, on pourrait s'en occuper, mais le dénommé Ray est pratiquement imbattable. Il va falloir ruser, avait dit Tania.

– S'ils sont réellement de notre côté, tant mieux. Nous resterons tout de même sur nos gardes, renchérit Vénia.

– Tâchez de nous revenir en vie, mes enfants…Bonne chance et que les Anges vous bénissent !

Et voilà. Fin de l'annonce d'une traîtrise possible. Depuis ce temps, Arcia avait examiné en détail tout ce que les princes faisaient. Rien de suspect jusqu'à maintenant. Mais elle ne savait pas s'ils savaient qu'ils étaient soupçonnés. Elle avait surtout peur pour Flamia. Sa sœur s'était tellement amourachée de Ray qu'elle ne verrait pas ses défauts. Elle ne voulait pas non plus briser le cœur de sa cadette…Quelle vie de chien !

Ray et Flamia pénétrèrent dans les jardins. Ils n'étaient pas aussi impressionnants que les jardins suspendus de la Terre des Temps, mais ils possédaient tout de même la beauté tranquillisante de la nature en fleur. Des vignes s'entortillaient autour de morceaux de bois, formant ainsi une enceinte qui entourait le périmètre du jardin. Les allées à travers les plantes étaient dallées de mosaïques, chacune représentant l'armure d'Orlianda. Au centre du jardin était planté un arbre immense, agrandi par un quelconque procédé magique. C'était un saule pleureur. Ses branches tombaient tellement bas et étaient si denses que le tronc était complètement masqué. On ne voyait que des feuilles s'étalant comme une fontaine immobile.

Il n'y avait personne en vue dans les allées. Tout était paisible et nulle brise ne remuait les diverses plantes et les arbres de l'endroit. Ray s'engagea dans l'allée principale et se dirigea vers le saule géant. Flamia le suivit, en courant à demi. Elle avait de la difficulté à imiter ses longues foulées. À mesure qu'ils se rapprochaient, des voix féminines se faisaient entendre. Écartant le rideau vert, le prince vit deux des trois Gardiennes faire un saut.

– Par les Anges, vous nous avez fait peur ! s'exclama Clairia.

– La prochaine fois, faites en sorte que l'on sache qui vous êtes avant d'approcher, renchérit Tania. Sinon, vous risquez de recevoir des coups dans la figure.

Arcia était assise, les jambes allongées sur une branche, l'air songeur. Elle avait les yeux mi-clos, le visage paisible. Les capes des trois Gardiennes avaient été posées par terre, et elles étaient confortablement installées contre l'arbre. Les guerrières savouraient tout le calme nocturne et sa fraîcheur apaisante. Ray et Flamia s'installèrent à leur tour.

– Bon, je vois que vous avez retrouvé vos sens. De quoi avez-vous parlé ? s'enquit Flamia avec intérêt.

– De tout et de rien. Toujours aussi curieuse, n'est-ce pas ?

Une lueur de malice brilla dans les yeux de Clairia. Elle jeta un bref coup d'œil au prince à côté de sa sœur, qui devint aussi rouge qu'une cerise. Un sourire d'amusement se peignit sur le visage de l'aînée. Ray fit comme si de rien n'était.

– Au fait, où est Son Altesse Tay ? Et Vénia ? N'étaient-ils pas avec vous ?

– Ils sont allés voir nos autres concurrents. Nous sommes supposés les rejoindre aux portes du palais, expliqua Ray.

– Bon, allons les trouver, dit Tania. À ce que je sache, le souper doit être prêt, maintenant. Vous venez ?

– Non merci, je reste ici. Je n'ai pas tellement faim et je n'ai pas envie de revoir… certaines personnes, répondit Arcia.

Clairia éclata d'un rire franc. Une ombre de doute passa sur son visage lorsqu'elle vit Tania froncer les sourcils. Celle-ci quitta les lieux avec Flamia qui gazouillait comme un oiseau. L'ombre ne resta pas longtemps. Une idée de conversation très intéressante était venue à son esprit. L'occasion parfaite de se jouer de quelqu'un.

– Prince Ray, saviez-vous que vous avez beaucoup d'admiratrices ?

Le jeune homme feignit un air innocent et ne dit rien. Une expression d'inconfort emplissait tout son visage. Arcia fixait sa sœur avec un regard ennuyé. Elle détestait les sujets de ce genre. La jeune fille savait habituellement tout ce qu'il y avait à savoir quand il s'agissait des petites amourettes de ses sœurs. Et la liste du prince devait être longue… Enfin, jouons le jeu, se dit-elle, ça pourrait devenir intéressant.

– À part… quelqu'un que je connais, il n'y a personne de sérieux… n'est-ce pas ? Je ne parle pas des domestiques et des servantes, dit la jeune fille aux cheveux bleus d'un air détaché.

– Tu te trompes. Les trois quarts des femmes de la haute société sont littéralement en train de ne parler que de lui et de son frère ! répondit Clairia.

– Je ne suis pas surprise…

Ray décida que la meilleure chose à faire était de rester silencieux. Il ne put toutefois pas empêcher la vague rosée qui lui monta aux joues. C'était la première fois depuis longtemps que d'autres personnes que son frère se moquaient ouvertement de lui sur une vérité aussi délicate. Se faire remarquer des demoiselles n'était pas intentionnel de sa part… L'air amusé dans le regard d'Arcia n'aidait pas les choses. Pourquoi ne se rangeait-on pas de son côté ? Cela ne lui rappelait que trop ses jours en compagnie de Milliana, lorsqu'elle faisait ses commentaires basés sur ce que racontait son frère.

– N'oubliez pas Flamia, mon bon prince, l'innocente petite Flamia !

Ray s'étouffa sur le nœud qui s'était formé dans sa gorge. Il baissa misérablement la tête. Il souhaitait qu'elle n'aille pas parler de *ça*. Aucune réplique possible, l'embarras total…

Clairia pouffa de rire tellement fort que les larmes lui vinrent aux yeux. Le prince regarda en direction d'Arcia d'un air désespéré, mais celle-ci ne fit que hausser les épaules, feignant à son tour l'innocence. La vague de rouge se propagea dans toute son visage. Cela ne fit qu'ajouter à l'hystérie de Clairia, et Arcia dut comprimer son rire, aussi rare qu'il soit.

– Hmm…

Pendant plusieurs instants, Clairia ne fit que rire à gorge déployée. Puis, Arcia posa sur le prince un regard de miséricorde. Ce que les hommes pouvaient être vulnérables lorsque l'on touche au bon fil !

– Inutile, mon prince. Vous le saviez déjà à propos de Flamia. Vous ne l'avez juste pas accepté, dit-elle.

Ray baissa encore plus la tête et ses cheveux cachèrent son regard.

– Je crois… je crois qu'elle va être déçue, dit-il avec difficulté.

Le silence se fit instantanément. Clairia le fixait maintenant avec étonnement. Le prince ne relevait toujours pas la tête. Arcia poussa un soupir, sachant qu'elle saurait la vérité un jour ou l'autre. Elle savait aussi que, peu importe la nature positive ou négative de la vérité, elle serait écrasée sous son poids. L'une signifiait de la douleur pour sa petite sœur, l'autre signifiait un obstacle dans son travail si elle en venait à devoir éliminer le prince. Flamia était perdante dans les deux scénarios. Les émotions étaient un lourd fardeau, un fardeau qu'elle avait décidé de ne pas porter.

Clairia laissa le prince en paix. Elle connaissait ses limites et risquait d'aller trop loin si elle continuait. Regardant en direction d'Arcia, elle eut un air plein de remords. Arcia fixa les sommets du saule et commença à fredonner. Cela se transforma bientôt en un chant clair et doux. On vit finalement les yeux dorés du prince. Le chant avait un ton triste mais plein d'espoir. Lorsqu'elle finit, Clairia applaudit avec ardeur.

– Bravo ! Tu as toujours eu une si belle voix. Dis donc, c'est une des ballades des Anges, non ?

– Je peux te l'apprendre si tu veux.

– Volontiers ! Même si je vais sonner faux comme cela ne se peut pas… Hé, j'ai l'estomac qui me tiraille. Je vais aller rejoindre les autres, d'accord ?

– Si tu veux. Comme je l'ai dit, je n'ai pas faim.

Clairia jeta élégamment sa cape sur ses épaules et partit en faisant un clin d'œil. Dès qu'Arcia fut assurée qu'elle ne reviendrait pas, elle sauta de branche en branche jusqu'au sommet de l'arbre. Le prince suivit son ascension des yeux, fasciné. La jeune fille sautillait avec l'aisance d'un oiseau et n'eut aucun problème à atteindre la branche la plus haute. Rendue là, on la vit chercher quelque chose parmi le feuillage et le déposer ailleurs, vers le sommet, dans l'arbre. Puis, Arcia sauta directement de sa branche et atterrit sans bruit sur celle où elle était à l'origine.

— Qu'avez-vous fait là-haut ?

— Il y avait un œuf qui était tombé de son nid. Je l'ai replacé.

— Comment saviez-vous qu'il était là et pourquoi avez-vous attendu jusqu'à maintenant pour le remettre ?

Devant la grande surprise de Ray, Arcia éclata de rire. Un vrai rire. Un rire clair et mélodieux. Le premier rire que le prince entendit de sa part, celui qui resterait à jamais dans sa mémoire, tellement il était spécial.

— Vous êtes curieux, mon prince. Je l'avais vu en examinant les sommets et je ne voulais pas que Clairia le casse en voulant le voir. Simple, non ?

Le jeune homme royal ne répondit pas. Il était encore absorbé par le rire de la guerrière. Lorsqu'il revint à la réalité, Arcia le fixait froidement, mais d'un regard dépourvu de dédain ou d'arrogance.

— Excusez-moi, je devais être dans la lune.

— C'est normal, cela m'arrive tout le temps, répondit la jeune fille en mettant ses bras derrière sa tête. Dites, où avez-vous appris à vous battre ? Ce n'est pas tous les jours que l'on rencontre des guerriers de votre niveau.

Arcia espérait tirer le plus d'information possible de lui. Malgré son apparence désinvolte, elle se méfiait encore de lui. Le prince s'accota à son tour contre le tronc du saule. C'était sa chance de savoir s'il mentait dans ses buts ou pas.

— Mon père, comme tous les autres membres de ma famille, a été entraîné par les gens du Temple des Anges. Il a commencé à me transmettre ses habiletés dès l'âge de cinq ans. C'était l'âge parfait, d'après lui. Lorsque Tay a été assez vieux, il a lui aussi été introduit dans la formation. Il disait toujours qu'il allait me battre

et devenir meilleur que moi, mais j'avais deux années d'expérience
de plus que lui. Notre père nous enseigna pendant un an. Puis,
vint la révolte d'Amazonia. Devant aller en guerre, il nous a laissés
au Temple pour que nous approfondissions notre savoir. Même
si nous étions beaucoup trop jeunes, d'après les moines.

— À quel âge entrait-on au Temple habituellement?

— À douze ans. Parfois plus. Nous voulions suivre notre
parent, mais le temps n'était pas encore venu. Les prêtres, pour
nous encourager à continuer, nous donnèrent la permission de
suivre notre père si nous passions toutes les étapes que la famille
royale des Amari devait endurer. Donc, je me suis entraîné jusqu'à
mes dix-sept ans. À mon anniversaire, j'ai reçu ma première épée,
forgée selon la tradition. Or, ce même jour, j'ai aussi eu une mauvaise nouvelle… La rébellion amazone était terminée, mais le roi
avait disparu. Les troupes n'avaient pas retrouvé son corps, ni aucun
indice révélant s'il était encore en vie. Dès lors, ma mère a gou-
verné le pays seule et je suis resté au Temple. Tay faisait l'aller-
retour entre le palais et aidait notre mère. J'aurais dû être celui
qui reste à ses côtés, mais elle sentait que je ne pouvais quitter le
Temple avant d'être devenu un des meilleurs…

Un silence se fit après cette déclaration. Les deux combattants gardèrent la tête baissée, livrés à leurs propres réflexions.

— Maintenant, puis-je demander à mon tour d'où vient votre
habileté aux armes? demanda précautionneusement Ray.

— Je crois que je vous le dois après ce que vous venez de me
raconter…

Arcia soupira. Relater son passé n'était pas chose facile, mais
œil pour œil. Il fallait le faire pour que le prince ne se doute pas
de quelque chose. Le laisser seul avec Flamia pourrait s'avérer
une désastreuse bévue. Et puis, Vénia semblait s'attacher dangereusement à Tay.

— Je ne sais pas moi-même comment j'ai appris à manier les
armes. Mes sœurs et moi avions toujours voulu devenir guerrières.
Même si la cause était inconnue. Pour une quelconque raison

étrange, nous n'avions pas de parents. Nous avions été découvertes dans un des monastères des Anges, emmitouflées dans de la soie noire. Les moines nous ont pris sous leur garde en voyant nos apparences inhabituelles. Les hybrides comme nous sont rares de nos jours. Ils croient que nos caractéristiques ne sont pas qu'une coïncidence avec l'apparence divine des Anges. Le renard, le loup, le tigre, le phénix et le chacal... Il ne manquait que le chat. Les prêtres pensent qu'il se dévoilera un jour, un jour où l'on aura besoin de lui.

Arcia marqua une pause. En avait-elle trop dit? D'après elle, ce qu'elle avait dit ne pouvait être retenu contre sa personne. Le prince avait écouté sans l'interrompre, sans rien dire. La Gardienne décida de continuer.

— À un des nombreux festivals qui se déroulaient au solstice d'été, on nous a suggéré de participer à un concours de maniement d'armes. C'était une idée des moines. Mais, belle coïncidence, le roi et sa cour étaient présents à ce concours. Le roi a vu tous nos combats. Presque instantanément, il nous a recueillies au palais. Nous avons été menées à la salle d'entraînement, parmi tous les autres gardes. C'est celle que vous avez vue lors de votre séjour. Au fur et à mesure, les armes sont devenues comme une seconde nature pour nous. Seule Vénia a continué d'étudier sérieusement la magie, voulant connaître les sorts que les prêtresses angéliques utilisaient. J'ai simplement passé plus de temps à m'entraîner qu'à faire autre chose. C'est certes très orgueilleux de ma part, mais je voulais prouver que même si je n'étais pas l'aînée, je pouvais être meilleure que mes sœurs.

Le prince sourit en coin. L'idée que la jeune fille n'ait jamais été moins talentueuse que le reste des Gardiennes était... contre toute possibilité. Une personne qui pouvait faire autant de choses avec autant de talent possédait un don naturel.

— Êtes-vous une des plus âgées parmi les Gardiennes?

— Non. Flamia est la seule qui soit plus jeune que moi.

— Clairia est donc la plus âgée, n'est-ce pas?

– Oui. Et aussi la plus énervante, fit-elle en poussant un soupir exaspéré.

Le sourire du prince se fit encore plus grand. Quelle franchise !

– J'ai pris note que cela est très indiscret comme question, mais… quel âge avez-vous ?

Arcia fixa Ray d'un regard interrogateur. Y avait-il un piège dans la question ? On peut jeter certains sorts puissants si on connaît l'âge et la taille de quelqu'un. Elle prendrait une chance ! Elle savait comment les contrer, de toute façon. C'était vraiment utile d'avoir une sœur prêtresse !

– Dix-neuf ans, pourquoi ?

– Simple curiosité.

Une brise légère traversa le rideau de feuillage. Pendant les courts moments où les feuilles furent écartées, on put apercevoir des torches brillant aux fenêtres du château ainsi que des gardes qui faisaient leur ronde. Arcia ramassa sa cape et se la jeta sur les épaules avant de reprendre sa position sur la branche. Le prince leva la tête dans sa direction.

– Vous aimez les hauteurs, n'est-ce pas ?

La jeune fille attendit quelques moments avant de répondre.

– Elles m'appportent un certain réconfort et une assurance.

À cet instant même, une dague fut ciblée sur Arcia et elle n'évita le coup mortel que pour laisser empenner ses cheveux sur la lame. Un hululement strident se fit entendre aux alentours.

– Des Amazones !

La jeune guerrière libéra sa chevelure et sortit ses épées du fourreau. Le prince fit de même.

– Il faut que nous déguerpissions d'ici ! Allons-y par le sommet ! cria-t-il.

Les deux fugitifs sautèrent de branche en branche, suivis par une tempête de dards, de couteaux, de flèches et on ne sait quelles autres armes. Lorsqu'ils se propulsèrent du sommet jusqu'au sol, ils durent faire dévier plusieurs projectiles. Balançant leur poids corporel, ils purent atterrir sans dommage. Des formes noires émergèrent des buissons et hurlèrent. Arcia et Ray se mirent dos à dos.

– Riiiiyah ! Vous allez payer pour votre insolence envers notre reine ! Qriii ! Qii ! Riiii !

En poussant ce cri, dix Amazones s'élancèrent sur eux, glaives et dagues à l'affût. D'autres restèrent en arrière pour apprêter leurs flèches. L'impact des armes résonna dans la nuit comme le ferait la cloche de l'enfer. À un contre cinq, nos deux guerriers n'étaient pas si mal barrés, jugeant que la situation aurait pu être pire. Arcia en tua deux en les décapitant dans un jet de sang, puis en blessa une à mort en lui tranchant la gorge au niveau de la carotide. Une mare rouge se forma à ses pieds. Ray traversa de part en part une archère, fendit en deux une autre guerrière à la taille et repoussa le reste d'un coup de lame.

– Regroupez-vous et faites le Miroir ! s'écria le chef de la bande.

Les femmes restantes disparurent et on entendit un sifflement qui devenait de plus en plus fort. Un vent violent se leva et cerna nos héros. Ils étaient entourés d'un tourbillon et se trouvaient au centre d'une tornade. Une tornade qui se refermait sur eux.

– Qu'est-ce que c'est que ça ? s'exclama rageusement Arcia, les cheveux fouettant son visage.

– Elles ont l'intention de nous écraser avec la force de leur vent ! C'est une de leurs magies destructrices !

Le prince porta un coup d'épée au mur d'air et fut rejeté immédiatement.

– C'est ce que je craignais, nous sommes au centre d'une barricade qui va nous renvoyer toutes nos attaques !

La Gardienne rangea ses épées. Elles ne lui seraient d'aucune utilité dans la situation présente. Garder la tête froide était ce qu'il fallait faire.

– Comment fait-on pour se débarrasser de cette chose ? cria-t-elle au prince.

Ray ne répondit pas. Il remit sa lame dans son fourreau et réunit ses mains ensemble. Une aura dorée l'enveloppa tout entier et une boule de lumière électrisante se forma dans ses paumes. Ses yeux n'avaient plus d'iris, étant devenus deux orbites de lumière. Arcia sentit que le vent devenait plus fort. Or, elle savait que ce n'était pas l'œuvre des Amazones : c'était la magie du prince qui émergeait. La boule de lumière devint de plus en plus grande et il la projeta contre le mur de vent. Une brèche énorme apparut, offrant ainsi une sortie. Malheureusement, avant qu'ils puissent se rendre jusqu'au trou, une volée de flèche les empêcha de passer. L'ouverture se referma.

– Merde ! Elles voient quand j'utilise la magie et se prépareront à couvrir la sortie dès qu'elle se formera ! ragea le prince en serrant des dents. Habituellement, nous serions déjà sortis, mais elles sont trop nombreuses…

– Vous ne pouvez pas soulever le sol pour empêcher cette chose infernale de tourner ?

– Si je le faisais, elle risquerait de s'écraser sur nous avant de se dissiper. C'est trop dangereux !

Arcia pensa un moment. Ray était-il en train de la forcer au désespoir ? Était-il vraiment un traître ? Elle n'avait aucune idée comment arrêter la tornade, mais elle était certaine de pouvoir trouver la solution à un moment donné. Jusque-là, Arcia n'avait que deux choix : laisser le prince agir ou l'en empêcher. Dans les deux scénarios, il y avait autant de risques.

– Il faut prendre des chances dans la vie ! déclara la jeune fille en esquissant un sourire en coin.

Ray la fixa pendant un instant, indécis. Il sentit la sincérité dans ses propos. Donc, elle lui faisait confiance… très bien… La même aura dorée l'enveloppa, plus intensément cette fois-ci. Le tourbillon se resserra autour d'eux. Il s'agenouilla et posa les paumes contre le sol.

Au dehors, les Amazones se préparaient à passer à la phase finale. Le chef sautait de joie, anticipant la scène, et les archères se passèrent la langue sur les lèvres, savourant la victoire à venir.

– Ils s'apprêtent encore à utiliser la magie ! Repérez le point d'impact et prenez une cible !

À l'intérieur du mur de vent, Ray fit jaillir toute sa magie dans le sol, causant un énorme tremblement de terre. Arcia dut sauter de toute la force de ses jambes pour éviter de tomber dans les abîmes ainsi créés. Le sol autour du prince resta intact pour une superficie circulaire d'un demi-mètre. La tornade vacilla et s'écroula par en dedans.

– Merde, merde, merde, merde, merde ! siffla Arcia entre ses dents. Je crois que c'est à mon tour d'user de magie…

Au-dehors, les Amazones furent renversées par le tremblement et une d'entre elles s'enfonça dans les confins de la terre en poussant un cri perçant. Le chef ordonna de s'éloigner le plus possible de la tornade après cela. Lorsqu'elles remirent les yeux sur leur Miroir, celui-ci n'était plus qu'un dôme de glace. Elles se relevèrent et s'apprêtèrent à passer à l'attaque sur la jeune femme qui était restée seule à l'intérieur. Arcia ressortit ses épées azurées. Les fentes qu'étaient ses pupilles étaient tellement fines qu'elles n'étaient presque pas visibles. Arcia vit les Amazones restantes bander leurs arcs. Faisant tournoyer ses doubles lames, elle s'apprêtait à transformer tout le jardin en toundra quand un bâton de cristal marqué de runes argentées frappa la tête du chef. Les autres furent mises en respect par différentes pointes d'armes.

– P'tite sœur, ça va ? lança Clairia en faisant lâcher son glaive et son arc à une Amazone.

Avant qu'Arcia ait pu répondre, la reine Néferlia et le roi arrivèrent avec un escadron complet de soldats. Leurs mines étaient meurtrières.

– Tryra, imbécile, qu'est-ce que tu as encore fait ? s'écria la reine en s'adressant au chef.

Les cinq Amazones se levèrent et firent mille excuses à leur reine, se prosternant et gémissant comme des chiennes. Celle-ci se tourna vers les soldats. Son regard était sans pitié.

– Ramassez les corps, enfin… ce qu'il en reste. Vous savez quoi faire avec, dit-elle en pointant les guerrières.

La tâche répugnante de ramasser les morceaux et les têtes commença. Les Amazones restantes furent emmenées de force, à grands cris et à grands coups. Néferlia murmura quelque chose à l'oreille du roi et disparut avec ses guerrières. Celui-ci se dirigea vers le capitaine des gardes et lui parla à son tour.

Tay et les Gardiennes étaient aux côtés d'Arcia et de la forme inerte de Ray.

– Il doit être à bout de forces… utiliser la magie à un degré si élevé après une journée passée à chevaucher, ce n'est pas ce qu'il y a de plus conseillé, jugea Vénia.

Arcia prit la main du prince et la pressa contre sa joue, se concentrant.

– Pas de danger. Sa force vitale circule encore en lui. Il faudrait l'emmener à l'intérieur, là où il sera à l'aise pour récupérer, la rassura-t-elle.

– T'as raison, son teint est encore plus pâle que d'habitude, ajouta Flamia.

Le roi s'avança vers eux, avec l'air d'un homme qui marche vers sa mort. Eh oui ! Il était ambitieux mais extrêmement couard.

– La… la… (il prit une grande inspiration et expira) la reine Néferlia vous présente ses excuses. Elle vous promet que ni elle ni ses Amazones ne lèveront la main sur vous à l'avenir. Avant le tournoi, cela est.

Il se retourna pour partir, puis lança une dernière annonce.

– Mon délégué vous montrera vos chambres. Il vous attend à l'entrée.

L'homme s'éloigna avec une partie des gardes. Les Gardiennes les suivirent du regard, jusqu'à ce qu'ils soient entrés dans le palais. Tous se tournèrent automatiquement vers Arcia.

— Je vois, Arcia, que ta magie devient de plus en plus contrôlée. Tu t'es entraînée longtemps et tes efforts rapporteront. Sois-en sûre, dit Vénia en faisant disparaître son bâton.

— Elle a répondu à mon appel, c'est tout.

— Tu as un grand pouvoir petite sœur, un pouvoir que tu commences à maîtriser.

— C'est toi l'experte, Vénia, renchérit Clairia.

Flamia tira sur la manche de celle-ci pour avoir son attention. Elle avait beau avoir quinze ans, ses manières enfantines ne changeraient jamais.

— Dites, comment on va l'emmener en dedans ?

Tout le monde se regarda à tour de rôle. Tay avait l'intention de porter son frère lui-même, mais ce fut encore Vénia qui s'avança.

— Puisqu'on a déjà utilisé la magie aujourd'hui, cela ne fera de mal à personne d'en utiliser un peu plus encore…

Arcia, qui était encore agenouillée aux côtés du prince, se leva prestement. La jeune fille aux cheveux argentés fit voler son bâton dans les airs. Des étincelles blanches l'entourèrent telles des lucioles, et elle se mit dans une position de méditation.

« Par le pouvoir ancien,

Celui qui a été fait mien,

Lève-toi, âme,

Pour échapper à l'infâme ! »

Les étincelles s'envolèrent vers Ray, se glissant sous lui et formant des ailes qui le soulevèrent du sol. Vénia rattrapa son bâton.

– Le fameux sort de la flottaison… Seuls les moines angéliques auraient pu vous l'apprendre, jugea Tay d'un air connaisseur.

– Bravo, vous avez raison. Les prêtres du Temple de Vannar
m'ont inculqué la magie en même temps que plusieurs sorts connus
d'eux seuls.

Elle leva son sceptre clair et fit un mouvement en direction
du palais. Les ailes s'animèrent soudain et transportèrent le prince.
Les autres suivirent. Flamia fit fondre le dôme de glace avec
quelques flèches enflammées et le petit groupe quitta le jardin.
La nuit était avancée, alors le château était silencieux. Ils découvrirent que leurs chambres se trouvaient dans l'aile ouest et qu'elles
étaient très, très, TRÈS luxueuses. C'était au moins ça de bon.
Comme toutes les chambres d'invités, elles étaient reliées entre
elles. Les princes prirent celles du bout et les Gardiennes, celles
qui restaient.

Pendant que Tay prenait soin de son frère, une petite réunion
se déroulait dans la chambre de Clairia. Les filles étaient assises
en rond d'un côté du lit et avaient la mine sombre. Flamia était
sur le point de disjoncter, à en juger par sa manière rapide de
parler. Tania se mordit la lèvre presque au sang et ses propos ne
se faisaient pas rassurants.

– Il faudra être doublement sur nos gardes. L'attentat de ce
soir aurait pu être fatal. La parole de Néferlia ne vaut pas mieux
que celle d'une vipère, déclara-t-elle.

– Arcia est la plus ciblée d'entre nous, d'après ce que nous
avons pu constater. Orlianda et les Amazones vont se concentrer
sur son élimination avant la nôtre…

– Pas seulement Orlianda et Amazonia. Tu oublies Miranor
et Vantrak, Vénia. Deux royaumes qui pourraient se retourner
contre nous à chaque instant, ajouta Tania.

Une ombre de terreur passa sur les visages de tout le monde,
à l'exception de Vénia et d'Arcia.

– Miranor ne sera pas un de nos ennemis. Sire Adelraune
est de nature trop noble et a des intentions trop pures pour s'allier

avec Orlianda. De toute façon, les Miranoriens n'ont pas pris part à une guerre depuis longtemps. Quant à Vantrak, je n'en suis pas certaine mais mon instinct me dit qu'ils seront nos amis.

— Vantrak a toujours eu de bonnes relations avec la Terre des Temps. Ils sont de redoutables guerriers mais leur règle première est l'honneur. Et c'est ce qui manque le plus aux Orliandais, dit Arcia d'une voix posée.

Flamia et Tania poussèrent des soupirs de soulagement, mais Clairia avait encore ses doutes. Enfin, toutes les Gardiennes avaient encore leurs doutes…

Deux des cinq filles allèrent se coucher, mais elles gardèrent les doubles portes qui menaient aux autres chambres grandes ouvertes. Elles allaient toutes garder leurs portes ouvertes au cas où… Il ne restait plus que les deux aînées et Arcia. On entendait Tay s'affairer de l'autre côté de la pièce, et la fille aux cheveux bleus soupira. Les deux autres se tournèrent vers elle, attendant ce qui allait venir.

— Allez, je sais qu'il y a quelque chose, alors crache, dit doucement Vénia.

— Je ne l'ai pas mentionné tout à l'heure de peur d'affoler Flamia, mais le prince est dans un état beaucoup plus sérieux que je ne l'ai laissé paraître…

— Sérieux à quel point ? Sa vie est-elle en danger ? s'enquit Clairia.

Arcia ferma les yeux et fronça les sourcils. Pour la première fois de leur vie, ses sœurs la virent à un moment où elle était décontenancée.

— Pas au point mortel, une chance. Mais sa magie pourrait le quitter à jamais …

Vénia blanchit visiblement de la figure. Clairia ouvrit la bouche pour protester, mais aucun son n'en sortit. La prêtresse se passa une main lasse dans la chevelure.

– Si sa magie le quitte, cela veut dire qu'une partie de lui-même le quittera aussi… il y aura un espace vide en lui pour toujours, un espace qui ne pourra être rempli. Il ne sera plus le même, dit-elle après plusieurs moments de silence.

La jeune magicienne se leva en entendant quelqu'un entrer dans la pièce et s'effondrer par terre. Cette personne avait tout entendu et son teint était livide. Cette personne n'était nulle autre que Flamia. Elle se précipita vers Arcia et s'accrocha à ses manches. Des larmes de désespoir coulaient sur ses joues et elle tremblait de tout son petit corps.

– Pourquoi ne me l'as-tu pas dit ? Pourquoi m'as-tu menti ? POURQUOI ?

La jeune rouquine s'affaissa sur le parquet, secouée de violents sanglots. En entendant les pleurs, Tay accourut dans la chambre et une expression de pur choc se peignit sur son visage.

– Par tous les Anges, qu'est-ce qu'elle a ?

Vénia tenta d'expliquer, mais elle ne savait par où commencer. Arcia s'était agenouillée et avait pris sa petite sœur dans ses bras, tentant de la consoler. Flamia s'accrocha à son aînée comme si c'était une bouée qu'elle ne pouvait lâcher. Elle avait toujours trouvé réconfort auprès d'Arcia, peu importe les circonstances.

– Je ne te l'ai pas dit dans l'espoir de ne pas te voir dans cet état. Qu'aurais-tu fait si tu l'avais su plus tôt ?

La petite fille ne répondit pas. Néanmoins, ses sanglots étaient plus légers et sa prise sur Arcia se relâchait un peu. Lentement, elle relevait la tête, le visage tout trempé.

– Je… ne sais pas ce que j'aurais fait… je ne sais même pas ce qui m'arrive ! J'ai juste tellement mal !

Arcia prit sa petite sœur et la mena dans sa chambre. Elle lui murmura des paroles de réconfort tout au long du trajet. Vénia prit un air résolu et se dirigea vers la chambre de Ray.

– Qu'as-tu l'intention de faire ? demanda Clairia en la suivant.

– L'aider !

La jeune fille forma un courant d'énergie entre ses mains en accourant au chevet du prince. Clairia eut train du fil d'idée que sa sœur avait et sourit. Encore de la magie ! Le savoir des prêtres allait peut-être une fois de plus le sauver. Les sorts de Vénia avaient rarement échoué jusqu'à maintenant, même quand elle n'était qu'une débutante, et Clairia avait totalement confiance en elle.

À première vue, on aurait dit que Ray était mort. Son visage était blanc comme un linge et ses lèvres tournaient au bleu mauve. On ne percevait que difficilement le rythme de sa faible respiration. Tay avait allumé un feu dans le foyer, mais la chaleur ne faisait pas effet sur le prince. Lui qui se tenait si fier, si distant… Il était à présent allongé sur un lit, comme le plus vulnérable des malades. Ce fut la première chose qui frappa les deux sœurs.

Vénia ouvrit les fenêtres de la chambre et attacha les rideaux. Un vent frais pénétra dans la salle. Les flammes dans l'âtre vacillèrent mais ne s'éteignirent pas.

– Qu'est-ce que vous essayez de faire ? Il va geler ! dit Tay en jetant une couverture supplémentaire sur son frère.

– Fermez-la et laissez-moi me concentrer.

Les tourbillons de vent devinrent visibles et s'enroulèrent autour de la prêtresse. Ils se transformèrent en constellations ainsi qu'en symboles sacrés. Le courant d'énergie qu'elle tenait entre ses mains prit une dimension si grande qu'il enveloppa la jeune fille tout entière. Les symboles virevoltaient, décrivant des arcs d'une lumière rassurante. Vénia n'était plus, une créature de descendance des Anges l'avait remplacée.

Arcia entra dans la pièce et fut automatiquement éblouie par l'aura blanche du pouvoir de sa sœur. Ce n'était pas la première fois qu'elle voyait le sort et elle attira les trois autres contre le mur.

– Qu'est-ce qu'elle fabrique ? demanda Clairia, parlant par-dessus le bruit du vent.

– Elle a l'intention d'attirer le pouvoir de la Terre aux alentours jusque dans le corps du prince ! C'est un sortilège qui va nécessiter un contrôle parfait de sa magie !

– Pourquoi ne l'a-t-elle pas fait quand nous étions dehors ? dit à son tour Tay.

– Vénia pratique la magie traditionnelle, mais sa source est élémentaire, comme la nôtre, et n'est pas compatible avec la puissance de la Terre. Elle est une protégée du Vent ; un mauvais maniement pourrait avoir des conséquences critiques sur l'environnement. Les sorts angéliques ne doivent pas être pris à la légère ni utilisés de façon impulsive, expliqua Arcia.

Lentement, des lucioles entrèrent dans la pièce par la fenêtre et volèrent au milieu des symboles et des constellations. Enfin... quelque chose qui ressemblait à des lucioles. Clairia crut voir dans toute la lumière une forme ailée comme celle d'un oiseau et une autre, plus vague, comme celle d'un chien. Elles n'apparurent qu'une fraction de seconde.

La luminosité se fit absorber par le prince. Un grand courant d'air siffla par l'ouverture de la fenêtre, dans sa direction. Un peu de couleur revint aux joues du jeune homme et sa respiration se fit profonde, régulière. Vénia soupira. Tay alla prestement fermer la fenêtre et raviva le feu dans le foyer. Clairia donna une bonne accolade à sa sœur prêtresse et sourit jusqu'aux oreilles.

– Ton entraînement ainsi que tes études avec les apôtres n'ont pas été vains. Bien joué, sœurette !

– Son état est stable et la magie circule à nouveau dans ses veines. Il devrait être rétabli dans les prochains jours, dit Arcia en reposant la main de Ray, qui dormait paisiblement.

– Eh bien ! Tant mieux, quoique cela soit dommage pour le tournoi. Il ne pourra pas assister à son ouverture ni aux premiers affronts, se plaignit Vénia en repoussant quelques mèches argentées derrière ses oreilles. Cette salope de Néferlia doit être en train de jubiler sur son triomphe...

Un silence tomba sur les occupants de la pièce. Les trois guerrières se dirigèrent vers des chaises d'osier garnies de coussins. Elles ne pouvaient s'empêcher de penser qu'Amazonia leur avait porté un bon coup. Même s'il était illégal. Quoi d'autre ferait-elle dans sa profonde haine et sa malice ?

— Bah ! Ne faites pas cette tête-là ! fit Tay d'une voix enjouée. Les Amazones ont transgressé une des lois les plus importantes du tournoi : aucun contact ou provocation hostile ne doit avoir lieu entre les équipes participantes en dehors des combats sous peine de perte de points ou de disqualification. Orlianda ne les disqualifiera certainement pas, mais on peut espérer avoir une avance dans le nombre de points de départ, aussi minime soit-elle.

Ce qui déterminait le vainqueur d'un tournoi était le nombre de points restants. Au départ, chaque équipe commençait avec deux cents points et ceux-ci diminuaient à mesure que l'équipe perdait ou subissait des dommages. En revanche, elle pouvait aussi regagner des points perdus en remportant des épreuves ou en effectuant une technique à la perfection. Évidemment, l'équipe qui retenait le plus de points remportait le tournoi. Le record était détenu par Miranor, avec un score de cent soixante-dix-huit points.

— On peut dire que vous ne vous laissez pas abattre facilement, mon prince. Vous savez toujours quoi dire pour remonter le moral, dit Clairia.

— Merci bien, gente demoiselle ! De tels mots venant de votre part valent plus que la vue de l'aurore, répondit-il en faisant une révérence exagérée.

Clairia et Vénia se mirent à rire de bon cœur, tout en s'assurant de ne pas réveiller l'autre prince qui dormait. Arcia se leva et se dirigea vers les doubles portes.

— Le jour ne tardera pas à se lever et le tournoi commence demain. Profitons du reste de la nuit pour refaire le plein en énergie, dit-elle.

– T'as tout à fait raison, p'tite sœur, répondit Vénia en bâillant.

Elles sortirent et refermèrent les portes derrière elles. Tay jeta un dernier coup d'œil à son frère avant de se mettre au lit.

« Tu as voulu jouer les héros, même si c'était pour une bonne cause. En tout cas, remets-toi vite, frangin. On aura besoin de toi le plus tôt possible ! » pensa-t-il, las.

Le roi d'Orlianda faisait les cent pas dans sa chambre pendant que, devant un énorme miroir, sa femme retirait les nombreux bijoux de ses cheveux. Or, ce miroir ne reflétait pas son image ; le verre était craquelé en mille morceaux et chaque pièce brillait d'une couleur différente. La reine déposa son diadème dans la rainure prévue à cet effet, dans le haut du cadre, complétant l'ensemble des dessins qui marquaient le contour. Les morceaux du miroir se recollèrent ensemble et montrèrent un passage. Au fond, une flamme verte apparut et une forme en émergea. Elle commença à flotter vers la reine, aussi silencieuse que la brume matinale. Deux yeux sans iris s'ouvrirent et fixèrent droit devant eux.

La forme en question n'était qu'une masse de fumée qui évoquait la silhouette d'un enfant. Seuls les deux yeux perçants marquaient la forme immatérielle. Elle tenait entre ses mains vaguement opaques six flammes minuscules, chacune teintée d'une couleur différente : vert, mauve, rouge, blanc, bleu et jaune.

Le miroir se consolida en un morceau dès qu'elle eut franchi le cadre. La surface polie ne reflétait que les six flammes et ce qui était présent dans la pièce. La silhouette de l'enfant n'y était pas.

– Alors, quelles nouvelles du petit arrogant d'Amaria ? demanda la reine d'un ton dur. Sa magie est perdue à jamais, j'espère ?

La voix qui lui répondit était celle d'un petit garçon mais elle était faible, distante et fluide comme un courant d'air rauque. Aucune bouche ne fut visible quand la voix se fit entendre, mais elle eut un écho, un écho vide.

– Le prince d'Amaria vivra… il vivra avec tous les pouvoirs qu'il avait…

– Que le diable l'emporte en enfer ! Comment a-t-il fait ? Il avait pourtant dépassé ses limites, ragea la reine en brisant un vase dans un accès de colère.

– Les Gardiennes l'ont aidé, n'est-ce pas Murmure ? s'enquit le roi Marcus calmement, ignorant le vase brisé.

La forme, alias Murmure, hocha la tête lentement. Des bribes de fumée noire s'envolèrent de sa chevelure indistincte.

– La prêtresse… elle lui a insufflé le pouvoir… le pouvoir de la Terre… un sort ancien…

– Tu es un esprit prophétique, Murmure. Pourquoi ne nous as-tu pas prévenus ? cracha la reine entre ses dents.

– Le Murmure voit beaucoup de choses… beaucoup de choses à différents temps… mais il ne voit pas tout… il ne voit pas et ne dit pas tout…

La reine ne fit que rager davantage devant l'impossibilité simple de la situation. Comme tout esprit prophétique, Murmure ne révélait que ce qui lui avait été demandé. Il leur avait dit qui et quand attaquer, mais pas les résultats de leurs efforts. Dire qu'ils auraient pu éviter la défaite s'ils avaient demandé plus de détails !

Le roi soupira et s'installa confortablement dans un fauteuil.

– Je le savais que ça n'allait pas être simple de se débarrasser d'eux. Amazonia aura perdu des points pour rien.

– Quand même, nous avons été si proches ! Nous réussirons ! Amazonia, par contre…

– Oh, elle vaincra les petits royaumes et se classera parmi les meilleurs assez vite, avec un peu d'aide. Dis-moi, Murmure, quelle tragédie horrible pourrait arriver pour créer la discorde dans l'équipe de la Terre des Temps ? Nous avons misérablement échoué avec Amaria, alors attaquons-nous directement à l'ennemi.

La reine fit un son dédaigneux et fixa la silhouette de fumée. Les petites flammes avaient commencé à tourner et à danser. L'avenir se dévoilait en elles...

– De qui nous jouerons-nous en premier ? demanda le roi, la voix excitée.

Les flammes tournèrent plus vite et émirent une brillance fantomatique. Le Murmure fit sortir du cercle la flamme bleue, la blanche et la jaune. Les autres disparurent, et le trio se remit à tourner et à danser. À la fin, il ne resta que la flamme bleue. Elle grandit jusqu'à prendre les proportions d'un bol. Un visage apparut au centre du feu.

– C'est notre prochaine cible ? dit la reine, étonnée.

Le Murmure fit réapparaître les autres flammes et les mit en ligne.

– Son cœur est douteux... facile à corrompre..., dit-il.

Ainsi, à la demande du roi, une longue énumération détaillée commença. Aucune étape du plan diabolique ne fut laissée au hasard. Le monarque et son épouse avaient des rictus à chaque minute. En fait, le jeu avait été lancé depuis le début...

3

L'épreuve

Un rayon de soleil perça à travers les rideaux et illumina le visage pâle d'Arcia. Encore à moitié endormie, elle chercha à s'enfuir de la lumière en enfouissant son visage dans son édredon. Croyant avoir retrouvé la paix, elle s'apprêta à retomber dans un sommeil profond. Or, il n'en fut pas ainsi. La jeune guerrière bondit de son lit, tous les sens en alerte. Ce n'était pas à cause de la lumière qu'elle était réveillée. Son ouïe fine capta la raison de son éveil brusque.

Dans sa chambre, Tay saisit son épée et se dirigea lentement vers les portes de la pièce d'à côté. Il se pencha pour tourner la clé dans la serrure...

Vénia vit sa sœur cadette aller à pas de loup à travers la chambre, sourcils froncés. Arcia, voyant son expression confuse, tapa son oreille en pointant la porte. La prêtresse se leva aussitôt, en hochant la tête. Les deux jeunes filles prirent chacune une poignée et la tournèrent simultanément.

– AAAAAGH ! ! !

Tay et les deux sœurs s'arrêtèrent sur-le-champ. Arcia et Vénia avaient toutes les deux adopté une position d'attaque et s'apprêtaient déjà à lancer leur premier coup. Le prince d'Amaria avait pointé sa lame vers elles.

Suivant le vacarme, le reste des Gardiennes entrèrent en trombe dans la pièce. Elles écarquillèrent les yeux devant la scène. Voir leurs sœurs être sur le point d'engager le combat avec Tay suscitait un lot de questions.

– Qu'est-ce que vous faites ? s'exclama le prince en abaissant son épée.

– La même chose que vous, rétorqua Arcia.

Soudain, tous se tournèrent vers un coin de la pièce. Leurs yeux se posèrent sur la silhouette assise sur le lit, le visage souriant, qui tremblait d'hilarité.

– TOI ! ! !

Tay s'élança sur son frère aîné de tout le poids de son corps. Une lutte enchaînée de fausses menaces et de rires commença entre les deux princes. Les trois Gardiennes qui n'étaient pas là les fixèrent, hébétées. Arcia et Vénia, qui commençaient à bouillir de frustration, s'avancèrent lentement. Tay, sentant que son tour était terminé pour le moment, roula sur le côté et laissa la place aux demoiselles. Ray se releva ; seulement, il se retrouva nez à nez avec Arcia, dont les dards oculaires transperçaient tout ce qui était dans son champ de vision.

– Qu'il y a-t-il de si drôle, Altesse ? s'enquit-elle d'une voix dangereuse.

– Vous êtes pire que le diable en personne ! dit Vénia en donnant un coup de pied au ras du sol.

Le pauvre prince aux cheveux d'argent fut jeté une fois de plus par terre, sous le poids des deux guerrières.

– D'accord, d'accord, je ne rirai plus ! Pitié, mesdemoiselles !

– Vous êtes encore en train de rire, menteur !

Ray eut le nez dans le tapis épais, avec Vénia confortablement assise sur son dos et Arcia lui tordant cruellement le bras vers l'intérieur. Tay ne put retenir son hystérie plus longtemps. Il se plia en deux de rire, ce qui causa encore plus de confusion chez le reste des Gardiennes.

– L'une d'entre vous a-t-elle une idée de ce qui se passe ? Pourquoi nos sœurs sont-elles en train de massacrer le prince ?

– Franchement, Clairia, tout ceci me laisse de marbre.

Arcia et Vénia cessèrent enfin de torturer le prince, jugeant que sa punition était suffisante et satisfaisante. Elles le remirent sur ses pieds et reprirent une position plus digne. Le jeune homme s'épousseta d'un air hautain.

– Si jamais j'avais su que le simple fait de me lever causerait un tel branle-bas, je m'en serais abstenu, dit-il à la fois amusé et apeuré.

– Vous étiez à moitié mort hier et vous n'êtes pas censé vous réveiller, du moins jusqu'à demain. Il est absolument *NORMAL* que nous nous fassions du sang d'encre s'il y a un bruit particulier dans votre chambre, réprimanda Vénia d'un ton de général militaire.

– Je suis touché de votre sollicitude à mon égard, douce Vénia, rétorqua-t-il sarcastiquement. Je vous assure que je vais parfaitement bien et même que ma magie a monté de niveau. Vos soins attentifs sont des plus fiables !

PLOUMF !

Tay s'était glissé jusque sur le lit, sans que personne ne le remarque. Un oreiller bien bourré se trouvait entre ses mains. Tout le monde s'esclaffa à en avoir mal aux côtes. La journée ne s'annonçait pas si mal, après tout…

Les sept guerriers firent leur entrée dans la salle du trône, la tête haute. Les mêmes regards admiratifs habituels les suivirent, observant le moindre de leurs mouvements. Ils se mirent au fond, à côté des mages de Sire Adelraune. Tous portaient leur attirail de leur place natale, capes aux couleurs respectives des lieux recouvrant le tout. Les princes d'Amaria portaient leurs broches de diamant, et des broderies au fil d'argent ornaient les bordures de leurs manteaux noirs. Ils avaient en tous points l'air de futurs souverains d'un royaume.

De leur côté, les Gardiennes des Frontières arboraient leurs tenues cérémonielles. Arcia avait son ensemble bleu minuit, avec les bottes longues qui allaient jusqu'au milieu des cuisses. Flamia lui ressemblait, mais était vêtue de rouge, et Tania avait son accoutrement vert forêt. Clairia avait mis sa cape mauve noir et son ensemble crème. Vénia avait revêtu sa robe de prêtresse, un bandeau blanc cernant son front. Diverses broderies ornaient les cols, les bouts de manches et les étuis des armes. La prêtresse s'était assise sur un rebord de fenêtre, à côté de Sire Adelraune. Les mages miranoriens s'inclinèrent respectueusement, faisant un léger mouvement de leurs sceptres. Les Gardiennes leur rendirent leur révérence avec solennité.

La porte centrale s'ouvrit. Les Amazones, habillées de différentes teintes de vert, levaient haut leurs armes dans un signe orgueilleux de salut. Néferlia menait la file, une couronne de minces feuilles d'or incrustées d'émeraudes dans les cheveux. À première vue, on aurait dit qu'elle était belle et sereine, mais sous ce masque d'innocence se cachait une rare puissance, telle une tempête qui ne demandait qu'à se déclencher. Les représentantes d'Amazonia se rangèrent à côté de l'estrade royale, tenant leurs arcs à la même hauteur.

À la surprise de plusieurs des combattants présents, un autre groupe important suivit les Amazones. Leurs armures brillant dans la clarté du soleil levant, la tête haute et la mine sérieuse, ainsi se présentèrent les demi-lynx de Vantrak. Leurs lances dans les mains, ils marchèrent dans la salle du même pas, de la même allure. Tous les autres participants avaient tenu pour acquis qu'ils ne viendraient pas. S'avançant jusqu'au milieu de la salle, les demi-lynx donnèrent un coup de queue parfaitement uni qui fit trembler le sol.

– Où est votre roi, traîtres d'Orliandais ? s'écria l'un d'eux en pointant sa lance vers l'un des gardes sur l'estrade.

Les Amazones bondirent immédiatement et les Gardiennes accoururent pour leur barrer le chemin. Tay voulut les rejoindre, mais il fut arrêté par un geste de la main de son frère. Comme le pressentait Ray, la bataille fut prévenue par la voix d'un héraut.

– Que tous saluent et louent les Anges, car Sa Majesté est arrivée ! Seigneur d'Orlianda et vainqueur de conquêtes, nous nous prosternons devant votre sublime personne !

Le roi pénétra dans la salle avec son minuscule bout de femme accroché au bras. L'assemblée se mit à genoux, plus par politesse que par dévotion. Enfin, presque toute l'assemblée. Les Amazones et les demi-lynx étaient encore sur le point d'attaquer. Les Gardiennes s'étaient agenouillées, mais elles gardaient leurs armes entre les deux groupes.

– Allons, allons ! Ne gâchons pas cette belle matinée par de vulgaires querelles ! Le tournoi n'est pas encore commencé ! Remettez ces flèches dans les carquois et reposez ces lances. Arrangeons cela comme il convient.

Les deux clans n'abaissèrent point leurs armes. Les Gardiennes avaient remis les leurs au fourreau, mais elles restaient prêtes à les ressortir à tout moment. À la longue, Sire Adelraune dut performer un sort de désarmement qui fit disparaître tout leur arsenal dans des volutes de fumée. Des regards meurtriers furent jetés dans sa direction, mais les adversaires prirent une position plus aisée.

– Merci, mon bon moine ! (Sire Adelraune s'inclina légèrement à l'arrière de la salle.) Avant tout, je vous souhaite la bienvenue, vaillants guerriers de Vantrak, commença le roi d'une voix mielleuse. Nous sommes honorés de vous avoir parmi nous. Nous pensions que vous n'alliez pas vous présenter au tournoi pour une quelconque raison…

– Les Vantraks ne reculent devant aucun défi, coupa l'un d'entre eux. Notre retard est dû à votre lâcheté ! Nous empêcher de nous rendre dans la capitale dans l'espoir de nous disqualifier !

La reine se décrocha du bras de son mari et fit quelques pas en avant. Une expression adorable et bienveillante se lisait sur son visage. Dès qu'elle parla, sa voix fut comme de la musique aux oreilles de ceux qui étaient sous le charme. La voix de la raison. Ses yeux lançaient le sort, empêchant tous les esprits de penser à ce qui leur arrivait.

— Mon cher Féolar, nous ne ferions jamais une chose pareille, dit-elle doucement. Notre *honneur* ne nous le permettrait pas. Comme mon époux l'a mentionné, c'est un plaisir que de vous avoir parmi nous. Vous avez sans nul doute été victimes d'une mauvaise plaisanterie !

— Je ne le voyais pas ainsi, mais si ma Dame le dit, l'incident va tomber dans l'oubli...

Le groupe se retira docilement, sous l'œil médusé des Gardiennes. Se remettant à côté des Miranoriens, elles comprirent ce qui venait d'arriver. Néferlia fit un geste sec de la main, ordonnant le repos des armes. La reine rayonnait de satisfaction et retomba dans l'ombre de son mari.

— Bien ! Orlianda vous accueille, représentant de Miranor, d'Amazonia, de Vantrak, de la Terre des Temps, d'Amaria et de bien d'autres ! Vous avez été conviés à un tournoi qui réunit les meilleurs combattants du continent. Ce tournoi commencera aujourd'hui même et durera neuf jours... Comme pour toutes les compétitions traditionnelles, les épreuves peuvent être disputées dans la tranquillité nocturne ou dans la gaieté diurne. Ce tournoi sera le plus grand, le plus mémorable de tous ! Sans plus attendre, nous allons annoncer les épreuves !

Sur ce, le héraut royal tendit un parchemin au roi. Selon ce qu'il était écrit, le premier affrontement aurait lieu à minuit, le soir même. Les participants devraient se rendre aux portes de la capitale, sur la plaine extérieure. Les instructions seraient données à ce moment-là.

— Jusqu'au commencement de l'épreuve, vous avez tous quartier libre. Reposez-vous et soyez prêts !

Le couple royal montra l'exemple en se retirant par une porte située à l'arrière de la salle. Les Amazones les suivirent. Les mages miranoriens sortirent dans la cour, et seul Sire Adelraune resta. Les Vantraks s'approchèrent des Gardiennes.

– Vous devez être les Gardiennes des Frontières, amies des renommés frères Rainor et Fanar, dit Féolar en s'inclinant.

– Nous le sommes. On m'appelle Clairia et voici mes sœurs : Vénia, Tania, Arcia et Flamia. Au nom de la Terre des Temps, nous sommes enchantées de votre présence. Nous avons aussi sous notre étendard Ses Altesses les princes d'Amaria, Ray et Tay Amari.

À peine ces mots furent-ils prononcés que la compagnie de Vantrak tomba à genoux et présenta les armes.

– Nous nous mettons à vos pieds et nos lances sont les vôtres à commander, Altesses ! tonnèrent-ils d'une seule voix, unie et puissante.

Ray toucha de sa main la tête de lynx. Son expression était des plus douces.

– Longtemps vous avez été les alliés de la famille Amari. Ne vous prosternez point devant des êtres qui sont vos égaux !

– Grandes sont vos louanges mais piètres sont nos accomplissements. Loyauté nous avons juré à la famille Amari et loyauté nous garderons !

Tay releva le demi-lynx nommé Féolar.

– Si vous refusez votre dû, acceptez au moins notre amitié en guise de gratitude. Votre promesse envers nos ancêtres n'a pas été oubliée.

– Ses Altesses sont nobles et dignes. Votre confiance vous honore.

Les deux princes hochèrent la tête, et Féolar se tourna vers la silhouette aux mains enfouies dans de larges manches violettes.

– Puis-je, monseigneur, m'enquérir de votre identité ?

Le mage fit apparaître son sceptre de sous ses manches et le présenta à son interlocuteur.

– On me nomme Adelraune, prêtre de l'Ange divin de la magie et maître-mage de la compagnie de Miranor.

– Féolar, capitaine de la garde de Vantrak et éternel servant d'Amaria. Que les Anges veillent à jamais sur vous, Sire.

– Maintenant que nous savons tous qui est qui, que diriez-vous d'aller dans les jardins ? On étouffe, ici. De plus, il y a des choses que je voudrais savoir, dit Clairia.

– Moi aussi d'ailleurs, renchérit mystérieusement Arcia.

Flamia et les deux princes la fixèrent curieusement mais soit la jeune fille ne les vit pas, soit elle les ignora, car elle ne fit rien. À l'extérieur, ils se dirigèrent sans bruit vers le saule pleureur. La fraîcheur végétale caressa leur peau réchauffée par le soleil d'été. À leur grande surprise, ils y trouvèrent des chaises à haut dossier, en osier tressé.

– On a dû les manquer, hier, dans la pénombre, dit Clairia.

Tous prirent un siège sauf quelques-uns, dont notamment Arcia, qui alla se percher sur sa branche. Féolar la fixait avec un regard contemplatif. Elle avait jeté sa cape sur le sol et se retrouvait en courte tenue sur la branche. Les deux fourreaux qui se trouvaient dans son dos et à sa hanche ne semblaient guère l'importuner. Les princes s'installèrent sur une chaise, plus par respect pour leur statut que par volonté. Ils préféraient la compagnie de l'herbe et des fleurs que celle de l'osier. Néanmoins, Flamia et Tania ne se gênèrent point et s'allongèrent à plat ventre sur le gazon épais. Les sièges étaient placés en demi-lune, de manière que tous puissent avoir une bonne vue des autres.

– Avant tout, j'aimerais savoir si la Dame d'Amaria, la très chère reine Aurivia, se porte bien. Nous n'avons pas reçu de ses nouvelles depuis plusieurs lunes… commença un demi-lynx qui n'avait pas été présenté.

– Elle va bien, malgré l'inquiétude qui pèse sur le pays. Très occupée, mais en santé. Mère se réjouit de l'aide que vos commandants lui procurent, le rassura Ray.

– C'est normal. Nous ne faisons que remplir notre promesse.

– Minute, papillon ! Quelle est cette histoire de promesse ? demanda Clairia. Cela a l'air de quelque chose de sérieux. Je ne savais pas que Vantrak et Amaria avaient un tel lien !

Ni Féolar ni les princes ne parlèrent. Un silence inconfortable s'installa. Après quelques minutes, ce fut Sire Adelraune qui le brisa. Il fixait les princes plus durement qu'à l'accoutumée.

– Vous n'avez aucun besoin de répondre à la question si l'occasion ne s'y prête pas. Je suis…

– Non, les Gardiennes ont le droit de savoir. L'histoire concerne la Terre des Temps ainsi que… eh bien… ce que le royaume renferme.

Quatre des sœurs écarquillèrent les yeux et furent immédiatement à l'écoute. Arcia fixa le prince aîné de travers. Celui-ci baissa les yeux, incapable pour une fois de soutenir le regard de félin de la jeune fille. Sire Adelraune soupira et ferma les yeux. Des rides profondes se creusèrent sur son visage sage. Ce fut Tay qui commença le récit.

> « Il y a plusieurs décennies de cela, une guerre avait éclaté pour la maîtrise du pouvoir angélique, pouvoir que l'on disait possédé par la Terre des Temps, appelée en ce temps-là Tinuria. À cette époque, il y avait neuf pays importants sur le continent. Neuf pays qui se disputaient le pouvoir des Anges. On ne connaissait pas la forme de ce pouvoir, ni à quoi il ressemblait. On savait simplement qu'il donnait l'invulnérabilité. »

Ensuite, Ray prit la parole et son ton était des plus sombres.

> « Les royaumes du Nord se détruisirent entre eux-mêmes et seuls deux royaumes restèrent. Le Miranor et l'Amazonia, ainsi que les petits pays qui les entourent de nos jours, sont les vestiges de ceux-ci. Au Sud, tout fut conquis par Orlianda et ses armées massives. À l'Est, ce furent Vantrak et Amaria qui se disputèrent le territoire. Tinuria se contentait amplement de repousser les compagnies de soldats qui se pressaient à ses frontières, plusieurs de ses habitants fuyant vers le désert à l'Ouest. Après

plusieurs années de guerre, Miranor fut le premier royaume à vouloir la paix. La famille royale s'était tournée vers les Temples, puisque les moines étaient les seuls qui refusaient de se battre. Les monastères étaient devenus des refuges pour ceux qui voulaient comprendre le pouvoir des Anges et non le contrôler. Peu à peu, les moines et les apôtres amenèrent donc la raison au royaume. Les armées avaient subi de sérieuses pertes, la plupart des combattants étant des magiciens qui n'attaquent bien qu'à distance. »

– Les mortels ne peuvent rivaliser avec les dieux. Il est dommage que nous n'ayons pas choisi cette voie plus tôt : plusieurs âmes seraient encore parmi nous. Que les Anges nous pardonnent et veillent sur leur sommeil éternel ! dit solennellement Adelraune.

Tous inclinèrent la tête en signe de respect pour ces propos. Le prince continua donc l'histoire.

« Après Miranor, c'était Amaria qui posait les armes contre la Terre des Temps. Toutefois, mes ancêtres n'avaient pas arrêté le combat contre Vantrak. Ce fut un duel sans pitié entre nos deux pays. À la fin, Amaria eut recours à la capture des membres de la famille royale. C'étaient eux qui poussaient le pays à la guerre. Dès que tous les Vantraks jetèrent leurs armes, on décapita devant toute la population les commandants d'armée et les captifs. Tous ceux qui avaient du sang royal en eux, enfants et vieillards compris, furent massacrés sous la torture. Vantrak était soumis. On leur laissa leur liberté, à condition qu'ils promettent d'obéir aux ordres d'Amaria.

Profitant du désarmement vantrak, Orlianda vit l'occasion de conquérir un nouveau territoire se présenter. Les demi-lynx ne résistèrent pas longtemps. Nous avions ordonné que toutes les armes soient détruites et ils n'eurent que des fourches et des faux pour se défendre. Dans une action finale pour obtenir la paix, Amaria trahit le pacte avec Orlianda et vint en aide à Vantrak. Malheureusement, notre alliance ne fut pas la seule : Amazonia fit un traité avec le royaume du Sud et monta une attaque céleste. Vantrak reprit les armes et, de leur propre gré, ils firent une promesse de fidélité envers Amaria. On joignit Tinuria en tant qu'alliés de guerre et l'affrontement débuta. Longtemps, Orlianda domina le champ de bataille et tout semblait perdu... »

– Que faisait Miranor pendant ce temps ? interrompit innocemment Flamia. Il n'a pas pris part à la guerre finale ?

– Notre royaume ne voulait plus être mêlé aux hostilités, dit amèrement Sire Adelraune. Nous avions connu assez de pertes. Plus de guerres pour le pouvoir ultime pour nous. Ce que nous avions était suffisant.

> « *Heureusement pour les trois royaumes, un miracle arriva. Les soldats racontent que les Anges sont descendus de leur demeure divine pour repousser les armées ennemies, répondant à l'appel de l'âme clé. Le pouvoir que tous convoitaient dans les confins de Tinuria devait être cette personne, capable de faire venir les Anges dans le monde des mortels à sa volonté. Cette partie de l'histoire lui donne un air plus mythique que réel. Nous disons néanmoins que c'est comme cela que nous remportâmes la bataille.* »

Clairia hocha la tête. Pendant cette guerre, Amaria s'était couverte de honte et de déshonneur. Qui aurait cru possible autant de cruauté là d'où les princes venaient ?

– Malheureusement, les conflits passés donnent l'impression de se répéter au fil des années… fit Tay d'un air désemparé.

– Si Orlianda ouvre encore la guerre, les mages de Miranor y prendront part aussi. Nous ne serons pas des spectateurs, désormais ! déclara fermement Sire Adelraune.

– Holà ! Tout cela est bien beau mais pour ma part, je crois encore qu'il est temps d'empêcher les hostilités et de préserver la paix. C'est notre but dans le tournoi. Il faut penser positivement ! s'exclama Clairia.

Des sourires accueillirent cette remarque. L'atmosphère lourde s'allégea et la tension baissa.

– Au fait, damoiselle Arcia, vous vouliez savoir quelque chose ou avons-nous déjà répondu à votre demande ? dit Féolar.

– Je voulais avoir des nouvelles de chez nous. Vous avez dû passer par la Terre des Temps pour venir ici, si je ne m'abuse ?

– Si, bien sûr ! J'ai le plaisir de vous annoncer que tout va à merveille et que les frontières ont été fortifiées. Le Général de Légions vous fait dire que vous pouvez vous concentrer entièrement sur votre tâche présente. Des soldats d'Amaria veillent sur les terres intérieures.

Tania relâcha la bouffée d'air qu'elle avait gardée en elle. Arcia avait la mine beaucoup plus détendue.

– C'est au moins cela de bon. Nous pourrons agir à notre guise pendant un bout de temps...

Il y eut des hochements de tête. Les mots de la jeune fille pénétraient lentement leurs esprits, même s'ils osaient à peine y croire. Une bonne nouvelle en ces temps était tellement rare que tout semblait un mensonge.

Tay voulut changer de sujet, une parcelle de sa curiosité encore insatisfaite.

– Qu'est-il arrivé entre vous et Orlianda ? Votre entrée n'était pas des plus amicales !

Cette fois-ci, ce ne fut pas Féolar qui répondit mais son porteur d'étendard.

– Ils nous ont attirés dans un guet-apens ! Lorsque nous avons passé la frontière, un escadron complet de leur cavalerie nous attendait ! La passe était étroite et nous ne pouvions nous déployer pour le combat. Mon cousin, le légitime porteur d'étendard, fut tué le premier... D'autres qui étaient dans nos rangs de devant tombèrent aussi. Nous finîmes par contre-attaquer. Trois autres âmes nous quittèrent. Lorsque la bataille finit, nous n'étions plus que treize sur la compagnie de vingt au départ.

– Nous vengerons ton frère, Mitor, ainsi que tous les autres ! promit Féolar.

Le capitaine de la garde avait toujours l'air perplexe sur ce qui était arrivé dans la salle du trône, cherchant une explication à leur docilité à tous. Les Gardiennes avaient préféré ne pas le leur dire, de peur de les humilier devant eux-mêmes. Après tout, n'était-ce pas l'honneur qui poussait les Vantraks à vivre ?

– Vous dites être treize à avoir échappé au piège. Or, je ne compte que douze de votre nombre, dit le prince aux cheveux d'argent.

– Nous étions treize. Camar est morte de ses blessures. Elle a livré bataille, mais étant dans les rangs de front, elle n'a pu tenir à la vie. Férion, Ange de la Flamme Éternelle, veillera sur son sommeil !

Tous firent le signe de respect aux morts, en inclinant la tête vers le ciel. Les Gardiennes sentirent leur haine envers Orlianda gonfler. Tant qu'elles seraient en vie, les demi-lynx étaient certains d'avoir des alliés !

Les rayons de la pleine lune balayèrent la plaine. À ses bordures, des torches étaient allumées pour délimiter le périmètre. L'intérieur était constitué de hautes herbes et quelques arbres trônaient en son centre. La nuit donnait un ton irréel, comme si tout allait disparaître d'un instant à l'autre.

Les équipes participantes étaient regroupées du côté ouest de la plaine. Le roi avait fait monter un dais aux portes de la ville. Il commença à expliquer les règles.

L'épreuve consistait à ramener cinq statuettes d'or égarées partout dans les herbes. Chaque équipe devait choisir quatre participants et serait équipée d'un cristal s'illuminant à proximité d'une statuette. Chaque fois qu'une statuette serait trouvée, la lueur annonçant la prochaine brillerait de moins en moins fort. Si par malchance deux équipes se rencontraient dans la plaine, elles pouvaient avoir recours à tous les moyens légaux du tournoi pour prendre ce qu'elles convoitaient. Toutes les formes de combat, magiques ou physiques, étaient permises. Quinze statuettes étaient dispersées à travers la plaine. Quinze statuettes pour cinq équipes. La première qui réunirait cinq statuettes devrait se rendre au bosquet d'arbres au milieu de la plaine.

– Choisissez vos joueurs et rendez-vous à la bordure. N'oubliez pas, vous avez deux heures pour trouver les figurines ! Que le meilleur gagne ! finit le roi.

Les Gardiennes et les princes se réunirent en caucus.

– Tania et moi n'irons pas. Nos armes se manient mal sur le terrain et nous n'avons pas une très bonne vue nocturne, annonça Clairia. Nous risquerions de vous gêner dans votre tâche.

– Je n'irai pas non plus, ajouta Tay. Mon frère est meilleur dans ce domaine que moi. Sillonner les contrées à la recherche de quelque chose n'est pas mon fort !

– Nos participants seront donc Arcia, Flamia, Vénia et Ray, dit Tania. Avez-vous des objections ?

Les désignés secouèrent la tête sans dire mot. Ils se rendirent jusqu'à la plaine. Elle semblait encore plus morbide qu'en plein jour, lors de leur arrivée. Féolar faisait partie de l'équipe de Vantrak et les quatre mages de Miranor leur étaient inconnus. Néferlia était à la tête d'une troupe d'Amazones et d'un soldat orliandais. Les autres équipes des petits royaumes paraissaient insignifiantes à côté d'une telle assemblée de combattants.

– Ça ne va pas être du gâteau, gémit Flamia.

– Inutile de s'en inquiéter, la rassura le prince. Faisons de notre mieux et tout ira bien. Plusieurs d'entre eux sont nos alliés en quelque sorte. Ils joueront avec honneur.

Le roi fit un signe de la main et nombre de soldats apparurent. Ils se postèrent à chaque torche. Les participants attendaient, le cœur battant la chamade. Soudain, la reine jeta un foulard et toutes les flammes s'éteignirent. C'était le signal. Les ombres des équipes bondirent dans la plaine, prenant chacune une direction différente. La chasse était ouverte !

Vénia prit les devants avec la lueur au bout de son bâton. Flamia, qui tenait le cristal, les dirigea vers le nord-ouest. Les deux autres avaient dégainé leurs armes et faisaient office d'arrière-garde. Ils se frayaient un chemin à travers les hautes herbes, avec le cristal rouge pour seul guide. Un sort quelconque masquait les étoiles et la lune, arrêtant net tous les espoirs de s'y référer.

– Là ! Je la vois ! s'exclama soudain Vénia.

Flamia se précipita en avant pour aller chercher la statuette. Arcia la retint rapidement lorsqu'elle s'élança. Dégageant ses mèches bleues de son visage d'un mouvement de tête, elle scruta les environs.

– Attends, sœurette. Vous ne trouvez pas que quelque chose ne tourne pas rond ?

– Je ne vois rien de spécial, mais je peux le sentir, dit Ray, qui avait posé une main à terre.

– Nous allons voir !

La Gardienne aux cheveux argentés braqua un rayon de lumière sur la statue. Ils sursautèrent tous de frayeur. Là, à leurs pieds, se trouvait un précipice d'au moins une vingtaine de mètres de largeur et ce qui en sortait était à glacer le sang. À moitié décomposés et sanglants, des bras s'étiraient vers le ciel, doigts aux ongles de harpie tendus. Ils s'étendaient à perte de vue dans l'obscurité, dans le précipice sans fin.

– C'est… quoi ça ? murmura Flamia en reculant.

– Des esprits, dit Vénia. Des esprits morts qui n'apparaissent qu'à la rencontre de la Lumière de la Vérité. N'eût été d'Arcia, nous étions perdus. Une fois pris, on n'en ressort jamais.

– On doit le contourner, n'est-ce pas ?

– Je ne crois pas, non, Flamia. Regarde.

Elle leva son bâton pour éclairer une plus grande surface. Le précipice formait un triangle équilatéral, entourant la statuette de toutes parts. Celle-ci reposait sur un pilier et une mince bande de terre constituait la prise de pied.

– Ne me dites pas qu'il faudra traverser cela !

– Tania et son fouet nous seraient très utiles en ce moment…

Pendant que les filles contemplaient le fossé, le prince s'était déplacé jusqu'à un des coins du triangle. Comme il le pensait, une petite sphère noire montée sur un socle s'y trouvait. Il se précipita aux deux autres coins et y trouva la même chose.

– Je crois que j'ai trouvé la solution, dit-il à l'adresse des autres.

Un éclair de méfiance passa dans l'esprit d'Arcia. Lui ? Il aurait la solution ? Ce ne devait être qu'un piège. Elle jeta un regard à Vénia, qui lui répondit par un hochement de tête. Leurs pensées étaient les mêmes. Elles s'approchèrent lentement, s'assurant que Flamia était derrière elles. Les yeux de Vénia s'illuminèrent faussement à la vue du prince et de la sphère.

– Bien sûr ! Cette forme... On doit faire une rotation complète avec les sphères pour déclencher un mécanisme. Pourquoi ne l'ai-je pas vu plus tôt ?

– Le Sceau du Triangle... la plus célèbre des serrures magiques. Ç'aurait été assez facile à deviner si l'on y avait regardé de plus près, dit Ray.

Flamia prit une sphère et Vénia en prit une autre. Arcia vit que le prince hésitait, restant à l'écart. Puis, à contrecœur, il saisit aussi un globe et ils les firent pivoter dans leurs socles, simultanément. Rien ne se passa dans les moments suivants, mais un grondement sourd commença. Trois passerelles de pierre partirent des coins du triangle et rejoignirent le pilier central. Flamia poussa un cri de triomphe, mais la réjouissance fut courte. Dans un mouvement rapide, les bras s'animèrent et se hissèrent hors du trou : l'épaule, qui les joignait à un corps perdu, n'était qu'un moignon de sang.

Arcia fut prompte à réagir et bientôt, des morceaux de chair décomposée se trouvaient à ses pieds. Elle lança un regard au prince avec ses yeux de félin. Il repoussait avec une facilité étonnante les bras déchiquetés, les enlevant d'où il ne les voulait pas. Il se tenait à l'écart, loin du danger en tant que tel. Elles étaient tombées dans son piège. Traître !

– Vite, la statuette ! cria Vénia. Arcia, occupe-toi de Ray !

La jeune archère se rua vers le pilier. À peine eut-elle touché la statuette que les passerelles se retirèrent.

– Flamia !

Vénia opta pour la magie élémentaire et envoya des rubans de vent à sa jeune sœur. Celle-ci s'éleva dans les airs et la prêtresse la fit dévier vers elle. Arcia faisait de son mieux pour atteindre le prince, jetant çà et là les bras. Il restait toujours hors de sa portée. Flamia était presque sur la terre ferme lorsque Vénia perdit le contrôle. Miraculeusement, Ray s'élança de derrière son écran de bras morts et rattrapa la jeune fille en chute libre. Il ne prêta pas attention à Vénia. Arcia la remarqua, mais trop tard. Les mains coupées des bras avaient saisi la magicienne et, poussant un cri de désespoir, elle fut entraînée dans le précipice.

– Arcia, derrière toi ! s'écria Flamia.

Elle voulut se précipiter en avant, voyant les bras qui avançaient vers sa sœur. Néanmoins, elle dut s'abriter avec sa cape. Une vague de température glaciale balaya la plaine, transformant tout en un désert de glace. Le moindre espace entre les herbes fut bouché par le givre, la neige s'occupant de la surface libre autour du fossé. Arcia avait relâché sa magie intérieure dans un sursaut involontaire de colère. Le prince avait sauté dans les airs juste avant que la vague ne l'atteigne. Flamia secoua les glaçons de son manteau. Elle vit Arcia se diriger vers Ray.

– Arc...

Le prince n'eut pas le temps de finir. Deux lames azurées s'abattirent sur lui à la vitesse de l'éclair. Bloquant le coup de justesse, il fit jaillir une gerbe d'étincelles. Flamia fixait la scène, désemparée. Qu'étaient-ils donc en train de faire ?

– Arcia, arrête ! Que fais-tu ? s'exclama-t-elle.

– Ce n'est qu'un traître. On est tombées dans le panneau. Tu n'as rien remarqué depuis le début ? J'ai été prévenue.

Le prince tenta une réplique. Quelle qu'elle fût, on ne l'entendit pas. Arcia venait de le jeter contre un des bancs de glace qu'elle avait créés. Plantant sa rapière de la main gauche en direction de son adversaire, la jeune fille ne perdit pas de temps à attendre une réaction. Sautant haut dans les airs, elle projeta des flocons blancs vers Ray. Celui-ci, atteint par le coup d'épée, dévia avec difficulté le jet de magie. Un long filet rouge coulait de sous sa clavicule. La lame de la jeune fille n'avait atteint aucune partie vitale, mais elle avait traversé de part en part le corps du prince. Il se leva en titubant, mais avec la garde toujours montée. Le visage à peine contorsionné par la douleur, il porta un mouvement défensif en diagonale au niveau de la taille d'Arcia. Elle le dévia en se propulsant une fois de plus dans les airs, le tissu de sa cape bleu minuit tourbillonnant autour de ses jambes.

Flamia vit avec horreur le liquide rouge se déversant du corps du prince. Sa propre sœur était en train de se battre avec Ray… Elle ne comprenait rien à tout cela. Ray ? Un traître ? Non ! Il venait de la sauver, tantôt ! S'avançant un peu plus près des deux rivaux, elle prit son arc, mais ne put se résoudre à le bander. Elle essaya une fois de plus d'arrêter Arcia. Lorsqu'elle saisit sa flèche, elle la lâcha presque aussitôt. La Gardienne n'avait pas le courage de tirer. Ray allait à coup sûr se faire tuer si tout cela continuait…

– ARCIA, JE T'EN SUPPLIE ! ARRÊTE !

Ses mots tombèrent sur des oreilles sourdes. Ne pouvant tenir plus longtemps, elle fondit en larmes. Un bruit mat résonna dans ses oreilles et quelque chose tomba à ses pieds. Écartant le voile de ses larmes, elle vit devant elle une forme recroquevillée, drapée dans du noir. Flamia fit un pas en arrière. Arcia tomba comme un oiseau de proie du ciel et visa pour la forme. Sa lame fut brisée, comme auparavant, dans un bruit de verre cassé.

Ray sentait qu'il ne pourrait plus tenir très longtemps. Les assauts de la jeune fille étaient beaucoup plus violents qu'à l'accoutumée. Son moment de surprise lui avait coûté cher. Il n'avait aucune possibilité de rattraper le retard, à présent. Pourquoi Arcia l'attaquait-elle ? De quelle traîtrise était-il accusé ? Empoignant son épaule, il essaya de comprimer la douleur. Mais ce n'était pas cela qui lui faisait le plus mal… Levant son bras devant lui pour parer le coup de pied d'Arcia, il fut projeté loin en arrière. Heurtant finalement le sol, il vit Flamia en larmes qui se tenait au-dessus de lui. Il la vit aussi reculer comme devant un monstre répugnant. Il voulut parler mais n'en eut pas le temps, une fois de plus.

Arcia atterrit juste à côté de Ray. Écartant les morceaux de sa lame brisée un peu partout, elle s'agenouilla. Sa jeune sœur restait pétrifiée sur place, les yeux grands ouverts.

– Tu as voulu nous trahir, salopard... Ma sœur n'est plus là à cause de toi !

En prononçant ces paroles, Arcia donna un coup de pied dans les reins du prince. Il roula dans les débris tranchants de l'épée brisée, creusant de profondes plaies dans sa peau blanche. Pour la première fois de sa vie, il gémit de douleur. Pour la première fois de sa vie, il abandonnait la partie. Il s'avouait vaincu. Un cri déchira l'air.

Ne pouvant en supporter plus, Flamia s'accrocha au bras de sa sœur, l'empêchant de torturer le malheureux prince. Arcia laissa tomber sa lame en voyant le visage de sa cadette ravagé par les larmes. Flamia souffrait. Sa petite sœur souffrait... souffrait à cause d'elle et de ses actions. Souffrait parce qu'elle ne voyait pas la vérité...ou était-ce le mensonge ?

– Flamia...

– Arcia, que fais-tu ? ! TE RENDS-TU COMPTE DE CE QUE TU ES EN TRAIN DE FAIRE ?

– Il nous a trahies... toi, moi... et Vénia. Il ne mérite pas une mort douce, répondit-elle en tournant des yeux voilés vers sa sœur.

La rouquine se laissa tomber à genoux. Hoquetant, elle essaya en vain de parler. D'une main elle agrippait encore le gilet bleu d'Arcia, et elle se servit de l'autre pour jeter au loin l'épée azurée.

– Vénia... Nous avons déjà perdu Vénia... Si le prince n'avait pas été là, je serais au fond de l'abîme avec elle. Je lui dois ma vie, Arcia...

Les pupilles de la guerrière devinrent instantanément rondes. Les fentes félines disparurent. Le voile se leva. Sa vision se fit beaucoup plus claire, comme si tout était illuminé d'une lumière vive malgré la nuit. Mais certaines choses restaient floues... Elle vit que de grosses larmes souillaient le sol… des larmes qui n'étaient pas celles de sa sœur, ni les siennes. La chevelure emmêlée et la figure maculée de sang, ainsi que de terre, le prince déversait silencieusement toutes les larmes de son corps. Arcia marcha lentement jusqu'à la forme étendue, une expression indéchiffrable sur le visage. Flamia n'eut pas la force de l'en empêcher.

Ray vit Arcia venir vers lui. Pour une raison quelconque, les premières larmes qu'il versait depuis qu'il avait quitté Milliana avaient coulé à ce moment-là. Il vit la jeune fille s'agenouiller à ses côtés. Elle tendit une main tremblante vers son épée, puis se ravisa. Le prince n'était pas en état de se lever.

— Vous nous avez trahies… malgré l'espoir que nous mettions en votre honneur, vous nous avez trahies…, murmura Arcia en serrant les dents.

— Je ne comprends pas…

— Vous le savez. Vous nous avez manipulées depuis le début.

Toujours dans la confusion totale, Ray esquissa avec peine un sourire. Un sourire désespéré.

— Si vous voulez ma mort… vous avez vos raisons… faites au moins… que je meure par ma propre lame…

Arcia repoussa l'épée du revers de la main.

— Je ne veux pas votre mort, Altesse. Pas encore. Je veux que vous souffriez comme a sans doute souffert Vénia en plongeant dans ces ténèbres…

— Altesse… j'ai déjà dit que je ne voulais plus de ce titre, murmura Ray. Quelles que soient vos raisons pour ma douleur, je ne vous en tiendrai pas rancune. Je fais confiance à votre jugement… et à votre fierté. Peut-être aurais-je dû jouer plus en offensive dans mon dernier combat… quelle que soit ma trahison, mon innocence ne sera prouvée que par les Anges. Gagnez simplement le tournoi.

Quelque chose s'alluma dans l'esprit d'Arcia. Elle vit enfin autour d'elle ce qu'avait fait sa vague de glace au terrain. Elle vit aussi les bras morts emprisonnés dans le cristal d'eau, les bras morts qui semblaient venir de partout. Ils venaient de partout ! Le prince n'avait pas essayé d'échapper à l'assaut en se tenant à l'écart, il avait essayé de repousser les hordes des esprits aux alentours… donc, cela voulait dire…

Réalisant soudain l'ampleur de la situation, Arcia ouvrit grand les yeux. Tout redevenait clair. Flamia se laissa choir à côté d'elle. Les larmes ayant cessé, elle tira un mouchoir brodé de sa poche et essuya le visage du prince. Le blanc immaculé bordé d'orange devint vite cramoisi.

– Orlianda nous a sans doute bernés. Et, comme des idiotes, nous sommes tombées dans le panneau. Arcia, je sais que tes intentions étaient bonnes depuis le début… n'est-ce pas, mon prince ?

Ray tenta de hocher faiblement de la tête. Un sourire en coin apparut. La jeune fille aux cheveux bleus avait finalement arraché le voile. L'hémorragie de sa blessure devenait plus que sérieuse et prenait toutes ses ressources. Flamia pressa le mouchoir dessus. Il devint vite saturé. Arcia était toujours agenouillée là, comme une enfant innocente.

– Vénia est partie… les conflits entraînent toujours des pertes. Amaria s'était alliée à la Terre des Temps pour éviter que d'autres aient à faire de tels sacrifices, dit Ray. Elle connaissait les risques encourus. Nous le savions tous.

– Arcia, ma pauvre Arcia. Ce n'est pas ta faute ; tu n'as pas à prendre tout le poids de la mission sur toi seule. Les erreurs sont permises. Pour tout le monde. Reste forte, j'ai besoin de ton courage… ou fléchiras-tu ?

À ces mots, Arcia sembla revenir complètement à la vie. Une lueur emplissait ses yeux, comme avant. Repoussant des mèches égarées, elle releva haut la tête.

– Ma faiblesse m'a coûté… mais jamais je ne fléchirai !

– Ça, c'est la grande sœur que je connais.

Flamia ôta le morceau de tissu imbibé de sang et fixa sa sœur d'un air inquiet. Celle-ci parut songeuse un instant puis se pencha par-dessus le visage du prince. Il rougit jusqu'à la pointe des oreilles.

– Après tout ce que vous avez enduré de ma part, me faites-vous encore confiance ?

– Arcia, qu'est-ce que… commença Flamia, perplexe.

– Me faites-vous confiance… Ray ?

Ray avala nerveusement. La figure de la jeune fille lui semblait inconfortablement proche…

– On va dire…

PLAF !

La claque retentit dans toute la plaine. Ray vit des étoiles danser devant ses yeux puis sombra dans l'inconscient.

– Arcia ! Je croyais que…

– Minute ! Je ne l'ai pas frappé parce que je crois qu'il est toujours un traître. Il ne sentira pas de douleur pendant qu'on le remet en état.

– Tu aurais pu utiliser une manière plus douce ! Pour un moment, je croyais que tu allais…

– Que j'allais quoi ?

– Ben… que tu allais l'embrasser…

– Tu peux toujours rêver, sœurette. Tu ne crois pas tout de même que j'étais désolée à ce point-là ?

– ARCIA ! !

Un sourire narquois se forma sur les lèvres de la jeune fille. Être cynique était une vraie jouissance. Flamia cependant lui souriait, heureuse que sa sœur ait recouvré ses esprits. Elle ne savait toutefois pas ce qui trônait dans l'esprit d'Arcia. Celle-ci se mit à la recherche d'un brin d'herbe qui n'avait pas été congelé. N'en trouvant pas, elle se tourna vers Flamia.

– Fais fondre un petit cercle dans la glace. Juste un petit.

– Pourquoi ?

– Fais-le, tout simplement.

Flamia visa donc l'endroit indiqué par la Gardienne. Une flamme se forma à la pointe de sa flèche, flamme qui venait de sa magie élémentaire. Le projectile frappa la glace et la fondit, comme prévu. Arcia s'approcha du trou, puis retira une brindille calcinée.

– Un peu plus doux sur le feu, d'accord ?

– Désolée, mais tu aurais dû me le dire, dit Flamia en bandant à nouveau son arc.

Un deuxième projectile s'échoua non loin du premier. Cette fois-ci, l'herbe en dessous était mouillée et sentait le gazon frais. Dégageant ses cheveux bleus d'un coup de tête, la jeune fille en arracha une touffe. Puis une autre. Elle fit ainsi jusqu'à ce qu'il y en ait assez pour faire un petit monticule. Avant que sa sœur ait pu dire quoi que ce soit, elle jeta toutes les brindilles sur le prince. Celui-ci, assommé, ne réagit point au contact des bouts de végétation tombant sur sa personne. La Gardienne fit apparaître une lueur blanche au bout de son index. Souriant malicieusement, elle la projeta vers Ray. Les yeux fermés, il fut congelé de la tête aux pieds sans le savoir.

– Pourquoi as-tu fait cela ? s'enquit Flamia.

– Tu vas voir. La magie peut être utilisée de plusieurs manières.

Lentement, les brindilles disparurent. Dans un grand fracas, le prince se libéra de son gîte de glace. Brillant d'une lueur dorée, il flotta dans les airs, puis retomba doucement. La neige autour de ses pieds fondit dès le contact. Il était debout. Il était à nouveau prêt à combattre. Il fixait de nouveau Arcia avec le même air hautain. Tâtant son épaule à la recherche de la blessure, il ne la trouva pas. Son corps brûlait tout de même comme avant, comme s'il avait été transpercé de milliers de dards. C'était le cas. Les plaies causées par les éclats de l'épée étaient toujours là, mettant sa peau à vif.

– La force de la nature n'est pas assez puissante pour vous guérir entièrement. Pas avec la quantité de brindilles que j'ai utilisées. Le plus gros est fait, et je crois que vous pourrez supporter le reste, dit Arcia.

Ray ne broncha pas. Il ne fit que fixer sa lame écartée, jetée au loin par la jeune fille. Il vit aussi que les brisures de l'épée n'étaient plus là et qu'une poignée dépassait du fourreau se trouvant dans le dos de la Gardienne. Le fourreau à sa hanche n'était pas vide non plus. Ramassant son arme, il se dit qu'elle avait probablement choisi ou reçu une arme qui se refaisait d'elle-même. Flamia lui souriait, tout en ayant un air de crainte dans les yeux. Il lui retourna le sourire, quoique de façon un peu ambiguë. Puis, il s'approcha d'Arcia. Le doré chercha à percer un trou dans le saphir.

– Merci.

Arcia battit des cils plusieurs fois avant d'enregistrer la parole dans son cerveau. Quoi ? Il la remerciait ? Elle s'était attendue à une profonde haine, voire même à du mépris pour sa naïveté. Mais des remerciements ?

– Pourquoi ? répliqua-t-elle un peu plus froidement qu'elle ne l'aurait voulu.

– Vous êtes celle qui a passé à un cheveu de me tuer, mais vous êtes aussi celle qui m'a aidé à me remettre sur pied. Une autre que vous dirigeait vos actions. Une telle volonté pour repousser un sort de la reine vaut bien des éloges.

– Allons, Arcia ! Ne reste pas plantée là ! souffla Flamia.

Durant une fraction de seconde, Arcia eut l'air effarée. La Gardienne s'inclina profondément devant le prince. Ray sursauta à ce geste ; la jeune fille ne lui avait jamais fait trace de révérence auparavant. Se rappelant ses manières royales, il la releva gentiment. Ne faisant aucune allusion à ce qui s'était passé, il dit simplement :

– Le temps vole et nous ne sommes encore qu'au tout début de notre tâche. Il nous reste quatre statuettes à trouver.

Arcia faillit faire un commentaire cinglant à une telle indifférence devant la mort de sa sœur, mais elle s'en abstint. Elle savait au fond d'elle-même qu'il faisait de son mieux pour ne pas laisser ses émotions prendre le dessus. Dans des circonstances différentes, la jeune fille aurait tenté une chose semblable. Retrouvant à sa personnalité glaciale et dépourvue de soucis, elle sauta gracieusement sur un des bancs de glace. Étant donné la hauteur à laquelle ils montaient, elle put parcourir la plaine entière de ses yeux. La plaine et ses occupants. L'ombre d'un rictus apparut sur son visage, ses pupilles se contractant légèrement.

– Alors ? demanda Flamia.

– Les Amazones sont au sud de nous. En pressant un peu le pas, nous devrions être capables de les rejoindre assez facilement. Néferlia n'est pas avec elles.

– Un butin qui pourrait s'avérer être riche... Qu'en dites-vous, Ray ?

Le prince jeta un regard vers la petite rouquine. Ses yeux brillant d'une lueur fantomatique, il hocha la tête.

– Allons-y.

Dans l'obscurité nocturne, Arcia se fraya un chemin dans le milieu congelé. D'un mouvement de la main, la glace forma un sentier étroit. Flamia sortit une flèche de son carquois. Une flamme rouge s'alluma à la pointe, illuminant une petite surface. Cela ne valait pas la lumière du bâton de Vénia, mais c'était mieux que rien. Elle prit les devants. Le cristal brillait de plus en plus, mais pas avec la même lumière que la première fois. Celle-ci était plus pure, sans l'ombre de malice. Le piège était passé.

– Arcia, tu ne m'avais pas dit que tu pouvais faire disparaître la glace une fois qu'elle était apparue.

– Vénia m'a appris comment faire juste avant le tournoi, répondit-elle, impassible.

– Tu as le contrôle parfait de ta magie maintenant, n'est-ce pas ?

– Non, loin de là. Le jour où je pourrai appeler l'eau et la glace de leur propre source, je la maîtriserai. Comme vous, mon prince.

Ray lui jeta un regard puis hocha la tête. Il crut percevoir un timbre amer dans la voix de la jeune fille. Un sourire faillit faire son chemin jusqu'à ses lèvres. Arcia était jalouse...

– Rares sont ceux qui peuvent contrôler les éléments mêmes. La plupart ne savent manipuler que ce qu'ils font jaillir de leur magie. Je pense que seuls les adeptes des Temples angéliques savent comment utiliser le pouvoir des Anges, fit Flamia, voulant continuer la conversation.

– Si c'est faisable, je le ferai, dit Arcia avec détermination.

Le prince ne put s'empêcher de sourire. Un spécimen rare, cette fille guerrière. Elle n'était pas du genre vantard, qui s'attire tous les mérites par simple envie d'attention. Or, elle devait absolument être l'égale de ce qui était le meilleur. L'ombre de la lumière, jamais dans la clarté, mais ayant toute sa brillance.

Flamia leva la main, ordonnant le silence. Prises dans les vagues froides, les Amazones essayaient vainement de se libérer. Le trio resta caché derrière le mur de glace. Puis, ne pouvant se retenir plus longtemps, la rouquine éclata de rire. Sautant sur l'espace surélevé de la prison des Amazones, Flamia se dirigea vers chacune d'elles et tendit le cristal. Face à une femme aux cheveux aussi noirs que le charbon, il se mit à briller plus fort que jamais. Elle se tourna vers Arcia. Celle-ci sauta à son tour sur la plateforme gelée et dégaina l'épée qui était dans son dos. Tenant la pointe juste devant le nez de la surgelée, elle s'adressa d'une voix dangereusement feutrée à la femme.

– Où sont les statuettes ?

– Même si je te le dis, tu ne pourrais pas aller les chercher puisque tu as eu la brillante idée de tout geler ! répliqua celle-ci, narquoise.

– Je te repose gentiment la question. Où sont tes statuettes ?

– Va te faire voir ! Ce n'est pas de moi que t'auras ce que tu cherches.

Le prince cilla à peine des yeux quand il entendit un cri déchirer l'air. Sautant gracieusement sur la glace, il s'approcha de la Gardienne en bleu.

– Manque d'information ? demanda-t-il.

– Un manque important, répondit Arcia.

Ray s'accroupit devant l'Amazone. En dessous de ses pieds, dans la glace, une bouffée rouge se propageait dans les bulles d'air qui avaient été emprisonnées. Il vit la même teinte cramoisie sur la lame azurée de la guerrière. Elle ne s'arrêtait donc jamais pour discuter, celle-là ?

« Bien sûr que non », se dit-il en se reprochant d'avoir posé une question aussi idiote.

Levant le menton de la torturée du bout d'un doigt, il la fixa de son regard doré.

– Pour votre bien-être, je vous conseille de nous dire ce que nous voulons savoir. Vous pouvez me le dire ou… je vous renvoie aux soins d'Arcia.

Celle-ci essuyait déjà son épée avec la tunique d'une autre des Amazones. Le prince décela un frisson qui parcourait la femme devant lui. Il eut un sentiment de triomphe au fin fond de lui-même. Bien sûr, il ne fallait pas que les autres le voient. Aucun signe de faiblesse ne devait compromettre leur situation. Il replongea donc son regard dans celui de l'Amazone. Haussant légèrement les sourcils, Ray afficha l'air le plus innocent qu'il pouvait conjurer.

Vers la fin des deux heures, ce qui restait de l'équipe de la Terre des Temps ramassait sa dernière statuette. Après la petite rencontre avec l'équipe amazonienne, la statuette avait été relativement facile à obtenir. La vague glaciale avait immobilisé toute la plaine ainsi que ses occupants les plus faibles. La dernière statuette trouvée était collée à une toile d'araignée, sa protectrice géante était gelée sur place, ses huit pattes poilues tendues dans un mouvement de surprise. Ils apportèrent les cinq gravures d'or à la cloison d'arbres et y trouvèrent un énorme cristal rouge.

– C'est quoi, encore ? souffla Flamia.

Des trous hexagonaux couvraient la surface plane, qui donnait l'impression d'avoir été picorée par des pics-bois voraces. Le cristal était posé en plein centre de la clairière, ses quatre faces dirigées vers les quatre points cardinaux. Le groupe s'avança prudemment jusqu'à un des côtés, tous les sens en alerte.

– Je pense qu'il faut insérer notre cristal miniature dans un des trous. Mais lequel ? dit Flamia.

Notamment, connaissant les Orliandais, il ne suffisait pas de mettre le cristal dans l'un des trous grâce à la devinette. S'ils prenaient la mauvaise décision, un piège comme celui du triangle devait sûrement les attendre. Aux yeux d'Arcia, ils n'avaient pas le droit à l'erreur, aussi minime soit-elle.

Le prince s'agenouilla lentement et posa une main à terre. Ne voyant rien d'anormal se passer, il se mit à tâter les trous. Rien de douteux au toucher. Arcia inspectait les autres côtés, pendant que Flamia montait la garde. Le temps s'écoulait et il ne restait plus beaucoup de temps avant la fin de l'épreuve.

– Certains trous sont pleins au fond, déclara Arcia. Impossible d'insérer le cristal là-dedans. Ils sont faux. Deux d'entre eux portent un cercle de runes autour de l'orifice. Ça doit être un de ceux-là.

Les deux autres membres de l'équipe s'approchèrent, examinant les deux trous qu'elle pointait du doigt.

– Notre cristal comporte une rainure en plein milieu. Je pense que ce doit être là que le bord du trou s'arrête. De quelle profondeur sont-ils ? demanda le prince.

Arcia scruta les orifices pendant un moment puis secoua la tête.

– La profondeur a l'air identique, mais un d'entre eux a un fond plus complexe. Il a un éclat de plus que l'autre. Combien de facettes possède notre bout de pierre ?

Sans prévenir, Ray poussa le cristal au fond, dans le trou qui avait le moins d'éclats. Flamia hoqueta, car elle avait pensé que l'autre était le bon. Si les regards pouvaient tuer, celui d'Arcia l'aurait certainement fait. Le prince ignora les deux gestes.

On entendit un déclic, et le gros rubis fut submergé par le sol et remplacé par une forme tenant une lampe verte. Elle flottait dans les airs, minuscule petite fée de la forêt, capturée pour servir de guide. Un froissement parvint à leurs oreilles, ainsi que le bruit de feuillage.

– Suivez-moi et regardez bien où vous mettez les pieds ! couina la petite fée en s'envolant vers le passage qui venait d'être dégagé.

Arcia fronça les sourcils en constatant que son mur de glace avait cédé la place à un chemin de terre battue. Ils se mirent tous les trois à courir après leur guide, conscients que cela pouvait être un piège. Les premiers mètres du passage étaient sans danger, la terre molle sous leurs bottes ne dégageant pas d'aura magique. Puis, le chemin devint de plus en plus coriace. Des piliers allant jusqu'au fin fond de la terre constituaient leur seul et unique moyen de progresser. La fée, volant par-dessus le tout, ne ralentissait pas. Le trio se mit donc à jouer à la marelle comme de jeunes enfants, allant de pilier en pilier. Lorsqu'ils atteignirent l'autre côté, ils se retrouvèrent à l'intersection de quatre routes. Quand un tel labyrinthe était-il apparu ? La petite fée n'était nulle part en vue. Toutefois, Arcia les sauva encore. Tendant l'oreille, elle perçut de quel côté venaient les battements réguliers. Les battements d'ailes de la fée.

Ils se remirent à courir le plus vite possible, vers le deuxième chemin à leur gauche. Bientôt, une lueur verte apparut, signalant la proximité de la fée. Elle ne s'arrêta même pas à leur arrivée, les menant à travers un dédale de sables mouvants jusqu'aux fosses de lave. Après un bout de temps, Arcia fit plusieurs pirouettes aériennes, remarquant leur position. Le chemin de la fée les menait au bord de la plaine surgelée, puis de retour au point de départ. Pas en ligne droite, pourtant ! D'autres obstacles les attendaient avant qu'ils arrivent à destination. Elle en avait marre et atterrit sur les côtés du chemin, sur les blocs de glace latéraux.

— Pourquoi n'y ai-je pas pensé auparavant ? se dit Flamia.

Ils sautèrent donc tous sur les rebords glacés et n'eurent plus aucun problème à suivre la petite créature.

— Est-ce que c'est dans les règles de l'épreuve, ce que l'on fait ?

— Le roi n'a rien mentionné à propos de situations comme celle-ci, et les règlements généraux non plus. Tant que nous sommes dans la plaine, rien ne nous retient de faire ce qu'il faut ! lança Arcia.

— Tout à fait d'accord ! renchérit le prince.

Courant le long des banquises provisoires, ils évitèrent les obstacles, ce qui leur fit gagner beaucoup de temps. La petite fée était toujours en vue puisqu'ils étaient en hauteur. Flamia glissa quelques fois sur la surface lisse, mais ce n'était rien que Ray ne put laisser passer pour une petite maladresse. Arcia se déplaçait aussi facilement qu'un poisson nageant dans l'eau. Frappant la glace sous ses pieds sans bruit, le manteau flottant au vent, elle avait distancé les deux autres d'une dizaine de mètres. Le prince aurait pu faire de même, mais il préférait veiller sur la petite rouquine qui perdait pied un peu plus chaque seconde. Quelque chose lui disait que s'il lui arrivait le moindre des malheurs, la belle en avant d'eux ne le laisserait pas aller plus loin…

— Le temps s'écoule, ma chère, dit le roi à sa femme.

— Aucune des équipes n'est encore revenue. Et cette glace ne fond pas à vue d'œil. Ce doit être l'œuvre de cette salope de Gardienne aux cheveux bleus, siffla-t-elle en retour.

— Regardez…

À ce moment, trois formes émergèrent de l'obscurité en compagnie d'une petite lumière verte. Cette dernière disparut dès que la lueur des torches des gardes la toucha. Un sac noir atterrit aux pieds du couple royal. On pouvait y distinguer l'éclat de l'or.

– Nous avons les vainqueurs ! s'écria le roi après un moment de contemplation.

Les gardes aux alentours rallumèrent toutes les torches éteintes. Le cercle de lumière entoura la plaine une fois de plus. Deux hérauts annoncèrent la fin de l'épreuve d'une voix forte.

– Mes félicitations, représentants de la Terre des Temps !

Clairia, Tania et Tay se précipitèrent vers eux avec des sourires brillants. Des sourires qui s'effacèrent dès qu'ils virent le nombre de personnes revenues. Tay fit une moue de douleur à la vue des plaies de son frère. La reine les battit à la question.

– Eh bien, joyeux vainqueurs, pourquoi cette mine ? Et où est le dernier membre de votre glorieuse équipe ?

Flamia baissa lâchement le regard, peinée au-delà de la consolation. Arcia fixa la femme avec toute la haine de son âme. Ses yeux étaient presque vides tellement la fente de ses pupilles était devenue mince. Ce fut le prince qui adressa la parole à la reine, évitant à la jeune fille de commettre un acte inopportun. Son visage était dépourvu d'expression, mais Tay pouvait voir que ses poings étaient serrés.

– Excellence, je crois que vous devinez ce qui s'est passé. Pourquoi donc la question ?

– Oh, elle est allée se reposer dans sa chambre ? fit-elle avec une figure innocente.

– Si vous ne savez même pas ce qui se passe dans votre propre tournoi, comment gérez-vous donc votre royaume ? répliqua Ray avant de s'écarter avec les autres.

La reine resta figée sur place, l'indignation se mêlant au triomphe. La pensée qu'elle était débarrassée d'une de ces petites pestes de Gardiennes la remplissait de joie, mais la remarque du prince était plus que cinglante. Comment osait-il la questionner sur les affaires d'État alors que lui-même n'était pas encore monté sur le trône ?

Clairia secouait vigoureusement Arcia lorsque le prince arriva vers eux. Tay essayait en vain de retenir la blonde déchaînée et Flamia lâcha plusieurs flèches enflammées dans les airs. Les faisant simplement voler au ras de la glace dans la plaine, elle la fit fondre sans risquer d'endommager ce qui se trouvait dedans. Ray ne vit d'autre solution que d'annoncer la nouvelle lui-même. Posant une main sur l'épaule de la Gardienne aînée, il serra les doigts dans une étreinte de fer. Clairia détourna immédiatement son attention de sa sœur.

— Vénia y est restée, dit-il, aussi impassible que les statuettes qu'ils avaient recueillies. Un précipice…

Au fond de lui-même, il n'était pas préoccupé par la réaction de Clairia, mais par celle de son frère. Scrutant celui-ci de sa vision périphérique, il vit son visage devenir aussi pâle que le sien. Il sentit la guerrière aux cheveux d'or déglutir le nœud survenu dans sa gorge, mais il se dirigea tout de même vers Tay. Son frère tremblait. Doucement, il l'entraîna vers le palais.

Arcia restait figée devant ses sœurs. Réconforter autant de personnes n'était pas dans sa liste de capacités. Heureusement, on ne parlait pas de n'importe qui. S'appuyant sur toute sa fierté et son orgueil, Clairia se redressa en essuyant ses larmes d'une main. Son entraînement en tant que Gardienne gagna sur ses émotions. Donnant un léger coup de coude à Tania, elle la pria de se relever. Arcia sentit gonfler en elle une tendresse pour ses aînées. Bien sûr, elle ne le laissa pas paraître. Ce n'était vraiment pas le moment. Étrangement, Flamia était restée impassible, elle qui était habituellement la plus émotive d'entre elles.

Avant que les Gardiennes aient la chance de se dire quoi que ce soit d'autre, le roi fit remarquer le retour des autres équipes. Goguenards, ils revenaient en massant leurs membres engourdis par le froid. La glace d'Arcia avait beau ne pas affecter l'environnement si elle ne le désirait pas, le corps humain ou animal a ses propres fonctionnements.

– La première épreuve a été remportée par la Terre des Temps, annonça clairement le roi. Le pointage final sera déclaré à la deuxième heure après que le soleil ait atteint son zénith ! Prenez un repos bien mérité, valeureux guerriers, le tournoi continue !

Sur ce, le monarque se retira avec son épouse, qui jeta un regard étrange en direction du départ des deux princes. Elle lâcha la main de son mari et se dirigea vers Néferlia. Celle-ci avait l'air moins mal en point que les autres femmes, en fait. Elle ne prit même pas la peine de saluer ni de se prosterner devant la reine quand elle se fut approchée. Le trio s'éloigna au milieu de murmures et de secrets. Arcia les suivit des yeux et vit qu'ils jetaient plusieurs regards dans sa direction. Une sensation familière montait en elle, ce qui lui fit fermer des yeux. Lorsque ses paupières se relevèrent, ses pupilles étaient rondes, rondes comme des billes. Rondes, mais petites et comprimées en cette forme par la pure volonté de la jeune fille. Elle ne voulait pas que ses sœurs aient à endurer sa colère. Elle pouvait attendre. Attendre le moment propice.

Sire Adelraune et ses mages s'approchèrent du petit groupe de la guerrière à la chevelure bleu poudré. Le moine trouva qu'elles avaient la mine sombre ; une d'entre elles faisait des efforts pour contrôler son énergie magique. Des efforts assez mineurs, étant donné qu'elle s'était imposé un contrôle absolu sur ses pouvoirs, physiques ou magiques. Renvoyant le reste de son équipe, il scruta silencieusement les jeunes filles. Féolar, ayant aussi ordonné le repos à ses soldats, le rejoignit.

– Vénia n'est plus parmi nous, n'est-ce pas ? dit le mage, très doucement.

Arcia secoua la tête. Une expression consternée se peignit sur les traits du demi-lynx, agrandissant ses yeux de félin. Lentement, posant une patte griffue sur sa poitrine, dans un geste serein, il marmonna, il loua, il pleura. Adelraune leva son sceptre haut vers la lune déclinante. D'une voix qui fit vibrer toutes les fibres de son corps, il cria :

« Je ne renierai pas encore l'existence d'une servante zélée des Anges, ni ne nierai sa possibilité de revenir dans la lumière divine. Vénia, prêtresse de la Terre des Temps, où que tu sois, que les Anges t'honorent à jamais de leur protection ! »

Un faisceau de lumière partit du sceptre et se perdit dans la clarté lunaire. Arcia lança une poignée de plumes à la brise nocturne, plumes qu'elle avait gardées depuis leur départ de la Terre des Temps. C'étaient les plumes du pygargue à tête blanche, l'oiseau gardien de sa chère sœur...

Le groupe chemina vers le palais, ceux qui avaient des capuchons les relevant sur leur tête. Une grande perte avait été subie aujourd'hui, mais ce n'était pas fini pour les Gardiennes.

Dans la chambre royale, des cris et des hululements retentissaient comme le son d'une cloche. Ceux qui passèrent devant la porte ressentirent une grande peine en entendant ces cris de joie. Ils ne savaient pas pourquoi, mais c'était ainsi.

– On l'a eue, on l'a eue ! Ha ! Ha ! jubilait la reine en sautillant comme une enfant.

Néferlia se joignit au triomphe pendant que le roi sirotait une coupe de vin chaud. Un pur plaisir rapace s'était emparé de ses traits. Il contemplait la scène d'un air satisfait, égoïste.

– On a enfin réussi à se débarrasser d'une de ces maudites Gardiennes ! Mon cher époux, tu es tout simplement ingénieux dans tes plans !

Le roi sourit et avala la dernière gorgée de son vin. La petite femme vint le rejoindre sur le lit et le couvrit de caresses. Néferlia se laissa tomber dans un des fauteuils proches de la fenêtre, un air morose s'étendant rapidement sur son visage basané et effaçant instantanément son humeur joyeuse. Les jeux de la reine ne lui plaisaient guère, surtout lorsqu'elle venait d'user de charme et de compliments envers un homme. N'avait-elle donc pas de fierté ? Dépendre de la sorte d'un amant et rien de plus. Il est vrai que le roi n'était pas quelqu'un d'ordinaire, avec sa triple ration de ruse et de cruauté, mais tout de même ! En pensant à cela, elle ne put empêcher le visage du prince aîné de passer dans ses plus lointains recoins intimes de son âme. Elle secoua rageusement la tête. Croisant lentement les jambes, l'Amazone dit :

— La prêtresse n'était pas celle que l'on devait supprimer. Pas maintenant, en tout cas.

— Oh, quelle différence ? pouffa la reine. Qu'elle meure maintenant ou plus tard, c'est la même chose, ma chère. Madame est juste jalouse car elle n'a pas pu être celle qui remporte la grande victoire. Échec dans l'épreuve, son équipe glacée jusqu'aux os, incapacité d'éliminer les Gardiennes et leurs princes charmants… toute une liste !

La souveraine des Amazones jeta un regard meurtrier vers le lit. La reine était confortablement drapée autour des épaules du roi, une allure féline autour d'elle, quoiqu'elle ne puisse jamais prétendre avoir la grâce d'un chat. L'homme qu'elle tenait dans ses bras semblait s'amuser grandement du duel entre les deux femmes, l'une magicienne et son épouse, l'autre guerrière et son alliée. Il savait que les deux recherchaient sa faveur, l'une par les caresses, l'autre par l'efficacité. Peut-être était-il temps de choisir…

Néferlia se versa une coupe de vin, dans l'espoir de se calmer et de ne pas commettre un acte qu'elle pourrait regretter plus tard. Se faisant maîtresse du fauteuil à nouveau, elle répliqua de sa voix la plus dépourvue d'émotion.

— Si c'était toi dans la plaine, tu ne serais pas aussi confiante. La magie de la fille-renard est puissante et ne doit pas être prise à légère. C'est un combat pour la survie et non plus pour le simple plaisir d'humilier les autres royaumes.

— C'est peut-être toi qui es faible. Si c'était moi, je l'aurais battue comme ça !

La reine claqua des doigts d'un bruit sec. Ce fut la cerise sur le gâteau. Néferlia bondit de son siège et sauta au cou de la malheureuse, laissant tomber la coupe dans un grand fracas. Plaquant sa victime à terre, elle montra les dents, telle une tigresse enragée.

– Ne me parlez plus jamais sur ce ton! N'oubliez pas que je suis la reine des Amazones, reine de la Forêt et de ses dangers, cracha-t-elle d'un ton venimeux.

– N'oublie pas non plus que je suis la reine d'Orlianda, souveraine du plus grand royaume du continent, répliqua l'autre avec moins de violence mais avec le même mépris.

Les deux en vinrent aux mains, Néferlia prenant indiscutablement le dessus. Le roi fixa la paire, devenant de plus en plus proche de l'hilarité incontrôlée. Il frappa deux fois dans ses mains. Une fois encore, depuis le début de toutes les manigances, la silhouette émergea du miroir et les flammes brillèrent dans ses mains. Les deux rivales cessèrent sur-le-champ de se battre... ou plutôt, Néferlia cessa d'étrangler la reine.

– Dis-moi, cher Murmure, quelle est notre prochaine victime?

– Elle a ... déjà été... désignée...voyez...

La flamme se détacha du reste une seconde fois. Elle grossit, grossit. Néferlia s'était reculée jusqu'au fond de la chambre. C'était la première fois qu'elle voyait Le Murmure, l'esprit prophétique. En un geste trop rapide pour être perçu par l'œil humain, elle avait saisi son arc ainsi que son carquois. Une flèche à pointe empoisonnée se ficha à travers la forme de fumée. La petite reine d'Orlianda poussa un cri outré puis se couvrit rapidement la bouche. Le roi ne réagit point de la même façon. Il avait encore le sourire plaqué sur le visage.

Le Murmure vacilla pendant une fraction de seconde, puis on entendit un grésillement se transformant en craquement. Une poudre fine s'accumula sur le sol, juste en dessous de la silhouette de fumée. Ensuite, un objet argenté en forme de chevron et couvert d'un liquide vert tomba sur le paquet de poussière. Les flammes que tenait Le Murmure formèrent un anneau de feu autour de la silhouette. Elle leva l'ombre d'une main vers Néferlia. Un cri perçant déchira l'air, tandis que la reine des Amazones s'agrippait la poitrine des deux mains. Le Murmure tendit ses doigts fantomatiques, montrant la paume de sa main. Néferlia hurla de plus belle. Sa peau commençait à avoir une lueur orangée et deux trous rouges avaient remplacé ses yeux. Soudain, toutes les parties de chair que l'on pouvait voir s'enflammèrent, arrachant un son encore pire que l'enfer de sa gorge.

La reine orliandaise trépignait de plaisir devant la souffrance de sa rivale. Un deuxième triomphe après celui de l'épreuve ! Décidément, la nuit n'avait aucune raison d'être aussi déplaisante. Prenant une amphore en verre peint, elle la lança vers l'Amazone en feu. L'amphore éclata en mille morceaux au contact des flammes. La petite femme couina joyeusement. Si un objet imprégné de son essence magique n'arrivait pas à calmer les flammes, les sorts de la souffrante n'auraient aucun effet. Néferlia ne se sortirait pas de ce merdier !

— Murmure, assez !

La réjouissance de la reine s'écroula en un instant. La silhouette ramena vivement sa main et ses flammes à leurs positions originelles. Aucune trace de brûlure n'était visible sur la peau lisse de Néferlia. Elle se tenait encore la poitrine, essoufflée. Si le sort avait continué, rien n'aurait laissé paraître qu'elle eût jamais existé, à part un paquet de cendres.

— Murmure, tu peux te retirer. Ton devoir est terminé pour le moment, ordonna le roi.

La silhouette de fumée disparut dans le néant infini du miroir. Les morceaux de verre se remirent en place, voilant la silhouette au savoir prophétique.

— Pas trop secouée, j'espère ? piqua la reine, dans un ultime attentat pour ridiculiser sa rivale, maintenant que son époux avait arrêté sa souffrance.

Néferlia ne répondit pas, la tête encore penchée vers le sol. Son visage était invisible, caché par l'épaisse tignasse de cheveux sombres.

— Une bonne à rien comme toi devrait éviter de défier les esprits magiques, continua la petite femme. Tu n'as pas eu la formation requise pour les affronter, encore moins pour les vaincre !

Ne sois pas si mauvaise perdante et accepte le fait que tu ne sers que de marionnette sur le champ de bataille. Reine des Amazones ! Ha ! Un titre aisément remporté, à mon avis !

Néferlia ne réagissait toujours pas. Elle ne soufflait plus aussi violemment, mais agrippait quand même sa poitrine des deux mains. La reine sourit ; la partie allait lui revenir. Elle poussa donc ses insultes un peu plus loin.

— Tu n'es devenue reine que pour être entrée dans la couche des membres de ton Conseil ! En réalité, tu ne vaux pas mieux que ces Gar…

La petite femme fut coupée. Bouche ouverte, elle avait les yeux rivés sur son corps. De minces filets écarlates tachaient sa robe blanche. Une rangée de cristaux brisés jonchait sa peau, de l'abdomen à la gorge. Un gargouillis étranglé monta de ses cordes vocales avant qu'elle ne tombe à la renverse. Néferlia se releva enfin, lançant un dernier morceau de verre dans le corps de la bientôt défunte. L'Amazone sourit de satisfaction.

— Majesté, vous êtes sans doute meilleure que moi dans le domaine de la magie, mais vous ne valez rien quand il est question du pouvoir de survivre. Quant au fait de partager la couche des hommes du Conseil, je ne serais pas tombée à votre niveau. Au contraire, je suis celle qui a gardé son titre alors que vous n'êtes qu'une créature sur les chemins éternels de la mort !

Sur ces derniers mots, la souveraine écrasa du pied les morceaux de l'amphore plus profondément dans la forme allongée, lui arrachant un gémissement, puis ce fut le silence. Le silence définitif de la part de la reine d'Orlianda. La meurtrière se tourna vers le roi, qui n'avait pas bougé d'un poil pendant tout ce temps. En fait, il avait un sourire qui s'étirait jusqu'aux oreilles, comme si la mort de sa femme lui faisait le plus grand des biens. La reine banda de nouveau son arc en un mouvement d'éclair. Elle prit cible. Le roi leva immédiatement les mains dans un geste défensif, moqueur.

— Holà ! Que faites-vous là, ma chère ?

– Si je ne vous tue pas, vous allez me tuer. J'ai assassiné votre épouse chérie sous vos yeux. Vous chercherez certainement vengeance, dit-elle d'une voix calme.

Le roi rit d'un rire franc, dépourvu de malice. Néferlia ne se relâcha point.

– Est-ce vraiment ce que vous croyez ? Je commençais à me lasser de cette petite affaire ridicule !

– Pardon ?

Marcus s'allongea sur le lit. Il avait l'air radieux, comme si rien ne s'était passé. S'étirant, il se donna une allure encore plus décontractée. Néferlia n'avait toujours pas baissé son arc ni ôté la flèche acérée.

– Vous m'avez fait une faveur en me débarrassant de ma femme. Elle commençait franchement à… me déplaire. Je vous propose un marché : tout sera oublié si vous acceptez de précipiter un peu les choses. Cela devient ennuyeux d'attendre et, en dépit de ma magnanimité, ma patience a une limite.

– Pourquoi feriez-vous cela ? Amazonia peut devenir un royaume conquérant à elle seule lorsqu'elle se détachera d'Orlianda.

– Vous n'oseriez pas. Vous auriez tous les autres royaumes du continent à vos trousses si vous le faisiez. De plus, je ne peux attendre la défaite de la Terre des Temps. Mon épouse fondait ses buts sur la souffrance et la torture. Je n'ai aucune objection à cela, au contraire. Mais son orgueil m'a… en tout cas, vous comprenez ? Je ne voulais pas être celui qui l'éliminerait, risquant ainsi de perdre la confiance de mes hommes. Vous avez fait le sale travail à ma place. Vous connaissez vos options.

Le roi soupira de contentement puis fixa intensément la femme devant lui. Néferlia baissa son arc, mais ne le débanda pas. Un rictus carnassier se peignit sur ses lèvres avant qu'un rire machiavélique n'emplisse la salle, mélangé à la voix du roi qui ordonnait aux gardes de ne les déranger sous aucun prétexte.

4

Promenade dans le palais

Arcia était assise sur son lit, en train de polir ses épées. Le matériau azuré n'avait pas une seule rayure en dépit de toutes les batailles dans lesquelles il avait été présent. Il n'avait pas l'ombre d'une seule faille non plus. Aucune quelconque brisure. Le pommeau possédait un seul et unique saphir, incrusté dans l'argent. Un arc et son carquois reposaient aux pieds de la jeune fille. Trois dagues légères étaient posées sur la table de chevet, prêtes pour le combat. La Gardienne avait sorti tout son arsenal, vérifiant que rien ne manquait.

– Wouhou ! siffla Clairia. Tu m'as devancée dans mes intentions, à ce que je vois. Comme toujours !

Elle s'installa à son tour sur une chaise à proximité. Croisant les jambes et les bras, la guerrière fixa sa jeune sœur, comme un maître surveillant son apprenti.

– Amère.

Arcia leva la tête de sa lame et regarda interrogativement son aînée.

– Quoi ?

– Amère. Ton amertume est peinte sur tout ton visage. Le départ de Vénia n'en est pas la cause. Pas la seule en tout cas. Je sais aussi que ce n'est pas parce que tu en as assez de cette vie.

– Non, je l'adore.

– Je le savais. C'est ton type de plaisir. Alors, qu'est-ce qui ne va pas ?

La Gardienne aux cheveux bleus posa son épée et jeta un regard un peu de travers vers sa sœur, qui attendait patiemment.

– J'en ai marre de la dépendance du monde envers nous. Il est vrai que notre devoir est de les protéger et d'abattre nos ennemis, mais tu croyais que les autres mettraient un peu d'effort dans tout cela. Qu'arrivera-t-il le jour où nous échouerons ?

– Que veux-tu dire par « le jour où nous échouerons » ? Arcia, tu n'es pas le genre de personne qui désespère. Tu restes forte même dans les moments les plus critiques, ce qui te vaut d'être accusée d'inhumanité (Arcia fronça les sourcils), et tu parviens à inventer des plans dignes de Tania. Il y a des fois où je me demande pourquoi tu n'es pas Générale de Légions.

– Ton point ?

Clairia rit doucement en se calant à fond dans son siège. Une lueur sage dansait dans ses yeux, une lueur qui n'aurait pas dû être là, compte tenu de son jeune âge.

– Nous avons pris la responsabilité de protéger un royaume et ses alliés. C'est une lourde responsabilité. À cause de cela, il nous sera impossible d'avoir une vie normale.

– Cela, je le savais.

La jeune femme aux cheveux d'or défit sa cape et la jeta sur le dossier. Faisant apparaître sa lance dans un rayon de lumière, elle prit un des chiffons et commença à en frotter doucement la lame. Non que cela fit une différence. La pointe couleur topaze, d'une texture similaire à celle d'Arcia, n'avait pas souffert une seule égratignure, même si Clairia était celle qui prenait le moins soin de ses armes.

Un silence apaisant régna pendant quelques moments. On pouvait entendre Flamia qui s'affairait dans la pièce voisine. Tania devait être en train de rédiger une lettre à l'intention du palais de la Terre des Temps, annonçant leur victoire dans l'épreuve... ainsi que la mort de Vénia. On était à quelques heures de l'aube, mais aucune des quatre sœurs ne dormait. Qui aurait pu dormir aussi facilement par une nuit pareille ? Finalement, Clairia reprit la conversation.

— Mon point est plutôt une question : pourquoi es-tu soudainement si négative ?

— Clairia, tu ne crois tout de même pas que nous sommes invincibles ? Un jour ou l'autre, le travail que nous faisons ne sera plus entre nos mains... ou bien nous allons faire une erreur qui va nous débarquer de là. Je pense que tu tiens trop les choses pour acquises.

La Gardienne aînée rit doucement. Arcia avait posé ses deux épées ainsi que son chiffon. Elle se coucha à plat ventre, prête à entendre l'explication entière de sa sœur. Clairia n'était pas sans sagesse, malgré son air arrogant habituel, et Arcia avait tout de même un certain respect pour son aînée.

— Je sais que nous ne ferons plus partie de ce monde un de ces jours. Quant à la soi-disant dépendance du monde envers nous, je la considère plutôt comme une preuve de respect. Je ne vois pas quel événement extraordinaire nous empêcherait de faire notre travail. À part la mort, bien sûr. Mais jusqu'au jour où la vie me quittera, je défendrai ceux que j'ai juré de protéger. Toi aussi d'ailleurs. Tu...

— Deux secondes !

Tay fit irruption dans la pièce et prit sa fameuse pose, appuyé contre le cadre de porte, les bras croisés. Un sourire malin était affiché sur son visage, marquant son visage d'une expression moqueuse, aussi arrogante que celle qu'avait habituellement Clairia. Mais pas détestable, toutefois. Un air bienveillant et vif régnait autour du prince, contrairement au silence calme de son frère.

— Vous n'êtes franche avec votre sœur, damoiselle Arcia. Comment voulez-vous qu'elle sache ce qui se trame dans votre tête si vous ne lui racontez pas tout ? Vous avez peur de ne plus pouvoir être une Gardienne digne de ce nom après ce qui est arrivé dans l'épreuve, n'est-ce pas ? Bien sûr, je ne parle pas du malheureux incident qui est arrivé.

Tay eut les yeux voilés par le chagrin pendant un court moment que seule Arcia vit. Il continua néanmoins avec la même jovialité, pleine de malice.

— Aucune de vos sœurs ne sait, n'est-ce pas ? Vous aviez l'intention de le leur dire, mais vous ne saviez pas comment. Vous ne vous sentez pas digne de la mission que l'on vous a confiée à cause de ce qui est arrivé entre vous et Ray. Ai-je fait mouche ?

Arcia fronça des sourcils pendant une fraction de seconde, ce qui fut suffisant pour le prince. Celui-ci avait le sourire qui montait jusqu'aux oreilles et Clairia le rejoignit peu après. La jeune fille aux cheveux bleus, découverte, détourna les yeux du duo. Elle affichait une expression ennuyée, mais sa sœur savait qu'en dedans, elle brûlait de honte. Par un quelconque miracle, Arcia réussit à garder la face et parvint même à lancer une réplique au prince. Un miracle. Enfin, peut-être pas. C'était une attitude typique d'Arcia, la guerrière à la personnalité de glace.

— Bravo, vous êtes fort mon prince, très fort. Ce n'est pas tous les jours que quelqu'un arrive à savoir où je veux en venir quand je parle en devinettes, pas même mes sœurs. Je vous le concède, vous avez un esprit de déduction plus brillant que la moyenne des gens. Mais, continua-t-elle d'une voix innocente, dites-moi, écoutiez-vous depuis longtemps ? Saviez-vous que c'est très mal vu pour un membre d'une lignée royale d'espionner de jeunes damoiselles ?

Une lueur amusée brilla dans les yeux d'Arcia quand elle vit la figure déconcertée du prince, qui tenait le jeu il y avait à peine un moment.

« Un pour moi, Altesse ! Maintenant, nous sommes quittes », pensa-t-elle avec satisfaction.

Tay sourit, ne pouvant rien répondre à la remarque de la jeune fille. Pour une fois, une femme avait réussi à lui en boucher un coin ! Ce n'était pas arrivé depuis qu'il connaissait Milliana… Il s'avança donc jusqu'à ce qu'il arrive devant la jeune fille et s'age-nouilla. Joignant les mains ensemble, il prit son air le plus ado-rable et fixa Arcia directement dans les yeux. Ensuite vint une série de compliments qui auraient fait rougir le plus doué des cour-tisans. Clairia éclata de rire aux roucoulements enjôleurs du prince, qui auraient sans doute fait ramollir n'importe quelle autre da-moiselle. Mais c'était d'Arcia qu'on parlait. Arcia, qui n'aurait pas succombé sous la torture, encore moins sous les mots flatteurs d'un prince charmant, si charmant qu'il puisse être. Mais Tay ne s'attendait pas du tout à une réaction. Il avait même prévu que la Gardienne rejetterait la moindre idée de respect à propos de lui. Or, Arcia soupira d'exaspération et passa ses doigts fins dans sa chevelure soyeuse avant de lui faire signe de se relever. C'est ce qu'il fit, satisfait, et qui fit rire Clairia encore plus fort. Arcia jeta un regard en biais à sa sœur, lui signalant gentiment de se taire.

Après les quelques instants d'hystérie de l'aînée, le silence se fit dans la chambre. L'aube approchait. Le voile de la nuit allait se lever dans quelques heures. Remarquant que le prince était encore debout au milieu de la salle, Arcia soupira encore, un sou-rire se frayant presque un chemin à ses lèvres. Elle fit un geste vers le deuxième siège qui était aux côtés de sa sœur. Il alla gra-cieusement s'installer sans un bruit sur la chaise amollie par les coussins, tout en faisant un clin d'œil complice à Clairia.

– Vous n'aviez pas besoin que l'on vous le permette pour vous asseoir, Altesse. Nous savons qu'il est inutile de vous jeter dehors simplement parce que vous vous retrouveriez l'oreille collée à la porte immédiatement après, dit Arcia d'un ton détaché.

– Je n'aurais pu me le permettre, gente damoiselle. C'est votre chambre ; il serait impoli de s'imposer dans votre domaine, n'est-ce pas ? demanda-t-il en se tournant vers Clairia, qui hocha la tête.

Arcia se prépara à lancer une réplique cinglante mais se retint à temps. Elle ne fit que détourner le regard, agacée mais amusée en même temps. Clairia finit par s'enquérir de ce qui s'était passé dans la plaine entre sa sœur et Ray. Tay conta donc toute l'histoire. De la façon dont il le disait, la vérité sonnait comme la vérité et non comme un médiocre attentat pour enlever la faute du dos de quelqu'un. Clairia sourit à la noblesse de sa cadette et à la franchise du prince. Elle lui jeta un long regard compréhensif, ce qui était tout ce dont Arcia avait besoin pour se rassurer. Mais sa faute ne serait jamais oubliée, pas avant que les Anges ne lui permettent. Au moins, un lourd fardeau venait d'être enlevé de ses épaules.

Clairia ramena ses jambes sous elle, savourant le confort du siège. Arcia était toujours allongée à plat ventre, le prince assis de travers sur la chaise. Bref, le trio mettait ses soucis de côté pendant le court moment que cela pouvait durer. Le *très court* moment. Tay n'écoutait pas à la porte de la chambre simplement parce qu'il avait envie d'espionner les Gardiennes, mais par pur hasard. Il se dirigeait justement vers leurs chambres lorsqu'il surprit la conversation. Par intérêt, il avait préféré écouter quelques instants. Il allait presque oublier la raison de sa venue dans leurs quartiers.

– La Terre des Temps sait à propos de Vénia.

– Comment ça ?

– Laissez-moi deviner : Orlianda a envoyé un messager pour prévenir notre patrie ? dit Arcia d'un air las.

– Ah ! Merde ! siffla Clairia. Qu'ils aillent en enfer, ce roi et cette reine parjures ! Si l'on ne fait pas quelque chose, ça va être la panique dans la capitale ! On ne peut pas risquer un tel désordre au sein des troupes en un temps pareil ! La Terre des Temps sera une proie facile pour l'armée orliandaise si les soldats sont démoralisés…

– Amaria aussi sait à propos du décès de Vénia. Je ne serais pas surpris que Vantrak le sache aussi, puisqu'ils sont alliés avec nous. Les nouvelles voyagent vite dans le coin, une fois qu'elles sont parties. Mère saura quoi faire avec elles. Ce ne serait pas la première fois qu'elle a affaire à des choses pareilles. Ne vous inquiétez pas, elle va tout arranger. Notre priorité est encore de remporter le tournoi...

– Veuillez m'excuser, j'ai oublié quelque chose dans le jardin, dit Arcia en prenant sa cape et en l'enfilant.

Les deux autres la regardèrent d'un œil surpris. Selon Clairia, sa jeune sœur n'avait jamais de sa vie interrompu quelqu'un sans raison ni oublié quelque chose. Selon Tay, Arcia ne serait pas *le genre* à d'oublier quelque chose... Alors, qu'allait-elle faire ? La guerrière aux cheveux dorés se préparait à se lever et à suivre Arcia, quand elle fut retenue par le prince. Il secoua la tête. Elle se rassit, l'inquiétude plaquée sur son visage. Tay se leva, mais ne partit pas dans la direction de la jeune femme en bleu. Il se dirigeait vers sa propre chambre. Regardant par-dessus son épaule, il dit :

– Je crois qu'elle a un plan en tête. Laissons-la agir.

Clairia fixa la porte un moment de plus puis se résigna. Une fois de plus, il avait raison ! Gare aux personnes qui allaient croiser sa sœur !

Dans les couloirs sombres du palais, une silhouette ne faisait plus qu'un avec la noirceur. Se glissant sans bruit de porte en porte, elle était à la recherche d'une chambre particulière. Arcia s'arrêta à un tournant, tendant l'oreille pour déceler la présence de gardes. Elle n'entendit rien. Courant derrière un pilier à l'autre bout du corridor, elle vit l'escalier qui menait aux étages supérieurs. C'est là seulement qu'elle vit des sentinelles. Elle scruta les environs, mémorisant chaque détail, chaque chose qui pouvait être un piège. Tout avait l'air d'être en ordre.

Les quartiers du rez-de-chaussée n'étaient pas gardés car ils servaient aux visiteurs. Les appartements royaux devaient être en haut. Mais par quel étage commencer ? Voyons voir ce que lui recèle, pensa-t-elle avec un sourire… machiavélique. Une lueur que plusieurs auraient cru démente apparut dans ses yeux.

Arcia tira son capuchon en avant jusqu'à ce que son visage soit entièrement masqué dans l'ombre. Puis, elle se faufila jusqu'aux marches d'escalier, restant toujours dans la pénombre. La jeune fille monta jusqu'au milieu des marches et courut, en plein clair de lune, jusqu'en haut. Tout ce que les deux gardes eurent le temps d'apercevoir avant de sombrer dans l'inconscience était une silhouette encapuchonnée. La guerrière s'arrêta un moment pour écouter : quelqu'un avait-il entendu quelque chose ? Ce serait étonnant car elle n'avait pas fait le moindre bruit, même quand elle les avait assommés. Tout de même, on n'était jamais trop prudent.

Rejetant les plis de son ample manteau bleu minuit, Arcia enfonça le bout des javelots tenus par les gardes dans les interstices du dallage. Accotant les deux sentinelles dans une certaine position, elle créa l'illusion qu'elles étaient encore conscientes et en train de faire leur boulot. « Prions pour que les relais ne soient pas trop tôt ! » se dit-elle. Satisfaite d'elle-même, la Gardienne virevolta le long des portes latérales. Les couloirs étaient maintenant éclairés par des torches, ce qui voulait dire qu'il fallait redoubler de prudence. Au bout d'un couloir, elle arriva face à des doubles portes qui avaient l'air solides. Poussant légèrement, en faisant attention de ne pas faire grincer les gonds, elle entrouvrit une des portes. Dans la salle, des gardes assoupis, certains avec des femmes sur leurs genoux, jonchaient le sol ou trônaient sur les chaises. Après avoir examiné la pièce d'où elle était, elle jugea qu'il n'y avait rien d'intéressant. Bientôt, Arcia eut fait le tour de l'étage et aucune autre porte n'avait attiré son attention. Rebroussant chemin, elle retourna à l'escalier. Les gardes étaient encore inconscients et personne n'était en vue. Bien. Excellent, même. Montant plus haut, elle s'arrêta sur l'avant-dernière marche. Scrutant une fois de plus ses environs, elle ne vit rien d'anormal, mais pressentit une forte aura magique. Fermant les yeux, Arcia essaya de voir avec son œil interne. Dans son esprit, elle vit de vives lignes vertes barrer étroitement le sol devant elle. Un filet magique. Ingénieux, mais trop facile.

Levant la tête vers le plafond du palier, la guerrière vit ce qu'elle cherchait. Des poutres de pierre, supportant toute la masse de la voûte. Arcia recula jusqu'à être contre le mur droit et fit face à celui de gauche. Courant à toute vitesse, elle l'utilisa pour se propulser jusqu'au plafond, jusqu'aux poutres. Ce n'était pas bien difficile pour une fille comme elle. Bien sûr, tout fut fait sans bruit, dans un tourbillon de tissu bleu. Arcia repéra les anneaux qui servaient à l'ouverture sur la porte, qui devait déboucher sur un couloir. De gros anneaux. Assez gros pour que l'on y prenne pied, tout justement. Il y avait des gravures profondes qui offriraient un bon support aux mains. Un support périlleux. Mais Arcia n'était pas Gardienne des Frontières pour rien. Elle traverserait une corde comme l'on traverse un pont et dormirait en se tenant sur les paumes comme l'on dort dans un lit. Donc, sauter de sa poutre et atterrir dans les anneaux, tout en faisant attention à bien s'agripper aux gravures pour éviter de tomber à la renverse, n'était qu'une mince affaire. Les anneaux grincèrent un peu sous le poids de la jeune fille, mais pas assez pour alerter des gardes. Poussant légèrement la porte avec les pieds, elle chercha à l'ouvrir. Et elle y arriva. Sautant sur le parquet, Arcia referma doucement l'entrée, puis entreprit de scruter encore le couloir devant elle. Il n'y avait qu'une porte.

Incrustée d'ivoire, d'émeraudes et d'incantations, elle faisait obstacle à la guerrière. Il y avait une petite serrure. Optant pour la discrétion, Arcia sortit une dague à la pointe fine pour la crocheter au lieu de l'enfoncer. Avant de faire quoi que ce soit, elle s'était assurée qu'il n'y avait pas de lumière au bas. Si jamais quelqu'un la voyait, la Gardienne n'aurait qu'à déguerpir en quatrième vitesse ou, tout simplement, à assommer cette personne.

Bzzzt! Petit problème. Petit gros problème. Des étincelles vertes parcoururent les incantations dès que la serrure fut crochetée. Une sphère floue avec des yeux apparut, illuminant la porte. Toutes les torches du couloir s'éteignirent, laissant seulement, pour tout éclairage, la lueur émeraude de la boule. D'une voix qui venait de nulle part, la sphère dit :

« Pour entrer, il faudra que le savoir triomphe. Gare à vous si vous ne pouvez me répondre !

Je suis l'ensemble de ceci :

Un métal précieux

Un meuble

Un milieu de glands

Un début de toutes les dames et damoiselles

Qui suis-je donc pour vaincre tous les esprits ? »

Arcia afficha un sourire amusé, assuré. La réponse était si simple, si typique de la reine. C'était le mieux que la petite femme pouvait faire ? Elle l'avait crue capable de beaucoup mieux dans ses systèmes de défense. En tout cas...

– Orlianda, dit-elle, d'une voix à peine audible, pour ne pas être entendue d'autres oreilles à part les oreilles invisibles de la sphère.

D'un coup, les torches se rallumèrent et un déclic se fit là où était la petite serrure. La voie était libre. Simple comme bonjour. Jetant des regards le long du court couloir, Arcia vit que tout était silencieux. Elle pénétra dans la chambre obscure. Maintenant, la vraie recherche commençait...

À l'intérieur, il n'y avait pas une seule chandelle d'allumée. Ce n'était pas nécessaire. De larges fenêtres posées haut faisaient toute la longueur du mur et laissaient pénétrer la lumière de la lune, qui allait bientôt disparaître sous l'horizon. La pièce était abondamment décorée, mais sans couleur. Pratiquement tout était vert sombre ou noir. Seuls quelques fils dorés ornaient les broderies des incantations sur les tapisseries. Les grandes fenêtres n'avaient pas de rideaux ; la reine n'avait qu'à lever le petit doigt pour qu'elles se voilent. Plusieurs autels de marbre blanc étaient posés un peu partout dans la pièce, le lit étant le seul qui occupait un grand espace dans un coin. Arcia allait passer à une inspection détaillée des grimoires (en faisant attention de ne pas réveiller la reine) qui se trouvaient sur l'étagère à la tête du lit, quand un bruit se fit entendre.

L'Amazone fit le tour de la chambre des yeux. Le plafond lui parut très élevé en comparaison avec l'endroit d'où elle venait de sortir. Elle ne regarda toutefois pas vers les fenêtres. S'avançant jusqu'au lit, Néferlia jeta un dernier regard de triomphe au corps sanglant de la reine défunte. La porte s'ouvrit et se referma sans bruit. La souveraine des Amazones était passée à travers la pièce comme si de rien n'était. Une silhouette sauta au parquet, dans un déploiement de cape qui fit penser à un bruissement d'ailes. Arcia s'était inquiétée un moment que la reine des Amazones ne ressente sa présence et ne la voie, mais la chance lui sourit. Si Néferlia avait regardé les fenêtres ou l'ombre dessinée sur le tapis, elle y aurait vu une mince silhouette, appuyée contre le cadre dans le but de bloquer le moins de lumière possible. Au lieu de découvrir Arcia, elle lui montra quelque chose de très intéressant : un passage secret.

Avant de s'engager dans le tunnel d'où avait émergé Néferlia, Arcia fouilla la chambre. La jeune fille relâcha un peu sa garde, sachant que personne d'autre de vivant n'allait venir dans la salle personnelle de la reine. Elle ne recelait rien d'important, à part un sortilège qu'elle ne connaissait pas. La jeune fille le mémorisa, au cas où. Fixant le corps de la reine, qui avait encore les yeux ouverts, elle sentit une aura vague. Se concentrant plus profondément, Arcia localisa la source et saisit le diadème. Voyant qu'il n'avait rien de spécial, elle l'empocha tout simplement, se disant qu'elle l'examinerait plus tard. Il lui restait un bon bout de temps, mais la nuit achevait. Replaçant les grimoires déplacés, la guerrière écarta la tapisserie qui cachait… un mur. Un mur solide, sans faille. Néferlia était pourtant sortie de sous cette tapisserie ! Ayant pris soin de se cacher, Arcia n'avait pas remarqué comment *exactement* Néferlia était apparue. Elle laissa retomber le velours vert. Faisant les cent pas dans la pièce, la jeune fille finit par enfoncer une main dans la matière duveteuse, cherchant quelque chose d'anormal dans les fils. Le mur en arrière était dur et plat au toucher. Un mécanisme quelconque devait être caché quelque part… Soudain, une idée la frappa comme une pierre à la tête. Écartant la tapisserie une fois de plus, Arcia dégaina son épée et la pointa vers le mur. Comme elle avançait, elle vit le bout *s'y enfoncer sans problème.* Elle pouvait passer à travers le filtre magique qui avait l'air d'un mur ; la guerrière sourit de satisfaction. Tout ce qui n'était pas de connexion magique ne pouvait franchir la barrière. Les leçons de Vénia servaient donc dans bien des situations…

Voilà ! Il avait fait le tour du rez-de-chaussée. Comme il l'avait pensé, ce n'étaient que des quartiers réservés aux invités. La silhouette en noir arriva au bas des escaliers qu'avait empruntés notre Arcia quelques moments auparavant. Voyant les gardes, l'inconnu s'arrêta dans l'ombre. Puis, examinant les deux soldats avec plus d'attention, il vit que leurs têtes étaient tombantes et que les javelots qu'ils tenaient étaient très droits. Trop droits pour la garde d'Orlianda. Tentant sa chance, il parcourut la distance qui le séparait des deux hommes et… constata qu'ils étaient bel et bien assommés, mais ingénieusement placés, de façon à faire croire qu'ils étaient encore alertes. Passant à côté des deux infortunés, il se rendit au premier étage. Le jeune homme marchait d'un pas vif mais silencieux. Il savait où il allait. S'arrêtant au bout du corridor, il sauta pour pirouetter haut dans les airs, atterrissant sur le dessus du mur. Dans la façade, presque au plafond de celui-ci, un espace cubique avait été creusé, abritant une porte. Une porte que, plus tôt, la Gardienne n'avait pas vue.

Il fallait faire attention. Le tunnel n'était pas éclairé du tout, et un piège pouvait surgir à tout moment. De plus, le plafond était extrêmement bas. Arcia sentit des escaliers sous ses pieds et constata avec stupéfaction qu'ils descendaient. Avançant avec prudence, elle buta finalement contre une porte. Celle-ci n'avait pas de serrure au toucher et aucune lumière ne se diffusait au bas de la porte. La jeune fille tourna la poignée et… *les maudits gonds grincèrent bruyamment.* Elle faillit lâcher un juron très inapproprié pour une jeune damoiselle mais se retint à temps. Dans une pièce voisine, la voix du roi lui parvint, parmi le rire des femmes de son harem.

– Qui est là ? Que faites-vous si tard dans l'antichambre ?

Le rythme cardiaque d'Arcia s'accéléra imperceptiblement ; une personne normale serait déjà en train de passer aux sueurs froides. Sachant que le roi viendrait dans la pièce, elle dut, n'ayant pas le choix, jouer les comédiennes.

— Ce n'est que moi, Mon Seigneur, dit-elle en prenant un ton de courtisane des plus convaincants. Sa Majesté Néferlia m'avait demandé de l'accompagner…

Elle s'arrêta de parler, ne sachant pas si les femmes qui se prostituaient pour le roi connaissaient le tunnel secret.

— Ah, bon ! Venez donc me rejoindre, ma colombe ! Plus on est de fous, plus on rit ! N'est-ce pas, mesdames ?

Et les rires fusèrent une fois de plus. Mais ce n'est pas ce qui dérangea le plus Arcia. Une lame froide était pointée à sa gorge et un bras passé autour d'elle empêchait tout mouvement brusque. Par la taille de la personne se trouvant derrière la jeune fille, Arcia pouvait en déduire que c'était un homme. Un bonhomme à la poigne de fer… Même si elle arrivait à lui porter un coup, ce coup serait faible et ne ferait pas grand dommage. Il risquerait de lui nuire, même. Son assaillant ne relâchait point sa prise.

— Ma chère ? Que faites-vous là-dedans ? Je vous attends avec impatience !

— J'arrive, Majesté ! Je… vous prépare une surprise !

— Hahaha ! Je trépigne d'excitation ! Dépêchez-vous !

Arcia grimaça de dégoût. Quel plaisir pouvaient-ils trouver à pareille indécence ? C'était incompréhensible… Bon, revenons au problème présent. Qu'est-ce que c'était, encore ? Ah oui, cette maudite épée à son cou. Si elle essayait de se débattre ici, le roi l'entendrait et elle serait dans de beaux draps… Soudain, son assaillant lui souffla quelques mots à l'oreille. Arcia fronça les sourcils, puis dit ce que l'inconnu avait demandé. Pourquoi voulait-il savoir cela ?

— Mon Seigneur, sauriez-vous où est le messager qui est censé partir pour la… Terre des Temps ? Sa Majesté Néferlia a apporté quelques changements à un certain texte et… Elle voudrait que je vous l'apporte pour voir si vous êtes d'accord.

– Le messager est parti depuis longtemps ! Elle devrait savoir cela ! Enfin… une copie des textes est encore dans la salle de garde, ma douce… Trouvez le capitaine Nire, il devrait les avoir sur lui. Revenez vite, j'ai grande envie de votre surprise !

Des gémissements suivirent. Arcia sentit que son ravisseur l'entraînait vers une porte à côté de la salle. Il l'ouvrit. Elle vit un espace familier apparaître dans l'embrasure. Puis, la personne tenant l'épée l'agrippa solidement et sauta. Dans le vide. Quatre mètres. Ils atterrirent sans même déplacer une molécule de poussière. Elle n'aurait pu faire mieux. Celui qui la tenait était bien entraîné dans les arts de la discrétion. Et sans doute dans ceux de la guerre.

Ils étaient dans le couloir du premier étage. Le même couloir que celui qu'elle avait exploré auparavant, mais sans songer à regarder en haut. Grognant intérieurement de sa stupidité, elle se sentit une fois de plus forcée à marcher. La demande était faite par une douce pression de la lame éraflant la peau blanche de sa gorge. Arcia dut obéir, fronçant les sourcils et serrant les poings.

Pendant une fraction de seconde, l'inconnu relâcha un peu sa prise. Ce fut suffisant pour la Gardienne. Penchant la tête le plus possible en avant, elle la ramena ensuite en arrière en un puissant coup. Son assaillant tituba en arrière, mais pas autant qu'elle l'aurait espéré. Il la lâcha juste assez pour qu'elle se retourne. Ce ne fut pas suffisant. Puis, pour anéantir toutes ses chances de s'échapper, il la plaqua à terre par un beau coup de pied bas. Arcia sentait la lame dans sa nuque, plus effilée que jamais. Une main vint tirer fermement son capuchon en arrière, dévoilant sa chevelure bleu poudré. L'épée s'écarta immédiatement. L'inconnu la releva, avec la plus grande des douceurs.

– *Vous !*

Le jeune homme mit un doigt sur ses lèvres pour l'empêcher de siffler davantage contre lui. Arcia se dégagea promptement et réajusta sa cape.

– Altesse, que faites-vous ici ? Et…

– Je pourrais vous demander la même chose, mais les explications devront attendre, dit Ray en l'entraînant vers les doubles portes de la salle de garde.

La jeune fille ne s'y opposa pas. Le prince n'était pas sans scrupules et elle savait qu'il y avait une raison à chacune de ses actions. Ce n'était pas le moment, de toute façon. Parcourant le bordel qu'était la pièce, elle vit un homme barbu qui portait des écussons dorés au col. Le seul homme de rang dans ce dépotoir. Ray se fraya un chemin vers lui pour obtenir les fameux messages. Ils n'étaient pas visibles. Arcia passa à l'arrière pour voir s'ils n'étaient pas tombés sur le sol. Aucun bout de papier n'était en vue. Seulement des bouteilles de bière et autres débris traînaient. Elle vit le prince gesticuler. Pointant le buste du capitaine ronfleur, il désigna un rouleau de parchemin bordé d'or. Hmmm. Comme la chance choisit rarement son favori plus d'une fois, ce n'était pas aussi simple de prendre le papier. Une pucelle (aussi difficile à croire que cela soit) endormie sur les genoux de Nire écrasait le parchemin entre elle et l'homme. Arcia tenta de tirer lentement sur le bout qui dépassait, mais dut admettre qu'il n'allait pas bouger. Elle serra les dents. La jeune fille tourna la tête vers Ray, lui demandant d'un œil agacé quoi faire.

– Il faut dégager le fardeau, souffla-t-il à son oreille de peur de réveiller les soldats.

– Comment proposez-vous de faire cela ? Cela me plairait grandement d'assommer une dégénérée de plus, mais elle nous verrait et le reste des ivrognes se réveillerait ! siffla Arcia en retour, impatiente.

– Laissez-moi faire.

Remettant sa lame au fourreau, le prince se pencha vers la pucelle. Glissant prudemment ses bras sous elle, il la souleva sans effort apparent. Arcia se dépêcha de prendre le parchemin. Elle l'avait entièrement dégagé quand une main vint s'accrocher à son poignet. Dans un simple mouvement réflexe, Nire avait saisi ce qui allait lui dérober son bien. Il ne s'était pas réveillé. Il avait aussi agrippé le poignet mollement. Trop mollement. La Gardienne se libéra sans problème.

Ray vit avec satisfaction que le rouleau était entre les mains de la jeune fille. Jeune fille ? La demoiselle dans ses bras commença à s'agiter et entrouvrit les yeux. Heureusement pour lui, le sommeil ne l'avait pas encore quittée et sa lucidité n'était pas entièrement revenue non plus. Elle ne fit que soupirer et passa ses bras autour de son cou. Passer ses bras autour de son cou ? Comment, oh comment, allait-il faire pour se débarrasser d'elle à présent ? Maudite vie. Arcia leva un sourcil, narquoise. Le prince choisit d'ignorer le geste. Reposant la pucelle sur les genoux du capitaine, Ray se défit rapidement mais doucement de l'emprise de celle-ci. Lorsqu'il s'apprêta à pousser un soupir de soulagement, la demoiselle ouvrit les yeux, *lucide*.

– Altesse…

Elle n'eut pas le temps de finir. D'une chiquenaude donnée au bon endroit, Arcia l'assomma comme s'il s'était agi d'une mouche. Serrant les pans de sa cape, elle haussa les épaules d'un air dérisoire. Ray la suivit dans le couloir, après avoir fermé les portes, agacé, ses yeux dorés jetant des dards. Il avait une grande envie d'arrêter la jeune fille et de lui demander qu'elle lui explique sa présence dans le palais. Enfin, il avait plus envie de l'étrangler que quoi que ce soit d'autre. Mais sa sagesse hors du commun le retint. Si elle ne posait point de questions sur ses motifs, pourquoi lui le ferait-il ?

« *Chaque être est libre de sa nature et de son droit. Ce ne serait que parjure que d'essayer de l'emprisonner, d'en faire un esclave.* »

Ces paroles avaient été dites par le prêtre au Temple. C'était la dernière chose qu'il avait dite avant de le laisser partir avec son frère. Avant qu'il s'embarque dans une aventure folle, abandonnant derrière lui son pays et… non, ce n'était qu'un souvenir, un rêve. Elle ne devait plus se rappeler de lui ou de son frère, d'ailleurs. Étant la fille du Général de Légions, elle devait avoir du travail à souhait. Il avait le droit d'être libre et elle devait respecter cela… ou était-ce plutôt lui qui devait respecter son indépendance ? Dans les premiers temps de son entrée au Temple des Anges, il ne pouvait s'empêcher de penser à la petite fille aux cheveux blanc neige, qui, ironiquement, ressemblaient tellement aux siens. En y pensant bien, il se rappela qu'il connaissait plusieurs personnes aux cheveux blanc argent : Milla, Vénia, lui-même et... son père. Les couleurs naturelles vives n'étaient pas rares en ce monde, mais celles qui étaient pâles et poudrées... Même parmi les Gardiennes des Frontières, la chevelure verte de Tania et celle de Clairia, dorée, étaient considérées comme parfaitement normales. Flamia avait une teinte un peu moins courante, mais pas extraordinaire tout de même. Mais Arcia et Vénia...

Baff !

Dans un bruit mou causé par leurs capes, Ray et Arcia se collèrent contre le mur de pierre. Ils étaient arrivés à l'escalier. Le prince ne savait pas comment il avait fait pour voir le danger, car il était plongé dans ses propres pensées, mais il vit le groupe de gardes situés à une vingtaine de marches en contrebas. Les soldats qu'Arcia avait assommés étaient en train de se faire réveiller par trois autres coquins. Bientôt, ils furent sur pied et radotaient à propos d'un fantôme, d'un esprit quelconque. Les trois autres éclatèrent de rire, mais ordonnèrent une fouille complète des lieux. Le quintette se scinda en deux, chacun partant du côté désigné par celui qui semblait être le chef. Trois gardes se dirigeaient dans leur direction. Aucune place pour se cacher.

Arcia ruminait déjà un plan nonchalamment dans sa tête. Comme d'habitude, elle n'avait pas manqué un seul détail de son environnement. Le couloir dans lequel ils se trouvaient était une impasse et était largement éclairé par les torches. En plus, une lueur rosée apparaissait en une ligne fine à l'horizon qui filtrait à travers le verre des fenêtres. L'aube était proche. Mais leur environnement avait un défaut majeur : il était trop luxueux. Les sculptures et les gravures faites dans le roc en haut des murs offraient de nombreuses niches où s'accrocher, comme devant la porte du deuxième étage, lorsque la jeune fille avait eu à franchir le filet magique. Se tournant vers la paroi en arrière d'elle, Arcia bondit. Elle bondit d'une hauteur de quatre mètres et s'agrippa aux serres d'un faucon déployant ses ailes. La lumière des torches ne l'atteignait plus, personne ne la verrait à moins de regarder attentivement dans un coin spécifique du plafond. La Gardienne vit les gardes passer puis repasser en sens inverse. Ceux qui étaient allés voir du côté du rez-de-chaussée étaient revenus bredouilles, comme le trio de l'escalier. Arcia se permit un sourire de satisfaction. De simples soldats sans rang précis n'allaient pas l'attraper. Jamais de la vie.

Les cinq gardes se réunirent au pied de l'escalier et discutèrent pendant un moment. Puis, ils laissèrent deux d'entre eux faire les sentinelles pendant que les autres iraient à la salle de garde. Le bruit de leurs pas s'éloigna puis on entendit une porte s'ouvrir doucement, en grinçant. Arcia attendit quelques instants de plus avant de redescendre. Elle avait complètement oublié la présence du prince, jusqu'à ce qu'il atterrisse à côté d'elle, dans un léger froissement de tissu. Il s'était accroché au chandelier qui retenait les torches. Une cachette simple, mais beaucoup plus risquée que celle de la jeune fille. Or, Ray fut capable de s'installer là sans bloquer un seul rayon de flamme ni projeter d'ombre. Arcia ne l'admettrait jamais, mais elle était impressionnée. Intérieurement. Filant contre les murs, ils s'approchèrent des deux soldats…

Arcia ouvrit doucement la porte. Comme elle s'y attendait, ses sœurs étaient endormies, exténuées. Il ne restait plus qu'une heure ou deux avant que l'aube vint. Elle aussi devrait prendre un peu de repos. Mais elle n'y arrivait pas et n'y arriverait pas tant qu'elle ne saurait pas ce que le prince voulait faire avec la copie du message envoyé à la Terre des Temps. Elle traversa donc la chambre de Tania et cogna le moins fort qu'elle put. Enfin… plutôt, la guerrière *s'apprêtait* à cogner. Comme s'il l'attendait, Ray ouvrit la porte et l'invita dans un geste galant, digne de son titre. Arcia fronça des sourcils.

Aussitôt qu'elle fut entrée, le foyer s'alluma, ainsi que plusieurs chandelles. Tay. Tay et ses arrivées inattendues. Il prenait sa fameuse pose, en plus. La jeune fille eut envie d'aller effacer ce sourire orgueilleux de quelqu'un qui savait tout. Mais elle n'en eut pas le cœur. C'était sa personnalité, sa manière de faire les choses. C'était énervant, mais pas désagréable. Une autre chose presque contradictoire, selon sa philosophie.

– Bonsoir, Altesse, dit-elle en hochant la tête.

– Bonsoir à vous aussi, gente damoiselle, répondit Tay en s'inclinant, charmeur.

Arcia se dirigea vers un siège qui lui avait été offert. Drapant sa cape sur le dossier, elle s'assit confortablement mais dignement, les bras croisés. Tay sourit et s'installa dans un fauteuil opposé. Ray vint le rejoindre dans celui qui était à ses côtés. Arcia était consciente de la paire d'yeux posés sur elle, à l'expression indéchiffrable même pour une personne comme elle. Finalement, après quelques instants, le prince cadet brisa le silence.

– Vous vous demandez sans nul doute ce que mon frère veut faire avec une copie des textes de messagerie et comment il savait où les trouver? Eh bien, la raison est simple : nous voulons les recopier à notre tour.

La jeune fille fronça encore une fois des sourcils, demandant une explication plus élaborée, car elle ne voyait toujours pas la fin de tout cela.

– Chaque message officiel du roi possède son sceau et celui de la reine. Aucun parchemin n'ayant cette marque ne peut passer les frontières. Il sera sans valeur. Même les soldats de l'armée n'obéiront pas à des documents non marqués. Simple, dans ce cas-là, vous croyez? Les vilains qui en veulent au roi n'auront qu'à voler un des sceaux royaux et à apposer la marque sur ce qu'ils voudront. Mais Orlianda et son souverain ne sont pas aussi stupides qu'on le croit : il n'y a qu'un sceau. Un seul et unique sceau, qui est forgé dans la main même du roi et de la reine.

– Comment savez-vous tout cela? s'enquit Arcia en haussant un sourcil, décidée à ne pas montrer davantage de réaction.

À cette question, Tay sourit avec encore plus de malice. Oh, ce qu'il aimait ces moments ! Il vivait pour eux. Il vivait pour être l'enchanteur, le mystificateur des choses. Il se jouait de la vie.

Mais même lui réalisait qu'il était dangereux de ne pas répondre à une question posée par Arcia. Il dut donc achever son amusement là.

— On peut savoir beaucoup de choses en rencontrant des gens. Particulièrement les damoiselles de compagnie de la reine, déclara-t-il en se calant dans son siège.

Arcia faillit soupirer d'exaspération. Elle allait demander quelque chose, mais son intelligence lui disait que le prince n'avait pas besoin d'y avoir recours. Ses mots charmeurs suffisaient pour faire tourner la tête à n'importe quelle damoiselle de cette cour. La reine elle-même aurait sans doute ramolli à ses propos flatteurs. Franchement, elle aussi avait cédé à ses paroles cajoleuses, même si c'était moins profondément que les autres. Que pouvait-on y faire ? Le prince inspirait de la sympathie à tout le monde et sans doute beaucoup plus aux femmes. Elle détourna le regard.

— Vous aurais-je déconcertée avec ma réponse, ma dame ? demanda-t-il avec la plus paisible des voix.

Son sourire ne l'avait pas quitté un instant. Regardant la scène, Ray laissa une lueur d'amusement voguer dans ses yeux dorés. Voir son frère se jouer du monde était une chose qu'il avait toujours appréciée, même si c'était un peu cruel. Mais pour l'instant, il se contentait d'attendre la réplique de la jeune fille. Soit son frère allait être remis à sa place, soit elle déclinerait sa question froidement. Ce ne fut ni l'un ni l'autre.

Ramenant ses yeux de saphir sur le prince, Arcia dit d'un ton détaché :

— Qui ne le serait pas ? Ne le seriez-vous pas si je vous avais dit une telle chose ?

— Bien sûr que si.

Ray jeta un regard vers son frère, guettant son expression. Voyant sa mine déconfite, celle d'une personne qui n'avait pas eu ce qu'elle désirait, il esquissa un semblant de sourire. La fille qui se trouvait devant lui était franchement imprévisible. Lorsque l'on s'attend à des reproches, elle vous dévie gentiment sans proférer une seule remarque insultante. Mais les coups cinglants n'étaient jamais loin…

— Et qu'avez-vous l'intention de faire aux messages, une fois qu'ils seront copiés ?

— Nous ne savons pas pour l'instant. Notre but était seulement d'obtenir le sceau. Pour le moment en tout cas, répondit Ray.

— Pourquoi ne pas ordonner le retirement des troupes de la Terre des Temps ? proposa Tay. Ce ne serait que simple besogne, une victoire sans violence.

Dès que le prince eut énoncé son idée, Arcia avait déjà une réplique. Elle avait pensé à utiliser le sceau de cette manière, mais un défaut majeur encombrait le plan.

— Que ferons-nous une fois que les troupes seront retirées ? Le roi ne fera que les renvoyer au combat et saura que c'est nous qui avons donné les faux ordres. Cela ne changera pas grand-chose à l'issue des événements. Et puis nous ? Le tournoi est encore valide tant qu'il n'a pas été déclaré terminé. En fuyant la scène, nous déclarerions forfait et la victoire reviendrait à Orlianda aussi facilement qu'il est facile de dire bonjour. Je ne suis pas en train de rabaisser Miranor et Vantrak, mais vous savez très bien qu'il leur sera impossible de tenir contre le roi. De plus, c'est notre guerre, pas la leur.

Tay ne répondit rien à cela. Il savait que la guerrière avait raison. Encore.

— On attend, dans ce cas-là. On trouvera bien une utilité quelconque lorsque le temps viendra.

— Il n'y a rien d'autre que l'on puisse faire de toute façon, acquiesça Arcia.

Le prince cadet fixa la Gardienne drôlement, comme s'il cherchait quelque chose en dedans d'elle. Bien sûr, Arcia s'en aperçut et lui retourna son regard froidement, mais sans hostilité. Tay ne fit que sourire ; mais devant l'allure insistante de la jeune fille, il répondit à ses airs intrigués.

– Qu'importe ce que vous faites, ce sera toujours dur de croire que vous êtes une Gardienne des Frontières par moments et une autre personne à d'autres. Dire que je vous ai prise pour une courtisane au tout début ! Le moins que l'on puisse dire, c'est que j'étais totalement dans le champ !

Le prince éclata d'un rire franc. Arcia resta silencieuse, préférant se taire aux mots qui pourraient sortir de sa bouche. Que voulait-il dire par « une autre personne » ? Sans le vouloir, elle croisa le regard de Ray. Il... *riait intérieurement. Riait d'elle.* Mais la Gardienne connaissait déjà la raison de ce rire. Une teinte rosée parut sur ses joues, et elle espéra que personne n'allait le remarquer. Or, malheureusement, espérer une telle chose du plus observateur des princes était presque comme souhaiter que les troupes orliandaises se retirent. Donc, à la question que Tay posa sur les raisons de l'amusement de son frère, elle essaya de se faire toute petite.

– Qu'il y a-t-il de si drôle, frangin ?

Ray sourit jusqu'aux oreilles en voyant l'expression sur le visage de la jeune fille, qui évitait soigneusement son regard. Il souriait comme dans l'attente d'un oiseau rapace, qui tenait sa proie là où il la voulait. Ne vous trompez surtout pas : le prince n'avait aucune intention d'humilier la Gardienne. Simplement envie d'un peu de... revanche.

– Tay, tu aurais dû entendre la voix qu'elle a utilisée pour nous sortir d'un mauvais pas. Elle était... assez spéciale, et je n'aurais jamais cru qu'elle parlerait de cette manière.

– Mais enfin, de quoi tu parles, mon bonhomme ? Quelle voix ? Et quel mauvais pas ?

– Nous étions pris dans la chambre du roi, comme je te l'ai dit plus tôt, et devinez qui nous sort de là et comment ?

– Arcia, je sais, je ne suis pas idiot. J'aurais pu savoir cela sans que tu me le dises. Mais je ne vois toujours pas ce qu'il y a de si extraordinaire à cela, répondit Tay, levant les sourcils dans un geste de désespoir.

– Vois-tu, le roi était en plein milieu de ses ébats avec les femmes de son harem. Dame Arcia a donc joué la comédie, prenant la voix d'une de ces femmes. Est-ce que tu comprends où je veux en venir ?

Aussitôt que le prince finit de parler, Tay pouffa d'un rire hystérique. La teinte rosée sur la figure de la jeune fille devint cramoisie, et elle baissa la tête. En espérant que ses mèches rebelles couvriraient une partie de son visage, elle dit :

– Je n'avais pas le choix. De plus, j'avais votre épée sur ma gorge, comment vouliez-vous que je vous dise non ? Ce n'était que pure comédie…

– Ne le prenez pas mal, damoiselle, je ne suis pas en train de rire de ce que vous avez fait, commença Tay. Ha ! Ha ! C'est l'image qui me vient en tête qui me fait rire !

Arcia dut attendre que sa torture soit achevée, tout en supportant les yeux dorés qui la narguaient gentiment. Il allait le lui payer, ce prince du diable…

Lentement, après plusieurs minutes de hoquets hilares, Tay se calma et retrouva ses airs habituels. Ses airs de quelqu'un qui savait tout, qui était parfait, mais qui ne daignerait jamais dire la moitié de ce qu'il sait à personne. Ce fut à ce moment seulement que la jeune fille releva les yeux. Elle vit un prince rayonnant, et un autre qui était mélancolique. MÉLANCOLIQUE ! La pensée la frappa comme un marteau sur un clou. C'était la première fois qu'elle voyait Ray avec cette mine, s'étant habituée à ce qu'il soit décidé à ne pas montrer les émotions plus douces du corps humain. Les cils noirs voilant ses yeux, malgré sa chevelure blanche, les paupières tombantes, il était tout ce qu'il n'était pas d'habitude. Tout air hautain avait disparu, il était redevenu simplement un jeune homme avec plusieurs soucis, des soucis inconnus, et non plus un prince de la lignée d'Amari. Pour la première fois, Arcia voyait l'être qui avait une parcelle d'humanité en lui. Tay aussi dut le voir puisque son sourire s'effaça. Sauf qu'à la différence de la jeune fille, il savait ce qui tracassait son frère.

– Encore Milla, n'est-ce pas ?

Ray ne répondit pas, mais hocha lentement la tête. Arcia fixa Tay, un gros point d'interrogation se lisant dans ses yeux. Le prince cadet jeta un regard vers son aîné, hésitant. À sa grande surprise, Ray fut celui qui répondit à la Gardienne.

– Milla, diminutif pour Milliana Parnentri. C'était…

– La fille du Général de Légions d'Amaria ? coupa Arcia. Celle qui a les cheveux blancs ?

Le prince leva immédiatement la tête. La guerrière avait les sourcils froncés légèrement, attendant sa réponse. Ray avala un nœud dans sa gorge et dit avec une voix moins ferme que d'habitude :

– Vous la connaissez ?

– Cela dépend ce que vous voulez dire par connaître. Il y a quelques années, elle est venue à la Terre des Temps pour assister un médecin-mage, avant le décès de la reine. J'ai mené sa garde lorsqu'elle a traversé la frontière et pendant le reste de son séjour. Pourquoi cette question ?

Arcia posa sa question avec douceur, sachant que le terrain était plus que délicat pour le prince. Elle se rappelait vivement la beauté qui était venue au palais, faisant tourner les têtes comme à son propre passage. La douce expression, la finesse de ses gestes, tout était imprimé clairement dans sa mémoire. Au fond d'elle-même, la Gardienne avait grandement aimé la compagnie de la magicienne.

– C'était une amie qui m'était très chère. Comment était-elle lorsqu'elle vous a rendu visite ?

– Dans la meilleure des formes. Vous n'avez pas à vous en faire à ce sujet. C'est drôle, elle ne m'a pas dit qu'elle connaissait un certain prince. Elle était aussi très talentueuse dans les arts de la médecine magique, pouvant savoir ce qui n'allait pas d'un simple coup d'œil. Mais vous savez cela, non ?

– Malheureusement, je dois vous répondre que non. Nous… avons perdu contact.

Les sourcils de la jeune fille froncèrent encore un peu plus. Voyant le regard sceptique qu'Arcia envoyait à son frère, Tay décida de venir à sa rescousse. Il raconta donc toute l'histoire à la Gardienne, assuré qu'elle comprendrait. Et c'est ce qu'Arcia fit : comprendre. Lentement, elle se leva de son siège et partit en direction de la porte. Passant à côté de Ray, elle frôla son épaule de ses doigts, ce qui était tout ce dont le prince avait besoin pour savoir ce qu'elle pensait. Refermant la porte derrière elle, la guerrière les laissa à eux-mêmes, à leurs songes.

Tay suivit des yeux son frère, qui alla s'allonger sur le lit. Aucune expression n'était visible sur son visage, mais ses yeux dorés trahissaient toute sa misère. C'était pour cette raison qu'il gardait les paupières à moitié baissées, dans l'espoir de la cacher. Le jeune prince aux cheveux de jais se leva à son tour, prenant sa pose préférée au chevet de son aîné. Ray avait toujours les yeux mi-clos et vitreux. C'était inutile ; rien ne pouvait échapper à Tay, surtout pas lorsque cela concernait le bien-être de son frère.

– Pourquoi te fais-tu autant de sang d'encre ? Arcia a dit que Milla allait bien. C'est ce que tu attendais, non ?

Ray ne répondit pas. N'importe qui d'autre aurait laissé le prince en paix, comme Arcia l'avait fait, mais Tay ne pouvait simplement pas s'y résoudre. C'était de son propre frangin qu'on parlait là. Il ne pouvait pas le laisser ; ils avaient toujours été ensemble. Dans n'importe quel pétrin, les deux princes étaient restés solidaires, comme leur enseignement le leur avait appris. Tay allait donc rester jusqu'à ce qu'il ait une explication.

Voyant que cela ne servirait à rien de se taire, Ray roula des yeux vers son cadet.

– Milla ne nous a pas mentionnés lorsqu'elle est allée à la Terre des Temps… Elle nous a donc oubliés…

– Qu'est-ce qui te fait dire ça ? Elle aurait pu simplement être occupée au point de ne pas avoir de temps pour jaser. Arcia nous l'a dit, Milla était là pour aider un médecin-mage. C'était pour la reine, sans doute. On n'a pas le temps de bavarder comme si de rien n'était quand on a un travail pareil à faire.

Ray s'attendait à une raison de ce genre. C'était l'explication logique, il le savait. Sa tête le savait. Mais une partie de lui-même refusait de l'admettre. Qu'est-ce qui n'allait pas ? Son maître aurait été terriblement déçu s'il l'avait vu dans son état actuel. *Un corps vigoureux n'est rien, c'est la combinaison de l'esprit et de la force intérieure qui compte.* Tel était ce qu'il avait appris. Mais son âme était loin d'être avec lui en ce moment. Submergé dans ses propres pensées, il ne s'aperçut point que ses yeux se fermaient et qu'un grand calme l'envahissait. Devant son petit frère, Ray s'endormit comme une souche, exténué par tous ses soucis.

5

Mensonges et renforts

Le matin trouva Arcia déjà en train de se préparer pour sortir. Tania fut la première à la voir. Bâillant voluptueusement, la Gardienne à la chevelure couleur émeraude entreprit de réveiller le reste de ses sœurs. Comme d'habitude, Flamia fut la plus difficile à réveiller, puisqu'il fallut que Clairia prenne son oreiller et commence à lui battre la figure. Même à cela, la rouquine sommeillait encore. Arcia vint à la rescousse. Touchant simplement le cou de sa sœur de ses doigts glacés, elle la força à se tenir debout et Flamia devint présentable en un rien de temps.

Sortant dans le corridor, elles découvrirent que les représentants de Miranor logeaient dans la même aile. Sire Adelraune et son équipe les saluèrent, puis le maître-mage se sépara de son groupe pour les rejoindre. Clairia s'inclina profondément, suivie de ses sœurs, comme la coutume le voulait : l'aînée salue en premier.

– Bien le bonjour, damoiselles des Frontières. Vous avez bien dormi ?

– Effectivement, Monseigneur, répondit Clairia. Et, si vous me permettez de le dire ainsi, je crois que vous aussi d'après votre mine radieuse. Ai-je raison ?

– Tout à fait, mon enfant. Allons, trêve de politesses. Le roi va bientôt annoncer les résultats de l'épreuve et nous risquons d'être en retard. Les gagnants devraient être les premiers présents, n'est-ce pas ?

– Tout à fait d'accord, mais nous attendions les princes. Après tout, c'est grâce à l'un d'eux que nous avons remporté la victoire, expliqua Flamia.

À ces mots mêmes, Tay ouvrit brusquement sa porte de chambre, en vociférant mille injures contre son frère. Ray le suivit, le sourire aux lèvres. Le plus jeune des princes ne remarqua pas la présence de personnes dans le corridor et continua sa mélopée d'insultes.

– Vraiment, imbécile ! Ce n'était pas la peine de le faire ; je savais que nous étions en retard ! Tu ne voulais qu'une revanche pour l'autre jour, avoue-le !

Ray continua de fixer son frère d'un œil amusé, sans dire un mot, ce qui ne fit que rendre le cadet encore plus frustré.

– Qu'est-ce t'as à me fixer de la sorte ? Ce n'est pas drôle ! Quelle sorte d'idiot réveillerait quelqu'un en lui jetant des débarbouillettes mouillées ? C'est glacé, ces affaires-là !

Tay s'arrêta en voyant le sourire narquois de son frère s'élargir. Penchant la tête de côté (d'une façon que plusieurs jeunes filles trouvaient adorable), il fixa Ray à son tour. Celui-ci ne fit qu'un signe du menton, indiquant un espace en arrière de son cadet. Une lanterne s'alluma dans la tête du plus jeune prince. Tournant lentement sur lui-même, Tay fit face au groupe qui avait vu toute la scène. Flamia faisait des efforts surhumains pour s'empêcher de rire, pendant que Clairia et Tania souriaient largement, jusqu'aux oreilles. Arcia avait les bras croisés, l'air ennuyée, et Adelraune cachait son sourire grandissant, pour ne pas laisser voir son sérieux troublé.

– Ah…

Un moment de silence régna. Il n'y avait personne d'autre dans le couloir, rien du tout, pas même la moindre bestiole. Silence complet. Flamia fut la première. Un éclat, un seul éclat de rire qui s'échappa… Dans les secondes qui suivirent, l'hilarité générale domina cette section du palais. Tay rougit jusqu'à avoir la teinte d'une tomate, puis se joignit aux rires des autres, réalisant la scène qu'il avait lui-même mise en place.

Lentement, Arcia s'éloigna de ses amis hilares. Amis ? Depuis quand étaient-ils ses amis ? Non, elle ne pouvait avoir d'amis. Ils n'étaient que des alliés, au plus des membres de la famille. Ce n'était pas le moment d'avoir des faiblesses… ou s'agissait-il de changements ? Enfin, la guerrière dégagea ses mèches bleues de ses yeux saphir d'un mouvement de tête, puis continua le long du couloir éclairé par les rayons du soleil, filtrés par les fenêtres. Laissez-les s'amuser pour l'instant ; les Anges ont été assez cléments pour permettre cela. Son instinct lui disait qu'ils n'auraient plus de temps pour des choses de ce genre dans les prochains jours. Son roi l'avait… *les* avait chargés de remporter un tournoi et ils le feraient. Orlianda n'avait pas commencé à s'attaquer à eux réellement, et déjà Vénia… Il allait falloir faire preuve de plus de prudence. Elle s'était permis trop de relâche, il était grand temps que la vraie Arcia revienne au jeu. À cette pensée, la jeune fille sourit en montrant les canines, les pupilles en fente.

Clairia et les autres virent Arcia s'éloigner et réalisèrent qu'ils allaient être en retard s'ils ne se dépêchaient pas. Même s'il avait considérablement allégé l'atmosphère, le rire avait refait place au sérieux. Tay faisait des blagues comme si rien ne s'était passé, même si une légère teinte rosée subsistait encore sur ses joues. Tout était revenu à la normale, les tristesses et les colères laissées de côté pour le moment. Clairia fixait le dos de sa troisième cadette avec un sourire bienveillant, le cœur léger mais réaliste. Les temps à venir seraient les véritables épreuves…

Le groupe arriva à la salle du trône. Le roi était déjà présent, Néferlia aussi. Adieu tout espoir d'arriver les premiers. Les Amazones et les Orliandais qui avaient fait partie de l'équipe de l'épreuve s'étaient amassés dans un coin, la tête haute malgré la défaite de la nuit dernière. Arcia les balaya du regard, chacun à son tour, démontrant sans orgueil que la bataille ne s'arrêtait pas là. Elle rencontra les dards que Néferlia lui envoyait, passa une fois de plus son regard sur l'équipe et détourna la tête en rejetant sa chevelure bleue en arrière. La souveraine des Amazones ramena ses mains dans son dos, en levant le menton. L'affrontement s'acheva là. Pour l'instant.

Comme au commencement du tournoi, les Gardiennes et les princes s'installèrent au fond de la salle, contre les fenêtres. Le reste des mages de Miranor les rejoignit peu après, hochant la tête vers Sire Adelraune. Arcia regarda dehors, attendant que la compagnie de Vantrak fasse son entrée, et vit des nuages noirs couvrir le ciel bleu. Ils s'étendaient anormalement vite, car il n'y avait pas une seule trace de vent. La jeune fille fronça les sourcils. Voulant voir s'il y avait autre chose qui clochait, elle se leva en lissant les pans de sa cape pour éviter d'éveiller les soupçons. La Gardienne s'était préparée à une surprise, mais pas de cette envergure. Certainement pas. À l'extérieur des remparts de la ville, c'était le *vide*. La plaine dans laquelle ils avaient tenu l'épreuve avait disparu, les arbres au centre aussi. Il n'y avait absolument rien à des kilomètres à la ronde. Tout le paysage avait été remplacé par un désert de sable rouge, rouge comme le sang.

Remarquant que la Gardienne à côté de lui restait figée sur place, Ray leva le visage avec des yeux interrogateurs. Voyant que la jeune fille l'ignorait totalement, le prince finit par se dresser pour voir par lui-même ce qu'il y avait de si intéressant. Il s'arrêta net. Arcia voulut lui dire quelque chose, mais à ce moment, les Vantraks entrèrent dans la pièce. Le roi frappa dans ses mains, ordonnant ainsi la fermeture des portes. Toutes les équipes étaient présentes, remplissant la salle.

Le souverain d'Orlianda se leva de son trône, tendant les bras vers son audience. Le silence se fit aussitôt. L'homme avait une expression sombre, presque désespérée, plaquée sur la figure. Arcia plissa les yeux. Sans même faire d'effort, elle vit que ce n'était qu'un masque, une illusion vulgaire. Quelle pouvait bien être la raison de cette nouvelle ruse ?

– Vaillants guerriers et guerrières, j'ai une terrible nouvelle à vous annoncer, commença-t-il.

La Gardienne aux cheveux bleus roula des yeux, impatientée par cette comédie mal jouée. Quel idiot ne verrait pas à travers la façade ? Malheureusement, personne ne semblait se rendre compte de la supercherie, à son grand désarroi. Pourquoi ? Enfin, elle avait toujours été la seule à voir les choses que les autres ne voyaient jamais, et cela resterait comme tel. La jeune fille se contenta d'écouter le reste.

– Un malheur inimaginable s'est abattu sur nous, la nuit dernière. Dans les heures qui ont suivi l'épreuve de notre tournoi, la reine, mon épouse, a été massacrée.

Des murmures de surprise qui n'étaient pas très discrets parcoururent la salle. Le roi s'y attendait. Sur un ton encore plus dramatique et brisé, il conta le reste de ses mensonges. Enfin, *certains* de ses mensonges...

– Son sang imbibait le tapis de sa chambre et le meurtrier avait laissé son corps ravagé contre le mur, avec toutes sortes de livres de sorcellerie éparpillés dessus. Elle a toujours été une magicienne dévouée... Que le coupable m'entende ! Je le traquerai jusque dans les ténèbres s'il le faut, mais je l'attraperai et le tuerai de mes mains !

Des cris de guerre acclamèrent les paroles du roi. Les Amazones et les Orliandais hurlaient à se rompre les cordes vocales. Miranor et Vantrak restèrent silencieux, pendant que la Terre des Temps et Amaria échangeaient des regards suspects. Une fois de plus, le souverain leva la main pour obtenir le silence. Il l'eut immédiatement.

– À cause de cet horrible événement, le tournoi devra être suspendu, indéfiniment. Toute épreuve cessera jusqu'à ce que le scélérat soit mort !

À cela, par contre, Clairia ne put s'empêcher de hoqueter. Tania porta une main à sa bouche, un air de choc figé au visage. Flamia s'accrocha sans le vouloir au bras de Ray et Arcia serra les poings.

– Vous êtes avisés de retourner dans vos quartiers jusqu'à nouvel ordre, pour votre propre sécurité. Les gardes impériaux vont devoir faire une fouille complète du palais, au cas où le coupable serait encore caché. Mais les vainqueurs de l'épreuve d'hier ne seront pas ignorés, tout de même. Je les prierais donc de rester après que les autres auront vidé les lieux. Vous avez ma gratitude infinie pour votre coopération !

Immédiatement, les portes de la salle furent ouvertes et des soldats firent sortir le monde. Ils entraînèrent tous les participants dehors, à part ceux de la Terre des Temps et d'Amaria. Adelraune fut écarté, non trop doucement, vers une sortie différente de celle de ses mages. Féolar sortit par une autre, séparé lui aussi de son groupe. À la fin, il ne restait plus que le roi, les Gardiennes et les princes. Les portes étaient entrouvertes, des gardes se tenaient derrière.

– Participants, je vous félicite pour votre victoire, dit le roi. C'était vraiment un événement mémorable. Oui, nous nous en souviendrons. Mais dommage qu'il ne reste que mémoire…

À ces mots, trois escadrons complets firent irruption dans la salle. L'image du roi se contorsionna, puis disparut. On entendit les serrures des portes se mettre en place. Le souverain ne prononça que ces quelques paroles avant de s'évanouir dans le vide :

– Les vraies épreuves commencent. Des épreuves que vous ne pourrez remporter !

Tous avaient leurs armes en main. Leurs ennemis étaient vêtus de cuir noir, couverts de la tête aux pieds. Deux fentes démarquaient leurs yeux, seuls traits encore humains de leurs corps. Des queues fines comme des câbles étaient visibles, fouettant l'air, avec une lame rouge au bout. Ces créatures étaient des hybrides, comme les Gardiennes, mais appelés par la magie la plus noire qui soit. Mais surtout, ils n'obéissaient qu'à la personne qui les avait appelés et ne faisaient montre d'aucune pitié ou morale quelconque. L'arme parfaite.

Le groupe encerclé s'était mis en position de défense, analysant l'ennemi avant de passer à l'attaque. Tania activait déjà ses méninges, échafaudant une stratégie offensive. Comme ils n'auraient pas d'espace illimité pour manœuvrer, elle décida d'y aller avec les tactiques habituelles.

– Clairia ! On ne pourra pas les prendre tous en même temps. Il ne faut surtout pas qu'ils se rapprochent et nous empêchent de nous mouvoir ! On va devoir les décimer un peu avant !

– J'ai compris ! répliqua l'aînée en faisant signe à Flamia.

L'archère se retira en dedans du cercle, bandant son arc. Tania la rejoignit. Les Gardiennes attendirent. Soudain, Clairia cria un ordre, à personne en particulier, mais les deux sœurs au centre lâchèrent leurs projectiles. Huit des créatures tombèrent, mortes ou blessées. Tania tenait entre ses doigts quatre petites dagues effilées et Flamia pointait trois flèches. Leurs ennemis reculèrent, surpris, mais ne baissèrent pas leur garde pour autant. Clairia cria une fois de plus, mais les armes furent pour la plupart bloquées. Jurant abominablement, la jeune fille aux cheveux d'or leva sa lance. Aussitôt, Arcia et le reste de ses sœurs bondirent en avant, dans un mouvement rapide comme l'éclair. Suivant leur apprentissage, les deux princes se mirent dos à dos, attaquant avec des mouvements synchronisés.

Arcia tournoya sur elle-même, fendant le corps de deux soldats dans un jet de sang. Un jet de sang visqueux et froid. Levant sa lame droite et parant avec celle de gauche, elle en tua un autre. Les créatures continuaient de venir vers elle.

En avant de la jeune fille en bleu, Tania vendait chèrement sa vie, jouant de son fouet. C'était la première fois depuis un bout de temps qu'elle se tenait en plein milieu de l'action, en compagnie de ses sœurs. La guerrière n'avait pas perdu ses capacités de combat pour autant. Une demi-douzaine des êtres en noir furent égorgés par l'acier qui recouvrait le fouet. Pendant tout ce temps, elle pensait à un moyen d'arrêter ce massacre et d'aller à l'aide des autres équipes. Si jamais elles avaient besoin d'aide... Néanmoins, Tania était certaine que Sire Adelraune et Féolar allaient passer un mauvais quart d'heure.

Clairia était aux côtés de Flamia, contre une des portes de la salle. Après plusieurs essais, l'aînée vit que celle-ci ne s'ouvrirait pas, même si elle la forçait. Ils étaient pris au piège. La moitié des soldats étaient encore en vie et ils ne semblaient pas vouloir renoncer à la bataille. Clairia était certaine qu'ils pourraient les tuer jusqu'au dernier, mais un sentiment d'urgence l'envahissait à mesure que le temps passait. On avait besoin d'eux quelque part d'autre. Il n'y avait pas d'autre choix. La magie allait entrer en jeu.

– Tout le monde à terre !

Dans la fraction de seconde qui suivit son cri, Clairia balaya toute la surface devant elle de la foudre. Une autre moitié des hybrides fut décimée, ne laissant qu'un quart du nombre originel. Les Gardiennes et les princes profitèrent du moment que leurs ennemis mirent à se remettre sur pied pour faire une offensive féroce. Mais les créatures étaient plus habiles au combat que la plupart des autres êtres existants. Lorsque Tania bondit, après avoir étranglé un des soldats, elle fut rejetée à terre et une douleur aiguë traversa son dos. Puis, elle sentit quelque chose s'enrouler autour de son cou et serrer de plus en plus fort. Elle eut juste le temps de voir un bout rouge avant que l'épée de Ray la libère. Le bout de la queue d'un des hybrides tomba à côté d'elle, vibrant encore. Choquée, elle se remit au combat sans s'en apercevoir.

Arcia en avait assez. Le sentiment d'urgence grandissait et ils n'avaient pas encore achevé ce qu'ils devaient faire ici. Il fallait faire vite. Pirouettant haut dans les airs, la jeune fille retomba en vrille, annonçant la mort des créatures proches d'elle. À l'autre bout de la salle, Tay plongea son épée dans le corps d'un soldat, finissant la bataille. Le tapis était complètement trempé de sang et les armes de nos héros ruisselaient encore. Ray remis la sienne au fourreau, indifférent au liquide rouge qui s'en écoulait. Aucun d'entre eux n'avait subi de blessure sérieuse, seulement quelques misérables coupures ici et là. Il restait à sortir de la pièce.

— Comment allons-nous sortir de cette maudite place ? siffla Clairia. Les portes sont scellées. Magiquement, sans doute.

— Ce sera très simple, dirent Tania et Arcia en même temps.

Elles pointèrent vers un des murs de la salle. Les fenêtres où ils s'étaient tenus étaient béantes.

— Pourquoi n'y ai-je pas pensé avant ? s'exclama Clairia en se frappant le front.

Ray tendit la main vers une des vitres. Un tremblement se fit sentir, puis le verre vola en mille morceaux. Le prince bondit dehors, suivi de son frère. Arcia fronça les sourcils, puis s'engagea elle aussi dans l'ouverture. Les autres Gardiennes se retrouvèrent bientôt dehors, courant vers une des autres ouvertures du palais.

Une fois dans le palais, le groupe décida de se séparer. Adelraune et Féolar avaient été entraînés dans des directions différentes et il fallait les trouver le plus rapidement possible. Clairia, Tania et Tay se dirigèrent dans l'aile ouest et les autres dans l'aile nord. Les portes défilaient, sans qu'ils aient aucune idée d'où ils allaient. Seul leur instinct les guidait. Et c'était assez pour Arcia.

Bientôt, le trio arriva dans le corridor où se trouvait la chambre du roi. Arcia se propulsa des murs jusqu'en haut, suivie de Ray. Flamia décida de rester en tant que garde, au cas où ils seraient attaqués par derrière. Enfonçant la porte d'un coup de pied magistral, la jeune fille, avec les doubles lames, se jeta dans l'antichambre. Tournant vers la droite, elle entra brusquement dans la pièce du roi. Comme elle s'y attendait, Arcia dut se bagarrer avec des gardes à son entrée. Lorsqu'elle en eut fini avec eux, le roi disparaissait déjà en compagnie de Néferlia. Ray se précipita vers les deux souverains, dans l'espoir de pouvoir les toucher, ce qui annulerait le sort. Bien sûr, il n'y arriva pas.

Arcia se fichait bien du duo qui venait de disparaître. En arrivant dans la chambre, ses yeux avaient accroché une forme allongée dans un coin. Des gouttelettes de sang parsemaient le tapis aux alentours, en compagnie d'espaces calcinés. La Gardienne retourna le corps avec douceur, mais sans perdre de temps. La fourrure sous ses mains était moite et froide. Brûlée aussi. Féolar ne se réveilla pas et ne respirait pas non plus. Arcia serra des dents, mais ne laissa rien paraître. Voyant le demi-lynx, Ray tâta le pouls, sourcils froncés. Miraculeusement, il y en avait un. Enfin, un miracle aux yeux d'Arcia.

— C'est un sort. Si on ne le réveille pas dans un certain délai, il va mourir !

La jeune fille ne perdit pas de temps à demander d'autres explications. Quand elle ouvrit sa main, une sphère bleuâtre apparut. La jetant en pleine figure de l'ensorcelé, elle en fit apparaître une autre. La Gardienne continua à asperger le demi-lynx d'eau pendant que le prince le secouait frénétiquement. Ils allaient abandonner quand il se leva brusquement, crachotant. Un caillot de sang fut expulsé, puis le Vantrak se calma. Aspirant avidement l'air aux alentours, il redevint lucide, complètement. Le prince soupira de soulagement.

— Êtes-vous assez rétabli pour marcher ? s'enquit Arcia.

— Il n'y a pas à vous en faire, Gardienne. Les effets du sort s'annulent une fois la victime réveillée, expliqua Ray.

— Je suis touché de votre inquiétude à mon égard, mais je crois que le mage a besoin de vous plus que moi, dit Féolar en se levant.

Arcia ne se le fit pas dire deux fois. Laissant le prince s'occuper du demi-lynx, elle sauta dans le corridor, aux côtés de sa sœur. Le duo laissé derrière les rejoignit avec une rapidité que la jeune fille ne croyait pas possible. Enfin, ce n'était pas n'importe qui, tout de même.

— Avez-vous une idée de la place où Adelraune a été emmené ?

— Dans un endroit résistant à la magie, sans doute, répondit Féolar

Les trois n'entendirent pas la réplique. Une fois de plus, leur instinct les guidait vers l'aura qui avait besoin d'aide. Le demi-lynx n'avait fait que confirmer l'endroit qu'ils voyaient déjà dans leur esprit. Courant de toute la vitesse que permettaient leurs capacités, ils se dirigèrent vers la salle de garde. Au passage, Flamia embrocha deux hommes de ses flèches, arrêtant leurs cris avant qu'ils ne puissent avertir leurs compagnons. Les doubles portes de la salle surgirent devant leurs yeux. Ray tenta de les ouvrir, puis décida de les enfoncer d'un coup d'épaule, car elles refusaient de bouger.

À l'intérieur, des soldats s'étaient affaissés sur le plancher sale, les meubles étaient détruits. Seule une chaise restait debout, un homme assis confortablement dessus. Arcia leva un sourcil, demandant d'un air las ce qui se passait. Adelraune lui sourit avec un air complice.

– Je suis désolé de ne pas vous avoir attendu pour la fête, mais certains d'entre eux me menaçaient de décapitation et de tortures diverses. Je ne supporte tout simplement pas les vulgarités.

Flamia et Féolar sourirent à la remarque, pendant que le maître-mage se levait en époussetant sa tunique. Arcia rangea ses lames en refermant sa cape sur elle. Il ne restait plus qu'à libérer les équipes. Ce ne devrait pas être trop difficile…

Le Roi de la Terre des Temps se tenait avec son Général de Légions et tous ses commandants. L'armée était ordonnée en rangs derrière eux, prête pour le combat. À leur gauche, Aurivia se tenait avec les forces d'Amaria, sereine mais mortelle. Elle n'était plus toute jeune, mais la vieillesse ne la confinait pas encore au calme. Seules quelques rides aux coins de ses yeux trahissaient ses quarante ans, le reste étant demeuré comme il était dans sa vingtaine. Y compris sa compétence au combat. La reine portait les couleurs de la famille Amari, ses cheveux noir jais ramenés en une longue tresse. Une couronne d'argent cernait son front, reflétant son statut élevé. Comme les Gardiennes et ses fils, elle ne portait pas d'armure, seulement une cape au col orné de runes. Le roi échangea un regard avec elle, puis leva l'épée. Des archers et des mages se mirent en position.

Ils étaient situés juste aux bordures du désert qui entourait la capitale orliandaise. Les forces ennemies n'étaient pas encore en vue, mais le danger se faisait sentir de plus en plus. L'atmosphère était lourde, oppressante. On attendait que la fin vienne...

Ils étaient en train de courir. Une vingtaine de gardes, comptant des archers parmi eux, les poursuivaient. Féolar dit quelque chose dans la langue de son pays, puis lui et son équipe se séparèrent des autres en leur faisant signe de les rejoindre plus tard. Bientôt, les deux équipes restantes découvrirent que les gardes se fichaient carrément des Vantraks ; ce qu'ils voulaient, c'étaient les Gardiennes. Donc, Adelraune partit dans un couloir avec son équipe, Clairia et Flamia. Les soldats s'arrêtèrent un moment, pris au dépourvu, mais leur chef leur ordonna peu après de poursuivre le groupe qui restait. Courant à travers les corridors, Arcia proférait dans un souffle des obscénités à l'endroit de leur malchance.

Au moment où ils voulaient libérer les mages et les guerriers, une dizaine de gardes faisaient la ronde du secteur. Ils furent poursuivis à travers toute l'aile ouest du palais, sans trouver d'issue. Les soldats qui bloquaient les sorties se joignirent à leurs poursuivants, créant une foule qui courait dans les couloirs, écartant les servantes et les valets. « Quelle situation merdique », pensa Arcia.

Ray pointa soudain son index vers une fenêtre. Ils étaient arrivés à un cul-de-sac. Les flèches sifflaient déjà à leurs côtés, manquant de peu leurs cibles. Tania donna un coup de fouet, tout en continuant de courir, et fracassa le verre. Sans même vérifier à quelle hauteur la fenêtre se situait du sol, elle bondit à travers le cadre, à l'extérieur. Arcia la suivit, puis les princes. Ils atterrirent tous dans un arbre du jardin, se rattrapant de justesse avant de s'écraser au sol. Les gardes s'arrêtèrent au bord de la fenêtre cassée, n'osant pas sauter en bas. L'arbre était à une distance considérable de la hauteur du troisième étage et il fallait jouer de précision pour pouvoir s'accrocher à une des branches. Une pluie de projectiles, puis ce fut tout. Le quatuor s'échappa donc vers les écuries.

Clairia cria à Adelraune que la sortie devant eux était libre. Au même moment, plusieurs flèches s'abattirent sur le groupe, passant à travers le corps des mages.

– Mais d'où ils sortent, ceux-là ? s'exclama Clairia.

– Qu'importe d'où ils sortent, comment va-t-on sortir ? s'écria Flamia en montrant la sortie bloquée.

Sire Adelraune remédia à ce problème. Levant son sceptre, il murmura quelques paroles, et les gardes furent propulsés hors de leur chemin. Enjambant les corps inconscients, les deux sœurs débouchèrent dans la cour, en même temps que les demi-lynx. Sur un ordre d'Adelraune, les mages qui restaient formèrent un demi-cercle devant les gardes. Pointant tous leurs sceptres, ils envoyèrent une vague mauve qui alla s'échouer contre leurs attaquants. Tous sans exception s'écroulèrent.

– Traversez le désert à l'arrière de la ville, cria Clairia à Féolar. Ils ne vous verront pas.

– Qu'allez-vous faire ?

– Nous devons aller récupérer nos chevaux et rejoindre nos sœurs !

Féolar hocha la tête, comprenant. Les Gardiennes resteraient solidaires, peu importe ce qui arriverait. Adelraune et lui contournèrent le palais. Les deux sœurs furent laissées à elles-mêmes, courant vers les écuries. Heureusement, toutes les patrouilles de soldats qu'elles virent se dirigeaient en dehors de la capitale, ne faisant pas attention à ce qui les entourait. L'étalon blanc d'Arcia sortit des écuries, indiquant que les autres avaient réussi à s'échapper. Leurs propres palefrois vinrent vers elles, devançant leurs ordres. Bientôt, le groupe fut de nouveau entier, passant comme l'éclair vers l'enceinte principale. Au dernier moment, ils virèrent dans la direction qu'avaient prise Adelraune et Féolar.

– Les autres… Ont-ils été capables de s'échapper ? demanda Arcia.

– À ce que je sache, oui ! Nous devrions les voir bientôt ! répondit Clairia.

– Tant mieux, parce que je crois qu'il y aura plus que quelques gardes pour nous bloquer le chemin, à présent !

Comme d'habitude, Arcia avait raison. Enfin, elle *aurait* eu raison. Les soldats qui étaient censés leur barrer le chemin gisaient par terre, apparemment morts ou inconscients. Les mages et les demi-lynx n'étaient pas en vue. L'ombre de la méfiance se propagea dans leurs esprits, mais ils ne ralentirent point. La traversée du désert se fit sans encombre, ce qui ne fit qu'accroître le sentiment de doute au fond d'eux-mêmes.

Au fur et à mesure qu'ils avançaient, ils atteignirent l'autre côté du désert. La terre au loin était brûlée, un vrai carnage d'enfer. Le groupe s'arrêta, une expression horrifiée sur le visage. Orlianda était un royaume qui possédait plusieurs richesses et c'était une terre fertile. La verdure poussait facilement, la flore était variée. Mais toute cette beauté fut sacrifiée pour le pouvoir, pour la conquête. Arcia se demanda si c'était pareil durant le temps de la guerre où les Anges étaient apparus…

Soudain, un groupe d'archers les entourèrent. À première vue, ils étaient des ennemis, vêtus de leur attirail noir. Les Gardiennes des Frontières mirent leurs armes à l'affût, sans faire un geste offensif. À leur grande surprise, Tay et Ray descendirent de leurs montures et se dirigèrent vers un des archers. Arcia leva son épée, prête à défendre le dos des princes.

– Altesses ! C'est une chance de vous retrouver en vie !

Clairia échangea un regard avec Tania quand l'homme parla. Une lanterne s'éclaira dans la tête de la deuxième aînée, qui poussa un cri de joie. Toutes ses sœurs la fixèrent comme si elle était devenue folle.

– Arrêtez de me regarder comme ça ! Ce sont des soldats d'Amaria, ne voyez-vous pas ?

– En effet, ma dame, dit l'archer qui avait parlé tout à l'heure et qui était le chef. À qui ai-je l'honneur ?

– Aux Gardiennes des Frontières, mon brave, répondit fièrement Clairia.

À ces mots, le groupe d'archers s'inclina profondément. Tay leva les sourcils, surpris. Puis, comme en réponse à son étonnement, les hommes se mirent à genoux devant les deux princes.

– Pardonnez-nous, Votre Altesse ! Dans notre joie de vous voir en vie, nous avons négligé les salutations !

– Ce n'est qu'un oubli compréhensible. Relevez-vous, dit Ray.

L'homme ne s'était adressé qu'au prince aîné, comme c'était la coutume. Tay fut donc mis de côté dans les salutations, recevant simplement le hochement de tête des soldats dans sa direction. Il en était constamment irrité au fond de lui-même, mais il finit par sourire de son air habituel.

– Avec tout le respect dû à Son Altesse, je crois qu'il vaudrait mieux qu'Elle rejoigne le corps principal des deux armées. Sa Majesté vous y attend. Nous devons rester pour patrouiller les alentours, sur Ses ordres.

– Bien sûr, nous partons rejoindre mère tout de suite.

Arcia remarqua que le prince répondait avec une froideur qu'il n'avait pas démontrée depuis un certain temps. Il n'avait pas l'air surpris du tout que les deux armées des royaumes alliés soient ici. On aurait même dit qu'il s'y était attendu. Comment cela se faisait-il ? Sourcils froncés, la jeune fille se dit qu'elle allait devoir faire attention… Le piège pouvait encore être lancé malgré la mort du piégeur. Surtout si le piégeur en question pratiquait la magie dans son existence…

Une masse noire se fit voir à l'horizon. Bientôt, ils arrivèrent aux rangs les plus éloignés de l'armée d'Amaria. Passant comme l'éclair, les cavaliers ne prirent même pas le temps de les avertir de leur présence. Ray avait pris la tête, son étalon noir parcourant la courte distance qui le séparait de la reine. Enfin, il descendit à terre.

La foule, silencieuse, fixa le prince, qui se dirigea lentement vers la personne portant la couronne. Les Gardiennes descendirent aussi, mais restèrent à une distance respectable. Tay alla rejoindre son frère, qui s'était agenouillé devant la reine. La femme se tenait raide, comme une statue de marbre. Une expression glaciale était peinte sur son visage. Les deux frères tenaient leur tête baissée.

Le silence fut. Puis :

– Mes fils… Relevez-vous, mes chers fils !

L'armée entière explosa de cris de joie, voyant la reine enlacer les deux jeunes princes en laissant cours à des larmes qu'elle avait retenues depuis des années. Les Gardiennes ne criaient pas avec les autres, mais elles avaient un sourire au coin des lèvres. Arcia aperçut un mince filet de tissu blanc qui défila dans la foule, mais disparut lorsqu'elle pencha la tête de côté pour mieux regarder. Une seule plume blanche atterrit sur l'épaule de Tay, une plume de pygargue. Le prince ne s'en aperçut point, et la guerrière non plus, d'ailleurs.

Flamia se tenait les bras croisés, une expression joyeuse mais interrogatrice peinte sur le visage.

– Clairia, pourquoi la reine fait-elle comme si elle n'avait pas vu les princes depuis longtemps ?

– Parce que c'est le cas, répondit Arcia, à la place de son aînée. Ils ont été partis pendant des années pour s'entraîner.

La jeune fille n'en dit pas plus. Ses sœurs ne lui demandèrent pas comment elle savait cela, sachant qu'elle avait eu ses moyens. Toutes les quatre furent tirées de leurs songes. Le roi venait.

– Majesté ! Louange à votre présence parmi nous et salutations ! entonnèrent-elles d'une seule voix en s'agenouillant, ramassant leur cape à leur épaule gauche.

– Allons, les louanges ne vont pas à ma personne mais à vous, mesdemoiselles !

Le roi les releva gentiment, avec une expression de la plus grande tendresse. Clairia lui détailla les événements en lui faisant un rapport complet et direct. Elle allait dire quelque chose d'autre quand la reine d'Amaria l'interrompit en levant sa main.

— Avant même que vous ne nous demandiez la raison de notre présence ici, je vous prierais de penser à la cause de l'arrêt du tournoi.

Clairia fixa Aurivia, interloquée. Arcia battit des paupières, signe à peine perceptible qu'elle avait découvert quelque chose. Puis, un sourire s'étendit sur les lèvres de Tania, qui avait aussi compris. Flamia et l'aînée fronçaient les sourcils, encore dans la noirceur. Tay faisait des efforts surhumains pour s'empêcher de rire de la stupidité des deux sœurs. Ray restait impassible.

— Pourquoi est-ce que Orlianda voudrait arrêter un tournoi qui pourrait lui rapporter la victoire suprême ? continua la reine avec un sourire bienveillant.

Soudain, Clairia ouvrit grand ses yeux d'ambre, la réponse l'ayant finalement frappée. Elle se donna un coup au front, se réprimandant pour son idiotie. Voilà, c'était fait. Les fameuses Gardiennes des Frontières étaient ridiculisées, devant toute une armée à part ça. À cause de quoi ? À cause de son incapacité à déchiffrer une question dont la réponse était directement dans sa mémoire. Arcia lui avait déjà dit que la reine d'Orlianda avait sans doute été assassinée par Néferlia. Pourquoi n'avait-elle pas vu la supercherie du roi ?

À la grande surprise de Clairia, Aurivia se mit à rire doucement, sans méchanceté toutefois. Arcia commençait vraiment à apprécier cette femme, qui était aussi rusée qu'un renard. Aussi rusée que l'animal qui composait sa seconde partie…

— Vous n'avez rien à vous reprocher, dame Clairia ! Ce qui vous a pris un moment de plus que vos sœurs à découvrir nous a pris un jour entier. Vous êtes certes dignes de votre réputation !

Les Gardiennes s'inclinèrent au compliment de la reine, et Arcia fut la première à se redresser lorsqu'elle entendit son nom.

L'ÂME CLÉ *Jessica Tang*

Aux côtés du roi se tenait un soldat, habillé de pourpre, qui attendait. Il était sans doute du même âge qu'elle, peut-être un peu plus vieux. Une épée très fine pendait à sa hanche, similaire à celle de la jeune fille. Une rapière. Arcia fronça légèrement les sourcils ; le visage du jeune homme lui disait quelque chose, mais elle n'arrivait pas à le placer dans sa mémoire. Ce qui la dérangeait le plus, c'était sa tignasse blanche, vu la rareté de cette couleur.

Dès l'instant où Ray prit conscience de la présence du jeune soldat, il ouvrit grand les yeux, se demandant s'il rêvait. La posture gracieuse, les cheveux blancs malgré son âge, la lame légère... et la couleur de son attirail. Il ne connaissait qu'une seule famille qui portait cette couleur sur le champ de bataille. Soupirant imperceptiblement, le prince se sentit soudain vraiment las. Las, mais rassuré.

– C'est une véritable joie que de vous revoir, dame Arcia, dit l'inconnu en s'inclinant légèrement, un sourire charmeur aux lèvres. Votre beauté est encore plus resplendissante que dans ma mémoire !

La Gardienne sentait les yeux de ses trois sœurs sur elle et maudissait quiconque avait fait ainsi. Le soldat n'avait pas dit ces mots tel un compliment extravagant que l'on adresserait tous les jours à la jeune fille, mais plus comme une remarque venant du fond du cœur. Ce bonhomme-là ne cherchait pas sa faveur...

– Je crois avoir fait votre rencontre quelque part, Sire. Pardonnez-moi, mais je n'arrive toutefois pas à me rappeler où. Peut-être allez-vous m'éclairer sur le sujet ?

Le jeune homme eut un rire doux, enchanté.

– Je ne m'attendais pas à ce que vous vous souveniez de moi, ma dame. Moi, par contre, ne vous oublierai jamais tant que je vivrai ! Vous étiez une garde du corps tellement chaleureuse !

La lanterne d'Arcia s'éclaira effectivement. Elle fronça les sourcils encore plus et se rappela le nom de cette irritable personne. Enfin, irritable à ses yeux.

– Comte Vialme d'Amaria, je vous remercie du compliment. Moi qui croyais que vous me trouviez un peu trop distante à votre goût, je suis certes flattée de votre remarque.

La jeune fille avait répondu avec sarcasme, comme le comte l'avait fait dans sa « flatterie ». Celui-ci sourit, sachant qu'Arcia n'avait pas répliqué dans le but de l'offusquer.

– Maintenant que vous avez salué nos nouveaux arrivants, puis-je m'enquérir de la raison de votre présence ici et non avec votre sœur et le Général ? demanda Aurivia d'une voix douce.

– J'allais y venir, Majesté. Mon père, le Général, voudrait voir Ses Altesses et dame Arcia, ici présente. Cela concerne les détails de dernière minute. Le peut-il ?

– Certes, il peut les voir. À moins que vous ayez d'autres chats à fouetter, damoiselle Arcia ? dit-elle, maternelle et débordant envers la jeune fille d'une bonté qu'elle-même n'arrivait pas à comprendre.

– Je n'y ai aucune objection, Votre Majesté.

Arcia échangea un regard interrogateur avec Clairia. Celle-ci haussa des épaules, faisant attention de ne pas se faire prendre. Elle n'avait aucune idée de qui était ce Vialme, encore moins de ses liens avec sa sœur. Flamia, l'air joyeuse, envoya la main à son aînée. Elle ne se donnait pas la peine de se demander qui était ce séduisant jeune homme, elle le saurait en temps et lieu. Tout ce qu'elle savait, c'était qu'ils étaient enfin en sécurité, parmi des gens familiers. La rouquine relevait fièrement les défis qui étaient lancés aux Gardiennes, mais elle n'était pas aussi forte que ses sœurs. Forte dans le sens des émotions. Elle n'avait pas l'estime de soi de Clairia, encore moins les barrières glacées d'Arcia. Ni la débrouillardise de Tania. Flamia ne pouvait compter que sur ce qu'elle avait appris, ce qui la fit soupirer…

Le comte Vialme mena ses invités à travers les rangs de l'armée d'Amaria, vers une tente située à la limite des quartiers réservés aux officiers. La tente en question était beaucoup plus vaste que les autres, car elle contenait aussi la réserve d'armes supplémentaires. L'intérieur était éclairé par des torches, dévoilant une table rectangulaire avec un long rouleau de parchemin dessus. Plusieurs personnes étaient assises à cette table, tous des officiers et des commandants. À l'entrée des princes, ils se levèrent et s'inclinèrent profondément devant eux.

– Bénis soyez-vous pour votre sécurité, Altesses ! dit un vieil homme au visage émacié. Nous sommes honorés de vous avoir parmi nous, en compagnie d'une Gardienne des Frontières !

– Relevez-vous tous, mes bons amis. Je suis touché de votre inquiétude, mais j'ai peur que l'heure ne soit pas aux discussions frivoles. Assoyez-vous et renseignez-nous sur ce qui s'est passé dernièrement et sur les plans à venir.

Arcia suivit Ray à la table. Elle allait s'installer à sa gauche lorsque ses yeux se fixèrent sur la personne qui était devant elle. La jeune fille entendit Tay pousser un hoquet de surprise. Cheveux blancs, taille moyenne, robe de...

– Vénia !

Arcia vit le prince envelopper sa sœur (ou la fille qui lui ressemblait) dans ses bras. Les yeux dorés de Ray s'illuminèrent de joie, mais ce fut tout. Elle... N'était-elle pas tombée dans le précipice ? Comment avait-elle fait pour revenir ? Tay lâcha finalement l'incarnation de sa sœur.

– Arcia... Tu ne crois pas vraiment que c'est moi, n'est-ce pas ?

– Prouve-le, répondit Arcia d'une voix faible.

La jeune fille aux cheveux blancs sourit et leva la main dans les airs. Une lumière jaillit, puis le bâton de cristal apparut, les runes dorées brillant vivement. Faisant tournoyer légèrement l'arme, Vénia fit apparaître une poignée de plumes blanches, lançant le tout dans l'air. Arcia attrapa une des plumes, l'examinant de bout en bout. C'était bien une plume de pygargue. Il n'y avait qu'une personne, à part Vénia elle-même, qui savait quel était son animal gardien...

Vénia fut enveloppée une fois de plus par une paire de bras. Elle retourna le geste, souriante. La prêtresse pensait que sa jeune sœur allait être têtue et ne pas croire à son existence. Mais là, elle n'avait pas eu tant de fil à retordre ! En un moment, Arcia redevint une personne détachée, maîtresse d'elle-même.

– Tu as des explications à me donner, Vénia. De grosses explications, dit-elle, la mine sarcastique.

– Pas seulement à toi, sœurette ! Allons, asseyez-vous que je vous raconte !

Très rapidement, les deux princes et Arcia furent dans leurs sièges, fixant intensément la prêtresse. Les autres hommes autour de la table souriaient, heureux pour le trio qui revenait du palais de l'ennemi. Ils laissèrent tout le temps nécessaire à Vénia pour raconter ce qu'il lui était arrivé, conscients que s'ils ne le faisaient pas, les curieux n'écouteraient absolument rien de la planification.

– Et c'est comme ça que tu es restée en vie ?

– Eh oui, Arcia. Ce serait la première fois que cela arrive. Je ne trouve toujours pas d'explication logique à cela, mais ça ne me tracasse pas autant. Une incantation angélique peut faire des miracles et tu le sais. Je suis juste contente d'être encore parmi vous. Les Anges ne nous ont pas laissés tomber !

Arcia secoua la tête, laissant le temps à toutes les informations données par sa sœur de pénétrer dans son esprit. La prêtresse avait eu la force de repousser les esprits morts sur leur propre terrain et de revenir à la surface en utilisant un sort angélique ? Même les mages qui passent leur vie à servir les Anges auraient sans doute été incapables de le faire... Sa sœur était-elle une préférée des dieux à ce point ? Serait-ce la protection dont aurait joui l'âme clé... ? Enfin, l'important n'était pas de savoir comment Vénia était toujours en vie, c'était qu'elle soit là.

– Vous m'avez fait mander pour cette raison, n'est-ce pas ? Pour que je puisse voir ma sœur ? demanda Arcia à l'assemblée.

– Dans le mille, ma dame, répondit Vialme, qui s'était installé en face de Ray.

La Gardienne aux cheveux bleus soupira devant le sourire coi du comte. Pour une raison ou une autre, Vialme l'énervait, l'irritait. Arcia n'osait pas imaginer comment cela serait si elle devait se trouver avec lui et Tay, peu importe la circonstance... Un, c'était assez.

– Puisque je suis ici, puis-je savoir ce que vous avez l'intention de faire pendant la bataille ? s'enquit la jeune fille en tournant la tête vers Ray.

– Il n'était pas question que vous partiez, ma dame. Votre expertise au combat nous est indispensable, répondit le vieil homme de tout à l'heure.

Arcia jeta un coup d'œil autour de la table et vit que tout le monde était d'accord. Hochant la tête, elle s'apprêta à écouter.

– Voici la situation...

Ray étudiait le plan d'Orandis attentivement, aucun détail n'échappant à ses yeux de faucon. Le chef de la tactique, qui était le vieil homme émacié, avait disposé les troupes de manière à ce qu'il n'y ait aucune faille. Enfin, aucune faille pour l'instant. Tout pouvait arriver sur le champ de bataille et le stratège savait cela. Le prince révisait les positions, approuvant d'un geste de la main. Il restait quelques ajustements mineurs à faire, mais rien dont les commandants eux-mêmes ne pouvaient s'occuper. Le prince passa les plans à Arcia, attendant son verdict.

– Ce plan dispose aussi de la position des soldats de la Terre des Temps. Il est juste que vous ayez votre mot à dire là-dessus.

Arcia prit le parchemin et le parcourut des yeux. Un détail l'accrocha : plusieurs escadrons n'avaient pas de commandants assignés.

– Pourquoi les rangs du milieu n'ont-ils pas d'officiers ? Ce sont eux qui vont prendre les forces ennemies de plein fouet !

– Exactement, Arcia ! répliqua un homme dans la fin de la vingtaine, qu'elle reconnut pour être le Général de Légions de son royaume. Vous ne croyez tout de même pas que vous et vos sœurs alliez compter parmi les rangs inférieurs ? Pas cette fois-ci, ma dame ! Vous cinq allez être les chefs des escadrons principaux, comme il se doit !

La jeune fille ne montra aucun signe de surprise mais resta silencieuse. Elle remit le plan à Ray et elle croisa les bras, la mine inquiète. Quand il s'agissait de se débrouiller seule au combat, la Gardienne n'avait pas le moindre problème... Mais saurait-elle commander un escadron complet de l'armée ? Arcia n'était pas reconnue pour sa prudence...

– Ne vous en faites pas, Arcia. Vous saurez quoi faire le moment venu. Vous avez plus d'expérience dans ce domaine que plusieurs de nous ici présents.

Voyant que la jeune fille restait indifférente à toutes ces paroles rassurantes, Ray décida de jouer sa carte.

– Bien sûr, si vous vous sentez vraiment incapable de mener vos troupes à la victoire, nous ne vous forcerons pas à le faire. Peut-être n'êtes-vous faite que pour les combats de bas niveau...

– Je mènerai les escadrons que vous me donnerez, coupa froidement Arcia.

La jeune fille regarda le prince aîné de travers, se retenant à grand effort de bondir et de lui tordre le cou. Tay et Vialme souriaient, leur sourire s'étendant d'une oreille à l'autre, et Vénia riait doucement. Ray avait su exactement où frapper pour convaincre la Gardienne, et ses yeux dorés pétillaient de triomphe. Elle lui rendrait la monnaie de sa pièce un de ces jours... La monnaie de ses deux pièces...

CHAPITRE

6

Sacrifice
et compensation

Un cor sonna au loin, à l'autre rive du désert. Les commandants des deux armées se mirent à leurs postes, prêts pour l'affrontement. Une nuit complète avait passé depuis que les Gardiennes et les princes étaient rentrés au camp de guerre. Frais et dispos, tous prenaient leur place dans les rangs, Clairia et ses sœurs aux côtés du roi et d'Aurivia. Vénia n'était pas allée dormir avec le reste des Gardiennes et sa présence causa un vrai désordre parmi elles. Elle leur assura qu'elles ne rêvaient pas, mais que les explications devraient attendre à plus tard. En effet, les forces orliandaises se tenaient à l'autre bout du désert, le roi et Néferlia à leur tête. Les commandants étaient parés, sachant ce qu'ils avaient à faire. Chacun des escadrons était composé d'un nombre égal de fantassins. Les trois premiers rangs étaient formés de cavaliers, portant armure et lance ; les archers et les mages étaient à l'arrière des fantassins, attaquant à distance. La plupart des officiers étaient à cheval, car ils devaient avoir une plus grande mobilité.

Arcia vit les princes se mettre à la tête de leurs troupes. Ils étaient des opposés et des proches en même temps. Quand ils étaient tous les deux à cheval, la ressemblance fraternelle était plus frappante que d'habitude. Les minces couronnes d'argent qui ornaient leurs deux têtes, ainsi que leurs habits, étaient une réplique exacte l'une de l'autre. La différence était dans le regard : celui de Ray était glacial et impitoyable, alors que celui de Tay était détaché et rieur, comme si tout cela n'était qu'un jeu. Vialme prit sa place à côté de son père, le Général de Légions d'Amaria, et il arborait la même expression que Tay. Étrangement, Arcia se sentit rassurée par la présence de ces deux-là. Dans quelques heures, les soldats auraient besoin du plus de jovialité possible. Elle comptait sur le prince et le comte pour cela.

Féolar et ses lynx s'étaient postés à l'extrême droite des rangs d'Amaria, entre les deux armées. Féolar entendit Adelraune, le maître-mage, chantonner des paroles incompréhensibles en tenant son sceptre. Les autres mages avaient les yeux fermés, dans une profonde concentration. Soupirant, le chef vantrak se dit que le moine devait sans doute exercer un rituel de combat quelconque. Après tout, les gens de Miranor étaient connus pour être pacifiques. Enfin, ce n'était pas de ses affaires ; ce qui comptait, c'était de rester en vie…aussi longtemps que possible.

Néferlia sourit, le sang en feu à l'approche de la bataille. Ses Amazones étaient prêtes, la chasse pouvait commencer. Le roi à ses côtés leva l'épée. Invisible, Murmure était là, surveillant les rangs ennemis. Un coup de vent souffla et déplaça une mèche noire des cheveux de Néferlia. Un coup de vent, une seule mèche. Le roi baissa sa lame d'un geste brusque.

Aurivia vit le reflet de la lame baissée. Un instant de silence. Le bruit des sabots. L'enfer sur terre.

Clairia et ses sœurs firent bondir leurs montures. Les autres commandants firent de même. Criant et hurlant, les quatre armées foncèrent l'une sur l'autre, vers le milieu du désert. Rendus au quart de l'étendue de sable, Arcia et les rangs de devant virent des silhouettes noires émerger de la terre. Tirant sur les rênes, ils freinèrent leurs destriers, engageant le premier de plusieurs

combats. Au désarroi des Gardiennes, les soldats qu'elles combattaient étaient extrêmement résistants, plus que la normale.
Clairia se rendit compte que ce n'étaient pas des hommes qu'elles
affrontaient, mais bien des hybrides de rats, les mêmes créatures
que celles qu'elle avait vues dans la salle du trône.

Soudain, des cris fusèrent dans les rangs du milieu. Tournant
la tête, les commandants virent d'autres ennemis surgir de sous
leurs pieds. Jurant entre ses dents, Arcia se frappa mentalement
la tête pour sa stupidité. Pourquoi donc avait-on transformé la
plaine en un désert sinon pour y dissimuler des soldats ? Le sable
était plus facile à dégager que la terre, ce qui permettait aux
hybrides de bondir au grand air. La jeune fille s'apprêtait à tourner
bride pour venir en aide aux rangs de l'arrière quand elle vit les
deux princes toucher le sol de leurs épées. Une aura dorée les
entoura, puis un tremblement secoua le désert tout entier. Tous
les soldats dissimulés dans le sol furent projetés dans les airs, à la
merci des lances et des lames.

— Les trois derniers rangs, restez à l'arrière ! Archers et mages,
à l'avant ! ordonna Aurivia lorsqu'elle vit que ses fils avaient mis
à découvert tout danger à l'arrière.

— Majesté, regardez !

La reine tourna la tête dans la direction qu'un des soldats
avait indiquée. Devant l'armée orliandaise, le désert redevenait la
plaine, avec ses hautes herbes et ses arbres au centre. Ils virent les
Amazones bondir dans la verdure, disparaissant et apparaissant
en un clin d'œil. Aurivia fixait la scène tout en ordonnant aux
archers de se placer en position. Un nœud se forma dans sa gorge :
elle se rappelait les corps transpercés par les flèches empennées
de vert. Sa propre garde royale avait été décimée de cette façon…

Tania essaya d'aplatir les herbes avec sa magie, mais une force
plus grande que la sienne la confronta. Les premiers rangs atteignirent les bordures de la plaine. Les commandants étaient un
peu à l'arrière, supervisant le déplacement des troupes. D'une volée
de flèches, les hommes de la première ligne furent mis à terre.
Une deuxième volée acheva la seconde, les soldats s'écroulant
comme des pierres.

– Restez à distance de la plaine ! Ne vous approchez pas ! Archers, à mon commandement ! cria Clairia.

– Tenez-les bien, nous allons essayer de les marquer ! Flamia ! appela Arcia.

La rouquine rejoignit sa sœur, menant un groupe complet d'archers à cheval. À leur gauche, Ray et Vialme faisaient la même chose, réunissant un nombre d'archers qui bandaient leurs arcs.

– Tu nous dis quand, sœurette, déclara calmement Arcia.

La cadette hocha la tête. C'était dans son élément, maintenant.

– Tous prêts ? Clairia, vas-y !

– Archers, feu !

Les projectiles tombèrent sur la plaine. La volée de Clairia n'était pas destinée à tuer, mais à faire sortir les Amazones de leurs cachettes. Or, cela ne sembla pas fonctionner. Les yeux le long de sa flèche, Flamia et ses archers lâchèrent leurs cordes. Les pointes atteignirent la même cible, la seule qui fut perçue.

– Arcia, on ne va jamais réussir à les avoir comme ça. Nos carquois seront vides avant même que la moitié d'entre eux soient morts !

Avant que sa sœur ne réponde, une troisième volée de flèches des Amazones les frappa. Plusieurs des projectiles furent arrêtés par les boucliers des cavaliers, mais quelques-uns trouvèrent une cible. Les commandants n'eurent d'autre choix que de sonner une retraite temporaire. En faisant cela, ils savaient qu'ils laissaient les Orliandais s'installer à leur aise dans la plaine, sous le couvert des Amazones. Arcia jeta un dernier regard sur les hautes herbes, ses pupilles se contractant une seule et unique fois avant de redevenir comme avant.

La bataille semblait perdue d'avance pour les ennemis d'Orlianda. Le roi disposait ses troupes dans chaque recoin, tout en allant rejoindre Néferlia. Murmure était toujours avec lui, invisible, simple présence qui donnait des frissons. La souveraine des

Amazones souriait, ses yeux brillant d'une lueur meurtrière. Et dire que l'autre petite femme, qui disait être la reine d'Orlianda, voulait retarder tout ceci d'au moins une lune ! Les forces ennemies auraient eu tout le temps de se préparer et de résister à leurs assauts d'ici là ! Il était normal que le roi ait voulu se débarrasser d'elle sans perdre la confiance de ses hommes...

— Qu'est-ce qu'ils vont faire à présent ? demanda le roi.

Néferlia savait que la question ne lui était pas adressée. Balayant les alentours de son regard perçant, elle signala aux Amazones postées là de bien surveiller l'ennemi. Après tout, que le roi se parle à lui-même, ce n'était pas si bizarre.

— Nous allons être attaqués... par les airs..., siffla une voix qui venait de nulle part.

— Quoi ?

L'exclamation de surprise du roi fut engloutie par des appels stridents. Un à un, les soldats cachés dans la verdure reçurent un jet de flammes à la poitrine. Regardant dans le ciel, le roi vit des formes ailées et des cavaliers perchés sur leur dos. Ces cavaliers leur envoyaient les flammes, leurs cibles étaient clairement visibles de leur position aérienne. Le roi ordonna donc le retrait de ses troupes, pour le moment...

Les soldats de la Terre des Temps et d'Amaria crièrent de joie, encourageant les silhouettes ailées qui décimaient l'ennemi. Arcia protégea ses yeux de la pâle lumière du ciel et fixa les formes au loin. Ses yeux s'agrandirent, et l'étonnement put se lire dans son visage blême.

— Mais ce sont des griffons !

Tous ceux qui étaient à portée d'oreille poussèrent des cris de surprise ou la regardèrent, se demandant si elle avait bien vu. Vénia, qui fixait elle aussi les formes, le confirma. Adelraune apparut à leurs côtés, souriant.

— Eh oui, mesdemoiselles. Des griffons, de Miranor !

Féolar se tourna vers le mage, l'air encore plus étonné que les autres. Il ne dit rien pendant un bout temps ; il attendait quelque chose d'autre de la part du moine. N'importe quoi. Mais tout ce qu'Adelraune fit, ce fut de sourire en regardant les griffons au loin.

– Comment ont-ils pu être prévenus de la bataille ? Aucun messager n'est parti pour les avertir et Miranor n'est pas à deux pas d'ici !

– Vous qui m'avez si attentivement fixé avant le début des hostilités, avez-vous remarqué quoi que ce soit d'anormal ?

Le demi-lynx se gratta le menton d'une griffe pointue, essayant de se rappeler. Rien ne lui vint à l'idée qui puisse être considéré comme étant hors de l'ordinaire.

– Vous n'avez rien fait à part chantonner cette curieuse prière…

– Prière ? Qui vous a dit que c'était une prière ? Est-ce que les choses que chantonnent les moines-mages sont toujours considérées comme des prières ? finit Adelraune en souriant de plus en plus brillamment.

Féolar s'avoua vaincu, ayant mal jugé le mage. Il ne pourrait jamais comprendre les vertus de la magie ni comment elle fonctionne pour ceux qui savent la commander. Les mages de Miranor avaient toutefois entendu l'appel d'Adelraune et arrivaient au plus vite sur leurs montures ailées. Les commandants donnèrent l'ordre de la charge, profitant de l'attaque des griffons. Cette fois-ci, aucune flèche ne vint les en empêcher, les Amazones étant trop occupées avec les créatures au-dessus d'elles.

Le roi bouillait, à l'intérieur, à la vue de ses troupes qui fuyaient l'ennemi. Quelle humiliation ! Une minute il tenait la victoire entre ses mains, l'autre il courait hors de la portée des créatures. Il n'avait pas le choix ; il devrait sortir son arme secrète. Ordonnant à ses soldats de se diriger vers la capitale, il donnait aussi des instructions à Murmure. L'esprit prophétique savait que cette attaque allait survenir, il saurait donc comment l'arrêter…

Arcia vit les soldats s'enfuir vers la ville, voulant sans doute prendre refuge derrière les remparts. Cela devait être un ordre de dernier recours, car ils risqueraient d'être assiégés. L'armée tout entière était maintenant sortie des hautes herbes, sur l'espace de gazon vert qui s'étendait jusqu'aux portes d'Orandis. Les griffons volaient en cercles au-dessus d'eux, les cavaliers ne cessant de laisser tomber une vraie pluie de flammes. Miraculeusement, lorsque les commandants et leurs soldats atteignirent leurs ennemis, aucune des boules de feu ne les toucha, même si leurs cibles se trouvaient à un pas d'eux. La précision des mages de Miranor était sans faute, que ce soit en mouvement ou pas. La jeune fille aux cheveux bleus décapita un homme qui allait lui transpercer le corps de sa lance ; au même moment, un cri vibrant déchira l'air. Se demandant ce qui se passait encore, elle leva la tête vers l'endroit d'où le son venait. Une vague d'air déplacé repoussa Arcia du dos de son cheval, la désarçonnant violemment. Autour d'elle, les hommes furent déséquilibrés, tombant les uns après les autres.

Le courant d'air perdit de sa force et Arcia se releva, aidée par Ray. À ce qu'elle vit, l'armée orliandaise et les Amazones avaient aussi été victimes du coup de vent. Les soldats, amis et ennemis, se remettaient sur pied, ne sachant pas encore ce qui les avait frappés. Ce ne fut qu'une question de temps. Des cris d'horreur indiquèrent à Arcia que la chose avait été découverte et que ce n'était pas une bonne nouvelle. Quelques mètres en avant de la jeune fille, Aurivia laissa tomber son arc.

Émergeant du cœur de la ville, géants, mortels, leurs nouveaux ennemis poussèrent des cris assourdissants, savourant leur liberté. L'un après l'autre, ils sortaient des confins de la terre, détruisant nonchalamment les édifices d'Orandis. Les citoyens avaient à peine le temps de sortir de leurs demeures qu'une autre des bêtes surgissait, les enterrant sous les débris. Écaillés, rouges comme le sang et volants, les serpents du roi sortaient pour faire la guerre, pour le seul motif qu'ils existaient. Faisant aisément le tour de la grande capitale en longueur et aussi épais que la superficie du palais, les serpents envahissaient le ciel, obscurcissant toute lumière. Les griffons reculaient, ces êtres dont la taille était pathétique comparativement à celle de leurs adversaires.

Le roi riait en voyant les regards apeurés de ses ennemis, savourant de toute son âme corrompue la victoire prochaine. Oui, la victoire était assurée, aucune créature sur le continent ne pouvait résister à ses serpents volants, pas même les griffons et leurs maîtres stupides. Le souverain avait vu ses troupes s'enfuir lorsque les mages étaient apparus, il avait même craint de ne pas remporter la bataille. Mais il ne devait pas en être ainsi, se dit-il en montant sur le cou d'une de ses créatures. Il allait s'occuper de ces maudits griffons, laissant à Néferlia le plaisir de s'arranger avec les troupes sur terre.

– En avant, mes guerriers ! cria-t-il à ceux en bas. En avant, pour la victoire !

En un instant, les hommes éparpillés partout sous lui se rassemblèrent, changeant de direction et chargeant la Terre des Temps et Amaria. Dans le même élan que celui de ses troupes, le roi vola droit vers les griffons, ses serpents derrière lui, hurlant leurs cris vibrants.

Aurivia vit les troupes ennemies accourir vers eux. Criant des ordres en essayant des rallier les soldats à elle, la reine sentait son sang bouillir et sa lame luire. Une chose était certaine : personne ne la prendrait, ni ne prendrait ses fils, tant qu'elle aurait encore un souffle dans le corps !

Le roi et le Général de Légions de la Terre des Temps se mirent ensemble, courant dans la mêlée. Ils sentirent les souvenirs de la dernière guerre contre Orlianda surgir et ils étaient déterminés à vendre chèrement leur peau. Les deux hommes n'avaient plus d'espoir, mais il leur restait l'honneur. L'honneur de mourir en ayant combattu et non en esclave.

Arcia jouait de ses épées, découpant en morceaux tout ennemi qui s'approchait d'elle. La jeune fille était encerclée et elle le savait. Tournoyant sur elle-même, Arcia essaya de se forcer un chemin vers Clairia, qui n'était pas trop loin à sa droite. Des flammes et le bruit de feuilles volant dans l'air lui indiquèrent que Flamia et Tania étaient plus à l'ouest. La Gardienne avait presque rejoint son aînée quand Clairia elle-même fut repoussée plus loin, disparaissant sous une masse de soldats. Où étaient passés les archers et tous leurs alliés ? Quel beau travail elle faisait, en tant que chef de troupes ! La jeune fille ne savait même pas où *étaient* ses troupes ! Pourquoi lui avait-on confié une telle position ? Ce n'était vraiment pas dans ses capa… Quoi ? Était-ce vraiment… non, elle n'abandonnerait pas ! Les mots du prince couraient dans son esprit, le sarcasme profond, le message dissimulé sous la politesse. Elle lui montrerait qu'elle n'était pas plus faible que lui ! Tout ce qu'il pouvait faire, elle pouvait le faire aussi !

Pirouettant haut dans les airs, Arcia se libéra du cercle d'hybrides et de soldats humains pour rallier les hommes sous son commandement. Elle allait atterrir quand ses yeux de saphir aperçurent un groupe qui brandissait haut l'étendard de la Terre des Temps avec un flocon de neige à chacun des coins. Les voilà ! Attaquant avec une férocité renouvelée, la Gardienne se dégagea un chemin jusqu'à eux.

— Archers, au centre, et bandez vos arcs !

Les hommes, hurlant les cris de guerre, obéirent rapidement. Rassurés, ils gardaient leurs adversaires à une distance respectable. Lorsque Arcia se plaça dans les rangs de devant, un homme qui avait une longue plaie le long du visage lui sourit.

— Où étiez-vous passée ? On attendait vos ordres, ma dame !

La jeune fille lui retourna son sourire par son air meurtrier. Ses yeux brillaient de leur lueur démente qui n'apparaissait que pendant les combats, et ses pupilles étaient à nouveau de simples fentes.

— Désolée, mais disons que j'ai été occupée ! Au fait, sur le champ de bataille, ce n'est pas « ma dame », mais Arcia ! Je ne supporte pas les formalités !

En disant son nom, Arcia plongea sa lame dans la figure d'un soldat et donna un coup à l'horizontale, sans même sortir l'épée azurée de la tête. Montrant les canines, elle cassa le cou à un autre d'un coup de pied. Ses hommes la regardaient tout en restant en vie, n'ayant jamais vu autant d'habileté et de férocité au combat.

À chaque coup que la jeune fille portait, un corps de plus s'écroulait à ses pieds. Cette Arcia qui n'avait aucun autre but que de défendre sa patrie était de retour !

Lorsque le cercle de soldats se fit plus serré, Arcia donna l'ordre à tout le monde de se coller le plus possible contre eux-mêmes.

– Archers, feu !

Et c'est ce qu'ils firent. En un seul moment, une ligne d'ennemis fut abattue et les guerriers de front retaillaient dans les rangs rivaux. Le petit groupe isolé ne donnait aucun répit à leurs adversaires, échangeant les hommes de place pour pouvoir permettre à eux-mêmes de se reposer. Le premier anneau de soldats était celui qui gardait les hybrides et autres à distance, les deuxième et troisième prenant un répit et lançant parfois des javelots. Au centre, les archers attendaient le mot de leur commandante pour faire feu. Arcia ne quittait jamais la ligne de front.

De son côté, Clairia aussi avait réussi à rassembler ses hommes et à tenir tête à l'ennemi. Plusieurs coupures mineures transperçaient son corps, mais la Gardienne combattait aussi vaillamment que sa sœur aux cheveux bleus. Malgré tous ses efforts, elle ne pouvait pas rejoindre Flamia et Tania et se faisait du sang d'encre pour ses cadettes. L'obscurité était totale, comme pendant la nuit, à cause des créatures volant dans le ciel. Les quelques illuminations venaient des sceptres des mages sur les griffons, qui essayaient à grand-peine de repousser les serpents. Une bonne vingtaine de leurs alliés aériens étaient morts, n'en laissant qu'une quarantaine pour se battre afin de rester dans les airs. À côté d'elle, Clairia vit un de ses soldats se faire couper en deux par une hache, avant que celle-ci ne se dirige vers sa propre personne. C'était presque un enfant, à peine devenu adulte. Elle se souvint de lui comme étant une des recrues récentes, il était plein de fougue. Sa vie s'était terminée à son tout premier combat.

Frustrée, la jeune femme ordonna à tous ses hommes de reculer le plus qu'ils le pouvaient.

– Mais vous allez...

– CONTENTE-TOI D'OBÉIR, J'PEUX M'OCCUPER DE MOI-MÊME !

Le soldat recula. Ses camarades et lui fixèrent, hébétés, la boule de lumière vive qui s'était formée à la pointe de la longue lance de Clairia. L'hybride qui allait l'attaquer fit un pas en arrière, sa queue ignoble fouettant l'air. Tous avaient les yeux concentrés sur l'éclat de lumière. Les yeux d'ambre de Clairia brûlaient de rage, elle ne voyait plus rien à part les êtres ennemis devant elle, ces êtres qui avaient tué plus de la moitié de sa compagnie.

D'un arc éblouissant, Clairia libéra la magie qui s'était accumulée au bout de sa lance en criant :

– Chacun des éclairs sera pour chacune des morts que vous aurez causées !

Et en effet, la foudre s'abattit sur ses adversaires, issue de sa propre rage et de son chagrin. Les éclairs dorés ne laissèrent aucune faille, atteignant leur cible en déchirant l'air d'un grondement. La surface que couvrit l'attaque permit à la Gardienne d'apercevoir ses deux sœurs cadettes et d'amener ses troupes restantes à leur aide...

Le roi d'Orlianda vit la lumière en bas de lui. Dans toute la masse noire que constituaient les soldats ennemis et alliés, le souverain discerna les formes inertes qui s'offrirent à sa vue lorsque ses yeux se réhabituèrent à l'obscurité. Il volait en bas de plusieurs de ses serpents, préférant attaquer les flancs des griffons que de s'exposer à leurs griffes et becs. Gardant en mémoire la tête dorée qui avait causé la mort d'une vingtaine de ses soldats, il retourna à sa propre tuerie. Laissez-les prendre un peu de terrain... la victoire n'en sera que plus complète...

Aurivia combattait en compagnie du roi, de Vénia et du Général de Légions de la Terre des Temps. Un peu plus tôt, ils avaient essayé une tactique pour éparpiller un peu les Amazones qui les affrontaient. Avant même qu'ils fassent quoi que ce soit, Néferlia paraissait déjà savoir ce qu'ils allaient faire. Lorsque Vénia tenta un sort connu seulement des prêtres angéliques, la reine s'en protégea aussi facilement que si cela avait été une balle lancée dans sa direction.

— Comment a-t-elle pu savoir ce que j'allais faire ? Il n'y qu'un seul moyen d'éviter cette sorte de magie et elle l'a fait !

— Ce n'est pas si surprenant ! Elle aurait pu l'apprendre, non ? siffla le Général de Légions en repoussant une dague qui allait le laisser sans nez.

— Pas si simple ! Il n'y a aucun prêtre angélique dans ce royaume et le sien !

Vénia fit tournoyer son bâton, déviant de justesse une flèche. Des rubans de vent aussi tranchants qu'une lame entouraient le cristal, transformant le bâton en une arme mortelle. Les trois autres à côté d'elle commençaient à se fatiguer, et la prêtresse entendit un « oof ! » venant du roi. Deux flèches lui avaient transpercé l'épaule droite, lui faisant lâcher son épée. Aurivia se plaça automatiquement devant lui, espérant lui donner un peu de temps pour se relever. C'était exactement ce que Néferlia attendait. Les Amazones bondirent en avant, encerclant les deux souverains. Vénia voulut aller les aider, mais Néferlia elle-même l'en empêcha.

— Je croyais que tu étais morte, salope ! Cela ne fait pas de différence, car tu vas bientôt cesser de vivre dans ce monde !

— Pas avant que TOI tu n'aies arrêté !

Gardienne contre Amazone, les deux femmes laissaient couler le sang, immergées dans la haine l'une de l'autre. La guerre n'était plus rien, seule la victoire sur la rivale comptait…

Durant un moment quelconque de la bataille, Arcia se retrouva dos à dos avec Vialme. Le comte paraissait encore décontracté, souriant tout en imposant la mort à ses adversaires. Comme pour la plupart des soldats, des coupures apparaissaient ici et là, ne semblant cependant pas le gêner le moins du monde. Même la vilaine plaie à sa jambe, qui saignait assez sérieusement, n'effaçait point son sourire radieux. Il lançait même des remarques plutôt sarcastiques à la Gardienne.

– Dites, vous ne pouvez pas vous défendre mieux que ça ? Le bonhomme que vous venez de botter a failli vous embrocher !

– Vous venez de le dire, *failli*. Il ne l'a pas fait. J'aime prendre des risques dans la vie ! répondit Arcia, sentant son moral remonter au niveau de la bonne humeur du comte aux cheveux blancs, maintenant collés de sueur.

– Oh, donc on s'invente des excuses pour masquer son incompétence ? Je n'aurais jamais cru que j'entendrais ça de votre bouche, dame Arcia. Hé toi ! Attention ! C'est le foulard que ma sœur m'a donné que tu viens de déchirer !

Pendant que Vialme esquivait un soldat, une Amazone en profita pour essayer de lui porter un coup de son glaive. Le jeune homme dévia la lame, mais la pointe avait fait une coupure dans un foulard blanc (sans doute immaculé à l'origine) avec des bordures d'argent. Le comte leva nonchalamment l'épée, coupant l'insolente au niveau de l'abdomen.

– C'est fou ce que ces poulettes ont de mauvaises manières ! Elles ne prennent même pas la peine de s'excuser quand elles brisent le bien d'autrui ! dit Vialme avec une expression offensée.

– D'accord sur ce point-là ! renchérit Arcia. Depuis tout à l'heure, elles me lancent toutes sortes d'insultes à la figure !

La jeune fille faisait face à un groupe complet d'Amazones qui ne s'occupaient pas des soldats autour d'elles, ayant l'œil seulement sur la personne en bleu devant elles. Les troupes d'Arcia s'étaient jointes à celles de Vialme et les deux commandants n'avaient plus vraiment besoin de s'occuper de leur donner des ordres, puisque la plupart des forces ennemies chargeaient vers elles-mêmes.

Le côté d'Arcia était presque exclusivement composé d'Amazones, tandis que le comte avait affaire au reste des méchants. Comme l'avait dit la jeune fille, ses adversaires lui envoyaient un flot constant d'injures, gardant visiblement rancune de la manière dont la Gardienne avait traité Néferlia. Arcia continuait de danser avec ses rapières fines et légères, tissant un patron de mort. Lorsque le comte avait le temps de lui jeter un coup d'œil ou deux, une expression admirative se lisait sur son visage. Il était satisfait de constater les effets de sa présence et de ses remarques sur le moral des gens alentour. Les soldats qui avaient été sur le point d'abandonner leur vie combattaient maintenant avec une vigueur renouvelée et Arcia, qui avait sombré dans son cocon de pensées obscures, était en train de se battre avec la grâce naturelle qu'il lui avait vue auparavant. Enfin, quelque chose de bon dans ce bordel !

Arcia plissait légèrement les yeux lorsqu'une flèche lui érafla le bras. « Elles ont beau être énervantes, ce ne sont pas des ennemies à prendre à la légère », se disait-elle dans sa tête. Au dehors, la jeune fille démontrait exactement le contraire. Ses mouvements n'étaient jamais brusques, toujours coordonnés et fluides. La présence de Vialme (qu'elle trouvait toujours irritant malgré sa compétence) l'avait gardée en contrôle. Avec tous les commentaires que faisait le comte, la Gardienne n'avait plus le temps de douter d'elle-même.

– À ce que je vois, vous êtes devenue meilleure depuis la dernière fois que je vous ai vue, la relança-t-il. C'est bien, vous avez réussi à apprendre à parler ! Ma sœur et moi, nous commencions à nous demander si vous n'étiez pas muette… Je peux vous assurer que ç'a été un choc quand vous êtes venue me réprimander parce que j'avais mis la salle à manger sens dessus dessous !

– Est-ce la seule chose pour laquelle je vous ai réprimandé ? À ce que je sache, vous faisiez une telle cacophonie dans le palais que les servants se promenaient dans les corridors avec les oreilles bouchées !

– Eh bien, cela en valait la peine si l'issue était que vous nous adressiez la parole ! La figure que vous avez faite quand vous étiez en colère était vraiment adorable… N'importe quel homme craquerait…

– Comte, ma personne et le mot adorable ne vont pas dans la même phrase, vous devriez le savoir !

À ce moment, une Amazone, la même qu'Arcia avait rencontrée durant l'épreuve, cracha à ses pieds. Une nouvelle bande de guerrières en vert apparut, remplaçant celles qui étaient mortes. La femme avait un sourire malveillant et elle fouettait l'air avec ce qui ressemblait à une étoile de fer au bout d'une lanière de cuir. L'étoile était aussi tranchante et effilée que possible. La Gardienne donna un léger coup de coude à Vialme, lui indiquant de faire attention.

– Il avait raison, dit l'Amazone. Toi et le mot adorable ne vont pas ensemble… Mais dis-moi, pourquoi es-tu en train de te battre en compagnie de ce bonhomme-là ? Où est ton prince charmant ? Est-ce lui qui s'est lassé de toi ou est-ce plutôt que tu voulais quelqu'un de nouveau ?

Arcia ne se sentait pas vraiment offensée par la question, mais elle savait que ses pupilles étaient presque invisibles. Tout en restant en vie, Vialme se détachait d'Arcia, lui donnant tout l'espace dont elle avait besoin pour régler son compte à cette… enfin, il n'avait pas vraiment besoin de faire cela, car sur un geste de l'Amazone, les soldats contre qui ils se battaient formèrent un large cercle autour d'eux, prêts à laisser la scène à quelqu'un d'autre.

Vialme siffla, visiblement impressionné par la nouvelle d'Arcia et du prince. Ce n'était que de la moquerie et elle le savait, ce qui la fit sourire de sa manière carnassière. Voyant que les hommes autour de lui n'étaient pas sur le point d'attaquer, le comte s'appuya nonchalamment sur son épée, fixant intensément Arcia. Il savait que si jamais un seul, juste un seul, homme levait son arme, les troupes qui étaient à l'extérieur du cercle se rabattraient à l'instant. Donc, il ne fit que poser des questions stupides et jouer le jeu.

– Vraiment, ma dame ? Lequel c'était ? Ray ou Tay ? Si c'était Tay, je suis offensé de ne pas être passé avant lui ! Vraiment, la royauté a tout ces jours-ci… Mais si c'était Ray, vous pouvez être assurée que je bats les pattes tout de suite. Ce n'est pas quelqu'un que je voudrais contrarier… Mais tout de même ! Et moi, alors ?

– Qu'est-ce qu'il y a, mon cher comte, vous êtes jaloux ? demanda Arcia. Je vous aurais cru un peu plus subtil…

L'Amazone bouillait de rage à l'idée que sa propre insulte n'ait pas atteint son but. La connarde ne faisait que se moquer, comme si ce n'était qu'un vulgaire jeu ! Elle, la sœur de la toute-puissante reine Néferlia, ridiculisée deux fois de suite par la même personne ! Non, c'était inacceptable... si jamais elle ne tuait pas cette Gardienne maintenant, l'affront la suivrait partout où elle irait...

Arcia vit l'Amazone fouetter l'étoile dans sa direction. Évitant le bout de fer, elle saisit la lanière de cuir, donnant un bon coup dessus. La femme lui lança des dagues, la forçant à lâcher prise. Mais Arcia attrapa une des lames au vol et la renvoya à son expéditrice. L'arme s'enfonça complètement dans le ventre de l'Amazone, signant son arrêt de mort. La bataille était à peine commencée qu'Arcia avait gagné, sans effort apparent. Les yeux grand ouverts, l'Amazone fixait le manche qui dépassait, voyant son sang s'écouler lentement. Relevant la tête, elle articula ses derniers mots :

– Ma reine... le prince...

Arcia ne comprit rien du tout et n'en eut pas le temps. Dès que le corps de la femme fut tombé par terre, les soldats autour se refermèrent sur eux. Elle et Vialme se retrouvèrent de nouveau dos à dos, portant un coup fatal à tous ceux qui étaient proches. Ils n'eurent pas à faire cela pendant longtemps. Un cri vibrant résonna dans l'air, puis un coup de vent les plaqua au sol. Les hommes autour d'eux, alliés ou ennemis, coururent plus loin, loin de la créature suspendue au-dessus de la Gardienne et du comte.

Souriant, le roi était juché sur son serpent rouge, fixant les deux formes en dessous de lui. La Gardienne qu'il détestait le plus et le fils du Général de Légions d'Amaria... De belles proies pour montrer l'exemple à ce qu'il ferait aux autres s'ils ne se rendaient pas. Donnant un coup de botte au serpent, il lui ordonna de se débarrasser d'eux... lentement.

Le serpent aspira bruyamment et fouetta l'air de sa queue écaillée. Les deux en bas voulurent esquiver le coup, mais la taille de la queue était tellement imposante qu'ils furent tous les deux touchés. En se relevant, Arcia vit la créature préparer un autre coup. Cette fois-ci, ce fut elle qui frappa en premier, enfonçant son épée azurée dans un interstice entre les écailles. Le serpent hurla, mais plus de rage que de douleur.

– Eh bien, ce gros ver de terre est plus coriace que je ne le croyais, déclara Vialme, sa gaieté de tout à l'heure grandement diminuée. Vous n'avez pas une magie quelconque qui pourrait…

Avant qu'il put finir sa phrase, un autre serpent apparut derrière, lui portant un coup qui le mit à terre. Une tache plus foncée souilla ses habits pourpres au niveau de la poitrine et son bras était placé à un angle bizarre. Arcia était seule contre deux des êtres géants. La cerise sur le gâteau, quoi!

Au loin, Ray vit les serpents descendre et se rapprocher du sol. Un moment après, une lumière fusa d'entre les deux reptiles et l'un d'entre eux eut la moitié du corps couverte de glace. Se secouant impatiemment, le serpent se débarrassa de celle-ci comme il se serait débarrassé d'une couche de givre. La peur l'assaillant, le prince sut qui était la cible de ces serpents, surtout si l'un d'entre eux avait le roi sur son cou. Mais il ne pouvait rien faire pour venir en aide à Arcia! Rien que le temps de se frayer un chemin jusqu'à elle, les serpents auraient sans doute déjà déchiré son corps en mille morceaux…

Alors que l'aîné désespérait, le cadet eut une idée. Ce n'était pas grand-chose, mais cela permettrait peut-être à la Gardienne de s'échapper en un morceau. Interpellant son frère, Tay lui dit ce qu'il avait en tête. Quelques moments plus tard, les yeux dorés des deux princes brillaient comme ils n'avaient jamais brillé auparavant, illuminés de leur aura magique. Un séisme parcourut la plaine verte…

Arcia sentit le sol trembler sous ses pieds et faillit perdre l'équilibre. La terre se déchira, laissant sortir le roc en dessous. Il fut taillé par des mains invisibles en de longues lances pointées vers les serpents. D'un coup, elles s'envolèrent vers les reptiles volants, transperçant leurs écailles, entrant dans leur chair. La jeune fille fut arrosée de sang, sa chevelure et ses habits bleus tournant au mauve. Des cris emplis de douleur retentirent au-dessus d'elle, glaçant les soldats alentour sur place. Tous avaient les yeux tournés vers les créatures, bouche bée, ayant oublié la bataille. Les lances avaient pénétré le milieu du serpent opposé à celui du roi, et le serpent se tortillait dans les airs, son sang tombant en cascade au sol. Son compagnon, par la bonne manœuvre du souverain perché sur lui, avait évité la plupart des projectiles, mais un œil avait été crevé et plusieurs écailles étaient arrachées.

Agissant immédiatement, Arcia essaya de bondir hors de la portée des serpents. Celui qui avait un morceau de pierre dans sa chair s'envola plus haut, se mettant à l'abri. Celui du roi, furieux, oublia la jeune fille. Il poussa plutôt son cri vibrant, appelant ses congénères. La moitié des autres serpents vinrent, massacrant tout ce qui était sur leur passage. Arcia vit des hommes démembrés, avalés tout ronds ou encore déchiquetés en lambeaux. À la tête d'une bande de cavaliers, le Général d'Amaria galopa en direction d'une des bêtes. Avant que la jeune fille puisse l'arrêter, le reptile avait donné un puissant coup de queue, envoyant les soldats loin de là. Arcia bondit dans la direction où elle avait vu le Général tomber, et la vue de l'homme lui fit horreur. La peau, les muscles, les tendons... tout avait disparu, dévoilant le squelette sanglant avec les organes rougis encore en place. Les yeux de l'officier avaient fondu, s'écoulant en deux filets visqueux. Le cœur continuait de pomper, de plus en plus lentement, le sang se vidant sur le sol.

Avec un nœud dans la gorge, Arcia découvrit qu'il était encore en vie, même si cela ne dura pas longtemps. Le cœur cessa de pomper, laissant enfin l'âme de l'homme partir. La Gardienne savait que tous ceux qui avaient été frappés par la queue du serpent subissaient le même sort... une agonie insupportable avant de mourir, l'enveloppe extérieure du corps ayant été arrachée. Il n'y avait aucune magie dans cette horreur ; les écailles étaient tellement rugueuses qu'elles pelaient la peau à un contact de plein fouet. Haut dans le ciel, le roi riait de la peur de ses ennemis, continuant son massacre. Arcia pensa à tous ceux qui avaient péri de cette façon. Elle avait vu bien des choses qu'une jeune femme n'aurait pas dû voir, mais c'était la première fois... la première fois qu'elle sentait une telle rage, une colère qui emplissait toute sa vision.

Tout ce qu'ils avaient fait jusqu'à présent était devenu inutile. La victoire au tournoi pour éviter la guerre, le parchemin des messages volés, l'énergie dépensée pour deviner ce qui allait venir prochainement… Tout cela ne menait qu'à maintenant, qu'au sang imbibant le sol. Agrippant son épée d'une poigne de fer, elle sentit ses pupilles se contracter, se contracter encore plus…

Sans s'en rendre compte, Arcia lâcha un hurlement strident sans pareil, qui couvrit tout le bruit de la guerre autour d'elle. C'était un appel, un appel à l'espoir qui quittait tous ceux qui combattaient pour se défendre. Tous, sans exception, entendirent le cri. Et tous, sans exception, virent un rayon de lumière percer l'amas des serpents. Des formes émergèrent de cette lumière : un renard, un loup, un tigre, un chacal et un phénix. On put les distinguer tout de suite malgré la distance. Ils étaient tous ailés et descendaient doucement, royalement, vers la jeune fille ensanglantée d'un sang qui n'était pas le sien. Ils étaient aussi massifs qu'un griffon adulte, capables de porter plusieurs personnes. Au moment où ils touchèrent la terre, une vague de chaleur envahit le cœur de tous les soldats de la Terre des Temps et d'Amaria, repoussant leurs soucis au fond de leurs âmes.

Le renard, qui était blanc comme neige et avait les ailes du même bleu poudré que les cheveux d'Arcia, leva le museau vers le roi d'Orlianda. Le souverain fut fixé par des yeux d'un vert turquoise, profond comme l'océan.

– Murmure, qu'est-ce que c'est que ça ? demanda le roi, qui commençait à sentir la peur l'envahir.

L'esprit prophétique ne fit que lâcher un long râle, apparaissant aux yeux de tous. Au milieu des marmonnements de stupéfaction, le Murmure laissa tomber les petites flammes qu'il tenait toujours entre ses mains, sa silhouette de fumée tremblant comme une feuille. À plusieurs reprises, il essaya de répondre au roi, mais un sifflement aigu remplaçait la réponse, faisant courir un frisson dans le dos des soldats.

– Murmure, je te l'ordonne ! Dis-moi ce que sont ces… bêtes !

À la grande surprise du roi, une voix grave lui répondit à la place de la voix lointaine de Murmure, ce qui ne fit qu'augmenter la peur qui était en lui.

– Il ne te répondra pas. Tu n'es plus celui à qui il obéit, maintenant. Tu sais ce qu'il te reste à faire.

Le roi fixa le renard, ébahi. Pour la première fois, il remarqua que la créature avait une queue bouffante très longue, au bout doré, qui s'était enroulée autour des pattes de l'animal. À la vue de la sérénité qui ornait les traits du renard, le souverain sentit une colère noire remplacer sa peur.

– Je suis le roi d'Orlianda et tout le monde m'obéit, qu'il le veuille ou non ! Quelques animaux tombés du ciel ne m'empêcheront pas d'écraser mes ennemis ! Pour la gloire !

À son cri, plusieurs de ses hommes semblèrent se réveiller de leur torpeur, reprenant la bataille là où ils l'avaient laissée. Quelque part au milieu des différents soldats, un hurlement prolongé se fit entendre et les Amazones aussi réagirent à l'appel de leur reine. Aussitôt dit, aussitôt fait. Les cris de la guerre retentissaient à travers la plaine, couvrant les ordres des commandants. Personne ne voulait plus regarder les bêtes qui étaient sorties du faisceau de lumière, ne voulant pas être victimes d'une lame bien placée. Le roi ordonnait à ses serpents de continuer à éliminer les griffons qui restaient ; il en prit une douzaine avec lui et décida de s'occuper lui-même des troupes à pied.

Aurivia put jeter un seul coup d'œil final aux bêtes ailées avant de se remettre à se battre pour rester en vie. Certaines d'entre elles s'étaient élevées dans les airs.

Vénia, voyant Néferlia se dégager de leur terrain de duel, bondit hors de la portée des épées. La prêtresse, comme il se devait, avait su qui étaient les animaux géants dès l'instant où ils avaient touché terre. Avec eux, ils avaient une chance de vaincre. Comme à l'ancienne guerre contre Orlianda. C'était exactement pareil.

« Arcia, ma très chère sœur, je le savais que c'était en toi ! »

Ray ne prenait plus garde aux coupures mineures qu'il recevait, même si elles risquaient d'être empoisonnées. Ce qui comptait, c'était de parvenir à Arcia. Vialme aussi était dans les parages, à ce qu'il avait entendu dire. Tay pourrait se défendre tout seul pour le moment. Le renard blanc, Artémis, se battait contre les serpents qui menaçaient les griffons. Le phénix était au sud de lui, amenant la mort à tous ceux qui s'y opposaient. Le prince n'arrivait toujours pas à le croire : les Anges, ici ! Même les créatures du roi ne pourraient pas tenir contre eux...

Arcia ne voyait plus rien, n'entendait plus rien. Ses yeux, qui avaient été naguère du saphir le plus intense, étaient vides. Son esprit était ailleurs, loin de la guerre, loin de la mort. Les soldats qui l'entouraient ne la dérangeaient plus. La jeune fille tenait sa lame azurée restante, déviant les coups machinalement, ôtant la vie sans le savoir. Bientôt, elle ne fut plus visible sous la masse des soldats qui se jetèrent sur elle...

Flamia et Tania tenaient bon, mais elles n'en avaient plus pour longtemps. La cadette était épuisée à force de pratiquer la magie, et l'aînée était sur le point de tomber de fatigue. Les rangs des soldats ennemis se resserraient et ils avaient l'air encore plus nombreux qu'au début. Tout à coup, venant d'un point au-dessus d'elles, un jet de flammes énorme éclaira le ciel. Lorsque les deux sœurs rouvrirent les yeux, les hommes qui les entouraient n'étaient plus que cendres s'envolant au vent. Quelque chose de gros atterrit à leur côté, avec un léger bruit. Tournant la tête, les Gardiennes mal en point virent un loup au pelage rouge sombre, aux ailes de la couleur du feu. Deux points noirs les fixaient, pétillants de bonté.

– Montez, vous allez finir par vous faire tuer en restant ici-bas, dit Flérion, en s'accroupissant et en baissant ses ailes gigantesques.

Les deux jeunes filles ne bougèrent pas.

– L'honneur serait pour moi de vous porter, les rassura l'Ange. Nous sommes ici grâce à votre sœur et vous savez qu'il y en a beaucoup encore qui auront besoin de notre aide avant que la bataille ne soit terminée.

Ces paroles semblèrent déclencher quelque chose au fond des esprits des deux sœurs. Leur devoir était avant tout de protéger, de défendre. Flamia grimpa sur le dos rouge, juste en avant des ailes. Tania monta derrière elle, s'accrochant à sa taille. Tendant ses muscles, Flérion bondit du sol et s'envola, portant pour la première fois deux mortelles sur son dos.

Vénia, derrière un écran de soldats déterminés à les tuer tous, vit Ray passer. Levant son bâton, elle dégagea le chemin avec un grand coup de vent. Le prince s'arrêta un moment, n'ayant pas reconnu la forme en blanc, encore immaculée. Seules quelques gouttes de sang tachaient les manches de la robe de la jeune fille, laissant le reste parfaitement propre.

— Il faut rejoindre Arcia au plus vite ! déclara Ray.

Vénia eut l'air interloquée pendant un moment, frappant un soldat de son bâton par simple réflexe. Son expression perplexe la quitta bientôt, laissant place à une mine inquiète.

— Et que comptez-vous faire une fois rendue à elle ? Ma sœur est au-delà de notre aide !

— Je dois essayer !

La prêtresse hocha la tête. Soit elle l'aidait, soit elle abandonnait Arcia à…

Une lueur fusa loin dans le ciel. Tous les serpents qui furent touchés par cette lumière divine disparurent dans un cri vibrant, libérant la lumière du soleil couchant. Les rayons orangés, reflétés par l'armure des soldats, baignaient la plaine de chaleur. Comme à l'apparition des Anges, tous cessèrent de se battre et tournèrent la tête vers le ciel. Il ne restait que trois silhouettes : une qui planait doucement, une qui flottait et une autre qui, naturellement, vivait dans les airs. Artémis, Murmure et le roi, avec le dernier des serpents.

— Je vous donne une dernière chance de réparer vos méfaits… ou de vous battre ! dit Artémis d'une voix que tous purent entendre.

— Je choisis… la gloire !

Poussant son serpent en avant, le roi plongea vers l'Ange.

– Idiot !

D'un coup de queue magistral, Artémis dévia la gueule béante du reptile, ignorant les écailles qui avaient infligé une mort atroce à plusieurs innocents. Le reste des Anges montèrent vers eux, les encerclant. Le roi tourna la tête de part en part, ne voyant que les êtres divins.

– Tu as osé bafouer nos noms en éliminant tous ceux qui croyaient en nous dans ton pays, commença Artémis. Tu as utilisé le tournoi sacré à tes propres fins, comme ton prédécesseur. Tu as relâché les créatures maudites, les amenant à ton service… Pour cela, tu devras payer.

– JAMAIS !

Le Murmure, se libérant du pouvoir des Anges pour un court instant, créa un bouclier avec ses flammes pour permettre à son maître de fuir. L'esprit reçut de plein fouet la vague envoyée par les ailes du phénix, Vannar, et les éclairs d'Énalan. Râlant horriblement, la silhouette de fumée fut bannie de ce monde, là où son maître était destiné à le rejoindre. Artémis était parti à la poursuite du serpent fuyard, le rattrapant en quelques coups d'ailes puissants. Des nuages emplirent le ciel, bloquant la lumière du soleil. La seule lumière diffuse venait des yeux de l'Ange de l'Eau, perçant l'obscurité. Un vent glacial se leva, soufflant sur la plaine.

Vénia sentait son élément de magie se déchaîner et sut que cela devait être dix fois pire là-haut. Soudain, une rafale plus violente que toutes les autres s'abattit, amenant avec elle le hurlement du roi. La Gardienne sentit quelque chose de froid la fouetter et mouiller sa robe. Tendant sa main, Vénia vit que c'était de la neige. Les nuages disparurent aussi vite qu'ils étaient venus, dévoilant la plaine blanche, recouverte de flocons. Le serpent et le roi tombèrent, se fracturant en mille morceaux au contact du sol. Artémis planait devant un bloc de glace qui ruisselait d'eau pure, et les autres Anges s'étaient assemblés autour de lui. D'un coup, ils battirent des ailes. Artémis fouetta le bloc de glace de sa queue, le fracassant. Vénia vit deux silhouettes floues qui disparurent dès que la glace se cassa. Que leurs âmes trouvent le pardon... qu'importe l'endroit où elles allaient.

Lentement, les Anges descendirent vers la plaine. Un large cercle se forma autour d'eux, les commandants se dépêchant de se mettre en avant. Les griffons qui restaient se posèrent aussi, derrière les Anges. Les mages qui étaient sur leur dos s'agenouil-lèrent ; Sire Adelraune faisait partie d'eux. Artémis plia ses ailes, les autres suivant son exemple. Le renard balaya les hommes qui se trouvaient devant lui d'un œil hautain, apparaissant dans toute sa splendeur.

– Parmi vous se trouvent ceux qui ont suivi le félon... En manipulant les règles sacrées de notre tournoi, vous avez sali le nom des Anges. Quel châtiment serait assez terrible pour vous punir ?

Des plaintes s'élevèrent automatiquement, implorant la clémence des êtres divins. Les hybrides de rats hurlaient à gorge déployée, incapables de parler. Mais Artémis restait imperturbable. Il fixait un point distant, laissant les mortels à leur peur. Un des soldats orliandais s'avança sur ses genoux jusqu'à Énalan et se prosterna devant lui.

– Épargnez nos vies, Êtres Suprêmes ! Nous avons servi un traître, mais nos mémoires restaient encore avec vos conseils écrits dans les parchemins sacrés ! Par pit...

– Silence, langue fourchue ! rugit le tigre, des éclairs courant sur sa fourrure dorée. Vos mémoires restaient avec nos paroles, dis-tu ? Par le simple fait de tenir à ta misérable vie et de venir nous supplier comme un chien après ce que tu as fait, il est clair que tu n'as même pas lu les parchemins laissés dans les Temples ! Combien de moines et de prêtres auras-tu tués pour garder la faveur de ton roi ? Combien de nos principes as-tu brisés pour devenir ce que tu es ? Combien de vies as-tu enlevées avec ta lame noircie ? Combien ?

Le soldat se recroquevilla misérablement sur lui-même, n'osant penser aux nombres que l'Ange de la Foudre demandait. Artémis n'avait toujours pas bougé, écoutant le silence qui s'était immédiatement installé dès qu'Énalan avait pris la parole. Clignant une fois des yeux, le renard blanc appela Vannar à ses côtés. Le phénix n'était pas rouge, comme son espèce. Il avait les yeux d'un gris sage, le plumage d'un blanc argenté doux, et il inspirait le calme et la réflexion à tous ceux qui posaient le regard sur lui. Artémis s'assit, sa longue queue bouffante enroulée autour de ses pattes.

– Quel conseil apportes-tu, Vannar ? Ce que dit Énalan est au-delà de toute vérité. Ils ne sont pas mieux que leurs ancêtres qui avaient ouvert une guerre pour le simple désir de pouvoir. Devrons-nous leur infliger la souffrance éternelle, comme à leur roi, ou allons-nous leur imposer un sommeil rapide mais troublé ?

– Ni l'un ni l'autre ne semblent pouvoir leur apprendre la leçon. Non, ceux qui viendront après eux ne feront que renouveler ce qu'ils ont fait, avec le même but et les mêmes conséquences. Notre devoir n'est pas de donner un avantage à quiconque, mais de créer un équilibre.

– Oui, tel est notre devoir. Mais en les laissant continuer leur existence de mortels, ne risquons-nous pas de perturber l'équilibre à jamais ?

– S'il peut être perturbé, il peut aussi être rétabli, répondit Vannar avec un semblant de sourire.

– Bien parlé, Vannar. Je vois que ton esprit est clair comme le cristal, qu'il ne se fait pas dévier de notre vrai objectif par une colère quelconque, aussi justifiée soit-elle. La voie est claire pour moi, maintenant.

Déployant ses ailes majestueuses tout en restant dans sa position assise, Artémis prononça son verdict.

« Vous aiderez à reconstruire ce que vous avez détruit et serez à jamais forcés d'errer dans ce monde jusqu'au jour où vous aurez replacé la moindre pierre effondrée ! Ceux qui se détourneront de ce dernier espoir de lumière rejoindront leur souverain ! En ce qui nous concerne, les Anges resteront sur cette terre pour aider à la reconstruction des royaumes ravagés, puisque nôtre est la faute, depuis le jour où le tournoi a commencé. L'âme clé nous a permis de venir à vous, en échange de ce qui lui avait été le plus cher. Nous irons au-delà que ce que demandait son sacrifice... n'est-ce pas, Anges ? »

Pour toute réponse, tous déployèrent leurs ailes et une lumière apparut, si vive qu'elle atteignait l'âme, et éclaira la plaine, faisant ainsi disparaître la neige...

Deux lunes plus tard...

— Vénia, attendez-moi !

La jeune fille tourna la tête vers la voix, souriante. Un prince essoufflé, aux cheveux noirs en bataille, arriva à ses côtés, haletant. Il avait le regard effaré de quelqu'un qui était poursuivi, et c'était le cas. Quelques instants plus tard, une jeune femme apparut au coin du couloir, ses longs cheveux blancs volant derrière elle. Elle eut un sourire en voyant la prêtresse, puis afficha une expression faussement colérique à la vue du prince. Celui-ci se cacha du mieux qu'il le put derrière Vénia, s'accrochant désespérément à sa taille comme un enfant effrayé.

— Tay, où as-tu mis les guirlandes ? demanda la jeune femme, croisant les bras.

— Je ne les ai pas ! Gente dame, aidez-moi à me sortir des griffes de cette harpie, ajouta-t-il à l'intention de Vénia.

— Ah ! Je suis aussi une harpie maintenant ! Quoi d'autre allez-vous inventer prochainement, « Altesse » ?

Vénia ne put s'empêcher d'éclater de rire en voyant l'expression apeurée sur le visage de Tay. Il était si adorable ! Ils se tournèrent tous au son des pas saccadés qui venaient vers eux. Vialme marcha vers Tay en riant, embobiné dans de nombreuses guirlandes argentées, laissant les bouts traîner à terre.

— Vialme, rends-moi ces décorations tout de suite ! Le couronnement est pour bientôt !

— Du calme, Milla ! On a encore plusieurs heures et je t'aiderai s'il le faut !

Milliana assena un coup de poing à la tête de son frère, qui riait encore à gorge déployée. Tay avait abandonné son expression de chiot blessé et contemplait la scène avec un sourire, par-dessus l'épaule de Vénia. C'était difficile de croire que le palais dans lequel il se tenait avait été en ruine une lune auparavant, parmi les décombres de la capitale. La résidence de la famille royale d'Amaria était très différente du palais de la Terre des Temps. La plupart des fenêtres n'avaient pas de vitres, souhaitant la bienvenue à la nature. De nombreuses plantes et fleurs ornaient les couloirs, surtout en ce jour de célébration. Mais toute cette beauté n'avait pu être rétablie que grâce aux Anges, qui avaient aidé à remettre la capitale en état. Sinon, le travail aurait pu prendre des années, tant la destruction avait été grave. Les troupes qu'ils avaient combattues dans la plaine d'Orlianda n'étaient pas les seules sous le commandement du roi ; d'autres, des serpents, avaient émergé de la terre pour amener l'enfer.

Ils avaient eu toute une surprise lorsqu'ils étaient rentrés chez eux et avaient trouvé les terres ravagées et des corps étendus un peu partout. Les Anges n'avaient fait qu'une bouchée des reptiles qui restaient, mais toute la construction était à refaire. Les mêmes ennemis, contre qui ils s'étaient battus, s'étaient mis au travail, rebâtissant les édifices écroulés. Les choses avançaient rapidement, mais l'horreur passée ne serait jamais effacée de leur mémoire.

Milla arrêta de torturer son frère, décidant qu'il en avait finalement eu assez. Le comte avait succédé à leur père en tant que Général, prenant sa place parmi les gens de la cour royale et laissant à sa sœur le soin de gérer le comté familial. Milliana avait beaucoup aidé à la remise sur pied des soldats, soignant leurs blessures, désinfectant les plaies. Elle était un médecin-mage à part entière, maintenant ; Maître Adelraune de Miranor lui-même lui avait donné le titre. La jeune femme s'était liée d'amitié très rapidement avec les Gardiennes des Frontières, les rejoignant dans leurs nombreuses tâches. Justement, elle allait voir la dame Arcia, qui passait la plupart de son temps dehors.

Laissant son frère et les deux autres derrière elle, Milla partit en direction des jardins, confiant à Vialme et à Tay le soin de commencer à accrocher les guirlandes. La prêtresse Vénia avait offert de l'accompagner, mais elle avait décliné son offre en voyant la tristesse qui emplissait ses yeux chaque fois qu'il était fait mention de sa sœur. Donc, Milliana Parnentri, sœur du Général de Légions, sortit dehors toute seule.

Arcia était assise au milieu des orchidées, fixant un geai bleu dans un arbre. Le petit oiseau vint se percher sur son doigt lorsqu'elle le tendit, piaillant sa mélodie aiguë. Ce fut en une telle compagnie que Milla trouva la jeune guerrière. Celle que l'on avait nommée la plus belle des Gardiennes n'était plus ; de nombreuses cicatrices barraient son visage, résultat des coups que les hommes d'Orlianda lui avaient portés lorsqu'elle s'était écroulée. Mais il y avait pire, puisque le prix qu'elle avait dû payer en étant l'âme clé était de perdre ce qui lui avait été le plus cher, ce qui la faisait vivre.

Milliana faillit pleurer lorsque les yeux vitreux se tournèrent vers elle, la fixant sans vraiment la voir. Ces yeux qui avaient été si brillants, si vifs... Ils n'étaient plus que deux ronds bleus sans fond. La jeune fille n'avait plus son orgueil mordant ni son désir de devenir ce que l'on attendait d'elle, devenant exactement le contraire de ce qu'elle était. Même sa mémoire avait disparu, et elle se rappelait seulement l'essentiel. Milla se rappelait vivement le visage de ses sœurs lorsqu'elle avait été ramenée au palais, couverte de bandages et ne reconnaissant plus personne. Cela lui avait donné envie de maudire les Anges, après leur injustice. Mais elle savait qu'ils ne l'avaient pas voulu et qu'ils les aidaient en voulant compenser.

Raccourcissant sa visite, Milliana ne fit que lui dire de se préparer pour le couronnement à venir et retourna vivement au palais. Elle adressa une prière aux Anges pour que la jeune fille puisse se rétablir un jour, espérant l'impossible. Milla ne savait pas pourquoi, mais chaque fois qu'elle pensait aux Anges, elle sentait qu'il y avait quelque chose qui clochait...

Artémis survolait les terres d'Amaria, revenant de la Terre des Temps où la capitale venait d'être reconstruite. Les autres étaient déjà au palais pour le couronnement, il était le seul qui restait. Il cachait quelque chose aux mortels, il le fallait. Mirla, Ange de la magie ayant la forme d'un chat, volait à ses côtés sur un nuage. Elle était la seule dans le groupe divin qui ne possédait pas d'ailes. La chatte n'était pas apparue aux yeux de tous, n'étant visible seulement que par ceux qui possédaient de la magie. De la magie à un niveau assez élevé. Ceux qui l'avaient vue croyaient que leurs camarades l'avaient vue aussi, et ils ne mentionnèrent pas le sixième Ange. Artémis savait qu'elle pouvait rendre ce qui avait été pris. Mais cela serait contre les règles... ou l'était-ce ?

Aurivia se rendait aussi aux jardins, allant voir la jeune fille qui l'avait tant intriguée au début, mais elle savait qu'elle n'aurait jamais la chance de connaître sa véritable personne. Arcia n'était plus qu'une enveloppe sans but dans la vie, seule au monde. La reine s'approcha d'elle et passa son bras autour de ses épaules affaissées. La Gardienne avait tout abandonné pour leur survie et n'avait rien reçu en retour...

— Majesté, pourquoi est-ce que je ne reconnais pas les choses que tout le monde dit que je devrais connaître ? s'enquit-elle d'une voix faible. Qui est ce prince aux cheveux blancs qui passe me voir tous les jours ? Pourquoi vient-il ? Je ne suis pas certaine de vous connaître vous-même...

— Cela reviendra avec le temps... Vous allez vous rappeler les choses peu à peu, c'est toujours comme ça... En attendant, nous sommes attendues dans la salle du trône, le couronnement va commencer. Venez, ma chère.

Aurivia emmena la jeune fille, les larmes coulant le long de ses joues. Mais, prudente, elle ne voulait pas se faire remarquer par Arcia. La reine ne fut pas consciente de la paire d'yeux, récemment installés là, qui les avaient surveillées pendant leur entretien.

Ils étaient tous assemblés dans la salle du trône, attendant l'entrée de la reine. Le Roi de la Terre des Temps siégeait en compagnie d'Adelraune et de Féolar, qui était venu avec plusieurs Vantraks. Les Gardiennes étaient debout le long de l'allée, en habits de cérémonie, à l'exception d'Arcia. Celle-ci n'était toujours pas présente. Tay et Ray étaient debout à côté du trône, Milliana et Vialme aux deux bouts du dais. Le prince aîné avait perdu un peu de la vivacité qui était dans ses yeux dorés, à cause de tout le chagrin qui lui pesait sur les épaules. Certes, les retrouvailles avec Milla s'étaient passées pour le mieux, mais des larmes avaient aussi coulé. Larmes de joie ou de tristesse, elles avaient tout de même coulé. La jeune magicienne s'était jetée dans ses bras, s'y accrochant vivement comme si sa vie en dépendait. Comme Vialme le dit plus tard, un ami ne s'oublie pas aussi facilement. Ensuite, il y eut Arcia. Le prince fut le premier à la voir, étant celui qui la ramena au camp. À ses yeux, la mort de la jeune fille fut la perte la plus grande de toute la guerre. Ils avaient tous espéré qu'elle reviendrait à elle-même, mais le verdict d'Artémis avait été clair : l'âme clé était un sacrifice. L'Ange arborait une expression peinée, sans doute encore plus grave encore que la sienne, mais il ne pouvait rien y faire. Même les Anges devaient obéir à leurs Lois...

Aurivia entra. Tous se levèrent ou s'inclinèrent, et restèrent ainsi jusqu'au moment où elle fut assise. Un héraut d'honneur vint lui apporter une couronne légère, faite de fils d'argent entrelacés et de diamants scintillants, éclatants dans la lumière. C'était la couronne du roi, qui n'avait pas été portée depuis que celui-ci était parti à la guerre. Ray s'agenouilla devant elle et Tay présenta son épée.

– Aujourd'hui, je renonce au règne de ce royaume, commença Aurivia. Ce n'est plus à moi de prendre les décisions et il est grand temps qu'Amaria ait un roi. Ray Amari, tu as prouvé ta valeur sur le champ de bataille et d'innombrables fois auparavant. Tu as été prince d'Amaria, frère de Tay Amari et mon fils... À partir de ce jour, tu seras roi et notre souverain !

Aurivia posa la couronne sur la tête blanche de son fils au milieu des acclamations. Elle quitta le trône pour le céder à Ray et se plaça aux côtés de Tay. Le prince souriait d'un sourire s'étendant d'une oreille à l'autre, heureux que son frère ait enfin ce qu'il devait avoir depuis plusieurs années. C'était jeune pour devenir roi à cet âge-là, il le savait, mais connaissant Ray, il savait qu'il ferait un meilleur travail que quiconque. Même que leur mère.

Le roi, Adelraune et Féolar se levèrent pour se placer devant le nouveau souverain. Un à un, souriants et sincères, ils jurèrent support et amitié au jeune roi.

– Je vous remercie, nobles seigneurs, car votre aide me sera très précieuse. Au nom d'Amaria, vous serez à jamais nos alliés !

Un tonnerre d'applaudissements et d'acclamations répondit à cette déclaration, preuve de la confiance du peuple en son nouveau roi. Clairia et ses sœurs, à l'exception encore d'Arcia, s'avancèrent vers le dais, à un signe du roi.

– Majesté, dorénavant, les frontières d'Amaria seront aussi les nôtres à protéger ! Nos armes sont les vôtres à commander !

– Nous vous obéirons comme à notre propre roi ! renchérirent Rainor et Fanar, qui se tenaient aux côtés de Féolar.

Avant que la foule n'ait pu réagir, les portes de la salle furent grandes ouvertes, laissant entrer une forme encapuchonnée. Intrigués, Tay et les deux autres, qui étaient aux bouts du dais, descendirent. La silhouette s'avança vers eux, le plus lentement du monde, et sortit une lame du fourreau. Les gardes eurent un mouvement instinctif vers les leurs et la foule resta silencieuse, mais la silhouette ignora le tout. Ray descendit lui aussi, les sourcils froncés et l'épée prête à être sortie à n'importe quel moment. Ce ne fut qu'en sa présence que le personnage ôta sa capuche et s'agenouilla devant lui.

– Majesté, ma lame est la vôtre !

Dans un faisceau de lumière, les Anges pénétrèrent dans la salle, Mirla se faisant visible à tous. Artémis était à la tête, se dirigeant droit vers le centre de l'allée. Les gens ne savaient plus qui regarder : les Anges ou la forme devant le roi.

– Ne soyez pas surpris, dit Artémis. Le miracle est bel et bien vrai.

– La dernière âme clé qui nous appelés sur terre a cessé d'exister au moment où nous sommes apparus, ajouta Mirla. Mais pas celle-ci ; elle a continué à se battre jusqu'au bout, mettant en valeur ses serments de protection à sa vie. Même nous, les Anges, n'avons pas le droit de prendre une telle noblesse… C'est par accord mutuel que nous lui rendons ce que nous lui avons pris !

Cette fois-ci, le palais trembla sous le bruit que fit la foule. Arcia fut enterrée par la joie de ses sœurs. Vialme et Tay se jetèrent dans la mêlée, se fichant du protocole et des manières.

– C'était trop beau pour être vrai ! Plus d'Arcia pour nous foudroyer du regard, plus de répliques cinglantes... Tout ça va me manquer ! dit Vialme.

– Entièrement d'accord ! renchérit Tay, qui enveloppa la jeune fille dans ses bras.

– Si vous voulez prouver que vous dites vrai en m'étouffant, je vous dis dès maintenant que je vous crois, déclara Arcia.

Le rire des Gardiennes s'ajouta au bruit de la foule, leur cœur était gonflé de bonheur. Leur sœur était là, comme avant ! Les cicatrices avaient disparu, les iris avaient retrouvé leur vivacité et l'aura glaciale enveloppait une fois de plus la Gardienne. Mais tous cédèrent la place lorsque Ray vint vers Arcia, une expression indéchiffrable peinte sur le visage. Le jeune homme fixa la guerrière, les yeux à demi fermés. Arcia lui rendit son regard par son foudroiement hautain, comme Vialme l'aurait dit, et elle resta immobile. Finalement, Ray fit comme tous les autres, serrant la jeune fille dans ses bras et enfouissant son visage dans sa chevelure bleu poudré. Et, curieusement, Arcia se laissa faire, repoussant ses habitudes à plus tard. Après tout, elle avait tout le temps voulu pour le narguer maintenant qu'il était devenu roi, non ?

Tenant encore la Gardienne, Ray dit ce qu'il pensait d'une voix forte, pour que tous l'entendent :

– Vous me refaites le coup des héroïnes et je pars vous chercher moi-même pour vous ramener là où vous appartenez !

Frangin, maintenant que tu es roi, il ne manque que la reine ! Milla... Vialme... Vous savez ce qui nous attend ? La chasse est ouverte !

Bien des ennuis surviendront à l'avenir, mais ce n'est pas maintenant qu'ils se feront connaître. De toute façon, les Anges assureront l'équilibre et la justice, peu importe les circonstances...